2015 年度青岛市社会科学规划研究项目

现代抒情与抒情的现代性
——中国现代散文艺术及其传媒语境研究

王金胜 ◎ 著

中国社会科学出版社

图书在版编目（CIP）数据

现代抒情与抒情的现代性：中国现代散文艺术及其传媒语境研究／王金胜著.—北京：中国社会科学出版社，2017.7
ISBN 978-7-5203-0513-6

Ⅰ.①现… Ⅱ.①王… Ⅲ.①散文–文学研究–中国–现代 Ⅳ.①I207.65

中国版本图书馆 CIP 数据核字（2017）第 120611 号

出 版 人	赵剑英
策划编辑	任　明
责任编辑	陈肖静
责任校对	刘　娟
责任印制	李寡寡

出　　版	中国社会科学出版社
社　　址	北京鼓楼西大街甲 158 号
邮　　编	100720
网　　址	http://www.csspw.cn
发 行 部	010-84083685
门 市 部	010-84029450
经　　销	新华书店及其他书店
印刷装订	北京市兴怀印刷厂
版　　次	2017 年 7 月第 1 版
印　　次	2017 年 7 月第 1 次印刷
开　　本	710×1000　1/16
印　　张	16.5
插　　页	2
字　　数	238 千字
定　　价	75.00 元

凡购买中国社会科学出版社图书，如有质量问题请与本社营销中心联系调换
电话：010-84083683
版权所有　侵权必究

目　　录

引言 ……………………………………………………………（1）

上编　本体论

第一章　现代散文的"情""志"之真 ……………………（9）
　　第一节　"散文的心" ……………………………………（9）
　　第二节　"个人"·"人生"·"人性" …………………（19）
　　第三节　"我是大概以自己为主的" ……………………（28）
第二章　现代散文的体式结构 ……………………………（37）
　　第一节　现代散文的文体问题 …………………………（37）
　　第二节　"任心闲话" ……………………………………（40）
　　第三节　"不经意的抒写" ………………………………（45）
第三章　现代散文的语言色调 ……………………………（56）
　　第一节　现代散文的语言问题 …………………………（56）
　　第二节　"诗"与"生活"之间 …………………………（59）
　　第三节　"自然"·"节奏"·"绘画" …………………（67）

中编　流变论

第四章　现代艺术散文的艺术流变 ………………………（79）
　　第一节　絮语式小品与杂记的笔法 ……………………（79）

第二节　独语式小品与杂记体式的新变 …………………（83）
  第三节　游记散文与传记散文 ……………………………（91）
  第四节　散文诗 ……………………………………………（105）

第五章　现代杂文的艺术流变 …………………………………（115）
  第一节　现代杂文与思想启蒙 ……………………………（115）
  第二节　《新青年》与周氏兄弟 …………………………（118）
  第三节　杂文文体规范的确立 ……………………………（121）
  第四节　杂文文体的审美自觉 ……………………………（125）

第六章　现代报告文学的艺术流变 ……………………………（137）
  第一节　报告文学文体的现代建构 ………………………（137）
  第二节　报告文学的"文学化"与理论建构 ……………（140）
  第三节　报告文学的诸种体式 ……………………………（145）

下编　传媒论

第七章　《晨报副刊》与现代散文文体理论及创作 …………（155）
  第一节　《晨报副刊》与现代散文空间的开拓 …………（155）
  第二节　《晨报副刊》与艺术散文本体的理论建构 ……（158）
  第三节　《晨报副刊》与"五四"杂文 …………………（166）
  第四节　《晨报副刊》与冰心散文 ………………………（170）
  第五节　科学小品与"五四"精神 ………………………（174）

第八章　《语丝》与现代散文文体的建构 ……………………（178）
  第一节　"语丝文体"：知识分子话语与公共空间的建构 …（179）
  第二节　周氏兄弟：《语丝》杂文的文体创造与发展 …（187）
  第三节　"独语"与"内省"：《语丝》与散文诗 ………（191）
  第四节　"闲谈"与"絮语"：小品散文的文体创构 ……（195）

第九章　《万象》的散文文体美学 ……………………………（201）
  第一节　"言之有物"与"现实性"：《万象》散文文体
　　　　　美学（一） ………………………………………（202）
  第二节　纪实性：《万象》散文文体美学（二）…………（205）

第三节　趣味性:《万象》散文文体美学（三） ……………（208）
　　第四节　批判性:《万象》散文文体美学（四） ……………（210）
第十章　《论语》等与小品文 ……………………………………（215）
　　第一节　《论语》与幽默小品 ……………………………………（215）
　　第二节　《人间世》《宇宙风》与性灵散文 ……………………（224）
　　第三节　"幽默"·"性灵"·"闲适"：闲话体小品 ……………（227）
第十一章　《现代》与中国现代散文生态的变革 ………………（236）
　　第一节　现代散文作者生态的构建 ……………………………（236）
　　第二节　公共文化场域与现代散文文体特质及功能论争 ……（239）
　　第三节　兼容的文化理念与多样的散文文体 …………………（246）
参考文献 ……………………………………………………………（254）

引　言

　　1917年5月刘半农在《我之文学改良观》中首次明确提出了"文学散文"的新概念。他称科学著述、政教实业之评论、官署之文牍告令及私人之日记信札等为"文字的散文",以与"文学的散文"相区别。认为"文学为有精神之物"[①],应"处处不忘有一个我"[②]。1923年6月,王统照又在《纯散文》中提出了"纯散文"的概念,强调散文的文学性,认为散文应"使人阅之自生美感"[③]。不论是"文学散文",还是"纯散文",实际上指的都是排除了学术文、应用文、政论文之外的纯文学意义上的散文,也就是我们现在通行的狭义散文,大体相当于西方的Essay。1925年12月,鲁迅所译《出了象牙之塔》问世。作者厨川白村在"Essay"一节中,将Essay视为"和小说戏曲诗歌一起,也算是文艺作品之一体"[④]。把文学分为小说、戏剧、诗歌、散文四大类,这是体现了西方近代文学观念的文学分类方法,说明至迟在鲁迅译介厨川白村这部著作的1925年,我国已经了解和接受了这一新的文学观念和分类方法,从而结束了中国传统以诗文为正宗的杂文学观念(或称大文学观念)和文学分类方法。曾经被

---

① 刘半农:《我之文学改良观》,胡适编选:《中国新文学大系·建设理论集》,上海良友图书印刷公司1935年版,第65页。
② 同上书,第66页。
③ 剑三(王统照):《纯散文》,俞元桂主编:《中国现代散文理论》,广西人民出版社1984年版,第4页。
④ [日]厨川白村:《出了象牙之塔》,鲁迅译,人民文学出版社2007年版,第6页。

视为"小道""末技"的小说、戏剧被抬到文学正宗的地位，与诗文并列于文学殿堂；散文从包含着学术文、应用文、政论文的"文章"中分离出来，成为一种独立的文学体裁。

"五四"以来的散文之所以被冠以"现代"，并非仅含时间含义，或仅被视为一个相对独立的历史单元/单位，关键在于，现代散文作为一种现代文学体裁，它在中国文学现代化追求的进程中，形成了其鲜明的现代特征。

现代散文的思想、精神内核是民主、自由、科学、理性，强调思想自由、精神自主的主体意识的高度觉醒，是对这些现代性核心理念的认可、接受，也是对这些现代思想文化的阐释、表现和建构、传播。"五四"以来，历史进步话语、人道主义话语、个人主义话语、个性主义话语、民族国家话语，等等，构成了现代文学、现代散文的重要思想依据和精神资源。

一方面，现代散文作家将对"人"的信仰、对现代理性和科学精神的信仰深植于其创作中，以现代文明观、现代文化观，建构起自己的人生理想和文学理想。对于现代散文作家来说，散文是他们传播现代思想观念，推进中国思想、文化、文学之现代转型的重要凭借和积极力量，因此，其创作实践中包含着反传统、批判、更新、创造的思想、精神、激情和价值取向。从这个层面来看，现代散文有着挥之不去的重建民族文化价值观念的宏大叙事特质。另一方面，现代性是以"人"的自觉和"个体"的自觉为标志的。"五四"时代，"人的文学"的倡导，意味着一个独立不倚的现代自由主体被确立为现代文学的核心。在"人的觉醒"的时代，作为最具形式自由度的文体，现代散文自由地表现个人、表现人性，也是题中之义。现代散文作家将这一现代主体自觉灌注于其人生价值取向和文学理想之中，使自己的散文创作不再是为了代言、载道，而是一种人文知识分子自我意识的自觉和获得，表达的是进入自我内心真实的、真诚的内在体验，是一种精神的批判与心灵的自省。"五四"散文的成功，体现着它对人道主义话语和个人主义话语的借助，也体现着现代散文人道关怀和个体表现的成功，它呈现出鲜明的现代个体性面向，展现着现代人文知识分子心灵的"真"与灵魂的"深",显示着真正的个体化写作的精神力度和情感魅力。

与古典散文相比,现代散文有着明确的文体创设的自觉与艺术审美的自律。1947年,朱自清曾两次撰文谈到现代文学的"严肃性"品格。他认为:"严肃这个观念在我们现代文学开始发展时是认为很重要的。当时与新文学的创造方面对抗的是鸳鸯蝴蝶派、礼拜六派的小说。他们的态度,不论对文学,对人生,都是消遣的。新文学是严肃的。这严肃与消遣的对立中开始了新文学运动。尤其是新文学的创作方面。"[①] 他还指出,新文学除了与"消遣"文学的斗争外,还有一个斗争对手是古文及其背后的"文以载道"观:"照传统的看法,文章本是技艺,本是小道,宋儒甚至于说'作文害道'。新文学运动接受了西洋的影响,除了解放文体以白话代古文之外,所争取的就是这文学的意念,也就是文学的地位。他们要打倒那'道',让文学独立起来。所以对'文以载道'说加以无情的攻击。……新文学运动所争的是,文学就是文学,不干道的事,它是艺术,不是技艺,它有独立存在的理由。"[②] 从朱自清对"消遣"文学观的批判可见出,此处"严肃"的内涵为文学应以对社会人生的关怀为要旨;从对古文及"文以载道"观的批判可以见出,此处"严肃"的内涵为文学应有其独立的艺术品格。要之,新文学应具双重"严肃性"——严肃的社会人生关怀和严肃的艺术追求。这里的"新文学",自然也包括现代散文在内。

当散文从与韵文的对峙中解脱出来,而构成与小说、诗歌、戏剧并立而毫不逊色的文体时,现代散文就具有了它的文体独立性和审美自律性。观之于深层,对现代自由主体的强调和凸显,意味着现代散文须是这一主体独立思想、自由精神的自然倾吐。现代散文作家需用自己的语言、语法、句法,自己的修辞、形式与意境,表现自己的思

[①] 朱自清:《文学的严肃性》,《朱自清全集》第4卷,江苏教育出版社1990年版,第478页。

[②] 朱自清:《论严肃》,《朱自清全集》第3卷,江苏教育出版社1990年版,第138—139页。

想情感与生活体验、人生感悟与存在之思。散文文体的独立与散文作家精神的自由相表里。以艺术审美的自律性来衡量、评估文学，是现代性的产物，体现着文学超越外在功利的、道德的现实诉求而进入内在个体以获取自主性的追求。

无论是涉及民族国家、社会现实的宏大叙事，还是对日常人生的关注；无论是人道主义的呐喊，还是个性主义的张扬；无论是启蒙的激情宣讲，还是闲适的超然静观；无论是苍蝇之微，还是宇宙之大……凡此种种，既是现代人文知识分子思想精神个性的表征，也是其自我文化心理身份的建构或调整，同时，又是现代散文文体的衍变、现代散文艺术美学的调整和现代散文独特韵致的发散。

"美文""纯散文""絮语散文""杂感文""闲话体散文""小品文""独语体散文""性灵散文""幽默散文""闲适散文"等诸种名号，杂文、杂记、散文诗、游记散文、传记散文、报告文学等诸种文类，显示着现代散文文体的自觉和高度灵活性与自由性。看似散漫自由、放任无羁，实则有着内在的法度。白话文的语言载体，人性与文学性的本体，现实人生的关注，自我人格的表现，个体情感的表达……既彰显着现代散文作家的文化沉思，又守护着现代散文的独立品格。

对艺术本体的执着诉求，使现代散文在运思、形式、结构、语言等多个层面上形成了自己相对稳定的内在气质与风致。同时，现代散文内在的本体性建构始终与现代中国整体的现代性历史语境相纠缠，始终无法摆脱与现代中国的文化、思想等诸问题的深刻联系。因此，所谓艺术自律，从根本上说，是一种审美乌托邦。尽管它处于遥远的彼岸世界，似乎遥不可及，但换一角度看，恰恰是这彼岸之光照亮了多元共生的此岸世界，而这乌托邦作为一种审美宗教或信仰，充满着建设性的想象力，吸引着、诱惑着人文知识分子以创造性的激情投入到对它的永不停息地追逐之中。在此岸，在此时此地的现代散文，是具体的、在世的、经验化的存在，其流变的脉络与具体在世状态，唯有在现代思想、文化脉络中，方能得到切实观照。

中国现代散文之现代性的另一个重要层面是现代传媒。对现代散文艺术的本体论建构与历时性嬗变的考察,对现代散文作品的文体构造与文化内涵的重释,需要返回散文本体呈现的媒体现场,从而获得应有的历史感和生命活力。

其一,中国现代散文的本源性特征,现代散文文体的性质、特征及其形成、发展和嬗变,与英美散文和古典诗文如六朝文章、魏晋散文、晚明小品等有内在的文体联系,但如果没有现代传媒的中介和转换,西方散文资源和中国古典散文传统也就无法演变为现代散文。探讨中国现代散文艺术的本体及其流变,需充分考量现代报刊传媒在中国现代散文发生、发展和流变过程中的意义。

其二,现代散文思潮、流派、社团的生成与建设无法脱离作为平台与载体的现代传媒的存在。《新青年》《晨报副刊》《语丝》《京报副刊》《民国日报·觉悟》《现代评论》《小说月报》《论语》《人间世》《宇宙风》《骆驼草》《申报·自由谈》《太白》《芒种》《大公报》等现代报刊,提供了现代散文思潮、流派、社团形成和发展的物质条件、物质载体与文化氛围,对后者有着平台作用和特殊制约作用,建构了散文社团流派与现代散文文体、艺术、美感之形成与发展的内在关系,也构造了中国现代散文的现代性质与特点。

其三,现代散文作家与人文知识分子的身份意识、话语意识形成并建构于现代传媒塑造的公共空间。现代传媒及传播方式对于现代散文作家的生存方式、精神生态、文学观念和文体选择具有重大意义。以现代报刊为借助,现代知识分子建构着自己的文化身份,选择并形成了自己的话语方式及风格。在争取"个人"话语权利的过程中,赋予散文文体以"说话"的功能,而这一功能也正建基于现代散文家对现代报刊传媒的深刻理解,散文家在报刊那里首先意识到并获得了一种"说话"的权利,他们更多地通过传媒参与社会活动、政治活动,他们以现代报刊作为知识分子"说话"的平台,并进行同一话语群体的营构。《新青年》《新潮》《语丝》《论语》《现代评论》《大公报》《解放日报》"文艺副刊"等现代报刊,尤其是知识分子同人报刊作为"公共领域"的出现,使散文而非其他文体成为作家参与舆论的主要方式。作为报刊文体的现代散文,在文化传承和发展中承担着特殊的功能角色。现代散文作家作为知识分子群体的现代特性无法超越传媒语境而得以有效阐释。

其四，现代传媒不仅使现代知识分子寻找到了一种新的生存方式，而且使他们获得了一种新的审美观念和文体意识。中国现代散文与古典散文的断裂与承传，与欧美散文之间的引进与转换关系，显示着现代传媒在现代散文文体现代转型过程中的深刻制导作用。中国现代散文文体生成于现代传媒语境，其现代性的文体特质、形态和文类是通过传媒历时地建构起来的。现代传媒选择并形成了现代散文文体，现代散文文体在传媒导引和制约下得以生成与转化。如《申报·自由谈》《新青年》《每周评论》《民国日报·觉悟》《鲁迅风》《野火》《野草》等之于杂文文体的创造，《小说月报》《文学周报》《晨报副刊》《论语》《人间世》等之于小品散文的创造，《晨报副刊》之于旅行记、游记文体的创造，《语丝》之于杂文、散文诗的创造，《光明》《文学界》《中流》《夜莺》之于报告文学文体的创造，等等。

现代散文文体的形成，一方面继承了古代文人精神传统和古典散文文体格调；另一方面又呈现出现代知识分子"说话"的艺术，尤其是杂文的出现，既表征着现代散文文体的独特性，又蕴含着知识分子的现代意识和话语意识，表现出知识分子文体的现代转型。要深入研究现代散文，就必须充分考虑现代散文作为报刊文体的言论权利在诸种体式散文中的表现，分析作为"说自己想说的话"的散文文体及其功能的分化演变、形成不同类型的散文品类的过程，也必然要考虑现代散文在社会批判功能、个人化的言论功能和审美文化功能、休闲娱乐功能之间的寻找和建构。

上 编

本体论

第一章

现代散文的"情""志"之真

第一节 "散文的心"

　　现代散文的所谓"情""志",实际上也就是散文的"意"。一篇散文若不立意,就没有灵魂,缺乏生气。而一篇散文的立意如何,则关系着其艺术质量的高低和审美感染力的大小。郁达夫说:"我以为一篇散文的最重要的内容,第一要寻这'散文的心';照中国旧式的说法,就是一篇的作意……有了这'散文的心'后,然后方能求散文的体,就是如何能把这心尽情地表现出来的最适当的排列与方法。到了这里,文字的新旧等工具问题,方始出现。"[①]

　　散文中的"意",既是自然、社会等客观事物的内在精神,也是散文创作主体对客观事物进行再创造的结果。"意"来自创作主体精神与客观事物内在精神的审美遇合。在遇合的过程中,创作主体的思想、情感、意绪等主观精神有了外在客体作寄寓之所,变得更为形象、具体,也更为充实。另一方面,外界事物的客体也因为有了创作主体精神的笼罩、拥抱和全身心的投入,而变得熠熠生辉,具有了生

[①] 郁达夫:《〈中国新文学大系·散文二集〉导言》,郁达夫编选:《中国新文学大系·散文二集》,上海良友图书印刷公司1935年版,第4页。

机和活力,成为蕴含着作者主体作为人的本质力量,它变成了人化的自然,审美化的自然,并由此凝聚、升华出更为自由、更为广阔的思想空间、想象空间和审美空间。同时,因为外界客观事物本身是丰富复杂的,是多维多面的立体组合,并且还处于不间断地运动、发展和变化中;作者主体也具有完全不同的、独具个性的知识结构、思维形式、情感方式、审美情趣和艺术素养,所以在主体与客体的遇合过程中,当客观事物的内在精神和写作主体的内在精神相互作用之后,其所创造出来的艺术形象也就比现实生活世界更丰富多彩,更丰厚复杂,作品中所蕴含的"意"也就纷繁多样。

由于散文取材非常广泛,它"涵盖时空,广大无边,大至国家社会兴衰治乱,山岳江海沧桑变迁,小至个人一言一行一闪念,一颦一笑,一饮一啄;自然界的虫鱼鸟兽,一花一世界,一叶一菩提"[①];散文的艺术形式也多种多样,小品、随笔、杂文、读书笔记、游记、回忆录、书信、日记、序跋、传记、抒情散文、叙事散文,等等;散文的表现手法丰富多彩,叙述、描写、抒情、冷嘲、热讽,无所不具;散文在结构上随意赋形,"随时的抓取,随意的安排,而用诗似的美的散文,不规则的真实简明地写下来的,便是好的小品文"[②]。由此决定了散文的"意"的内涵或意蕴也丰富多样:有的可以是作品的主题、主旨或中心思想;有的可以是一种情绪,一种心境;有的可以是一种感受,一种情趣;有的可以是一种直觉,一种闪念;有的可以是一种艺术形式和语言的美;有的还可以是上述集中的结合;不一而足。不过,大体上我们可以把它们分为"情"和"志"两类,所谓"志"的要求是高远、深刻;所谓"情"则要求诚挚、美好、纯粹而又博大深广。然则,无论是抒情还是言志,都要求发自作者的内心,包孕着作者对生活独特的思考和见解,渗透着某种情感和哲思,都要求能够展示或暗示出时代和现实在作者心幕上的斑驳投影,甚而感受

---

① 柯灵:《〈中国新文学大系(1937—1949)·散文卷〉序》,上海文艺出版社1990年版。

② 李素伯:《什么是小品文》,俞元桂主编:《中国现代散文理论》,广西人民出版社1984年版,第42页。

着时代的脉搏，散发出清新的催人向上、发人深思的气息和魅力。

散文的"情"与"志"首要的要求是真，不单是对外界客观物象的实写实录，更重要的是渗透着作者独特的思想、观念和对客观物象的情感和评价。"他的条件，同一切文学作品一样，只是真实简明便好。"[①] 所以，散文的真实应该是高于生活真实的"作者心中的意念的真实"[②]，是从作者纯真的心田中自然流淌出来的对现实、人生和自然的体味、思索。作者以一己纯真清洁之心去感受、品味和探索周围的一切；然后再把自己在或辛酸或抑闷或欢欣或愁苦或激越或低回的人生阅历中所得到的思想、智慧和所留下的情感体悟，敞开心扉告诉读者。所以，散文的"兴味全在于人格底调子（Personal note）"[③]。

鲁迅曾说："又因为惊异于青年的消沉，作《希望》。"在这篇散文诗中，我们可以听到对青年的希望的幻灭给鲁迅带来的更大的寂寞和痛苦。他在作品中，描述了心中的"寂寞"、"哀死""暗夜"和"虚妄"，表现出了从鲁迅的日常生活现实中所无法看到的内心的"苦闷"，隐含着他自身感觉到的受"青年的消沉"现象刺激而产生的巨大痛苦。"然而现在何以如此寂寞？难道连身外的青春也都逝去，世上的青年也多衰老了么？我只得由我来肉薄这空虚中的暗夜了。""世上的青年"的"哀死"和"消沉"，也是鲁迅内心世界的真实的感受。这篇散文诗，流露出鲁迅内心最深重的寂寞感和在"希望"与"绝望"间无地彷徨的矛盾心境。同样，在作品中，鲁迅深感寂寞而又努力打破寂寞，感到希望的渺茫而又与绝望抗战。在这种希望与绝望相交织的矛盾中，鲁迅发出了反抗绝望的悲凉而又坚忍的声音："我只得由我来肉薄这空虚中的暗夜了，纵使寻不到身外的青春，也总得自己来一掷我身中的迟暮。但暗夜又在那里呢？现在没有星，没有月光以至笑的渺茫和爱的翔舞；青年们很平安，而我的面前又竟至

---

① 周作人：《美文》，俞元桂主编：《中国现代散文理论》，广西人民出版社1984年版，第3页。

② 梁实秋：《论散文》，俞元桂主编：《中国现代散文理论》，广西人民出版社1984年版，第37页。

③ ［日］厨川白村：《出了象牙之塔》，鲁迅译，人民文学出版社2007年版，第7页。

于并且没有真的暗夜。绝望之为虚妄，正与希望相同！"就这样，鲁迅在毫不遮掩地自我袒露中，重新获得了内在的力量和信念。我们由此也认识了一个真实的、丰满的、立体的、没有丝毫伪饰的鲁迅形象，看到了他内心中的空虚、寂寞、绝望的"消极"情绪，也看到了他在希望与绝望之间矛盾斗争，彷徨于无地的内心苦痛。你可以说他写的是个人悲欢，一物之微，但你也不可能看不到"心事浩茫连广宇"的他，如何在这小小的个人天地中，开拓出一个广阔的人生的大世界，你也不可能感受不到他所带给我们的思想上的启示和精神上的激励。而这种效果的产生，正是由于作者鲁迅自我的真诚和坦白。

散文立意的"真"，不仅表现于情感的真，很多时候还表现在思想上的真，理性上的真。钱锺书的《魔鬼夜访钱锺书先生》，写的是阴间的魔鬼和阳间的作者的对话。这本身就是对现实生活的变形。这个饱经历史沧桑的魔鬼，表面上是邪恶势力的代表，其实是否定精神的化身。它能思善辩，出语"歪歪斜斜"，且不大合乎逻辑，但却处处歪打正着，说出了一系列令人战栗的可怕的真理："我是做灵魂生意的。人类的灵魂一部分由上帝挑去，此外全归我。谁料这几十年来，生意清淡的只好喝阴风。一向人类灵魂有好坏之分，好的归上帝，坏的由我买卖。到了19世纪中叶，忽然来了个大变动。除了极少数外，人类几乎全无灵魂"；"像我这样有声望的人，不会没有应酬……不愁没有人请你吃饭，只是人不让你用本领换饭吃"。从视角到构思，从语气到逻辑，都与通常杂文不同。其自由思维和存在于意念中的感觉思维基本上呈现出一种散乱状态，没有连贯性和固定性，显得扑朔迷离、怪诞离奇，却从这种曲折怪奇的形式中透彻地折射出生活的哲理和某些现象的本质特征。

当然有些作品并没有那种从纷繁的材料中经过反复提炼、凝聚而成的主题思想，而主要是表现一种情趣，一种野趣，并不以多么高深的思想性取胜，如周作人的《喝茶》。作者开门见山，点明了题旨："茶道的意思，用平凡的话说，可以称作'忙里偷闲，苦中作乐'，在不完全的现世享乐一点美与和谐，在刹那间体会永久。"接着就谈起自己的"喝茶观"："喝茶以绿茶为正宗"，"当于瓦屋纸窗之下，清泉绿茶,用素雅的陶瓷茶具,同二三人共饮,得半日之闲,可抵十年的尘梦。"中间则大谈中外各国的"茶食",认为最好的是日本的"羊羹"和江南的"干丝"。从作者对绍兴昌安门外周德和"豆腐干"的追忆中,可以体味到他淡淡的思乡怀故之情。文章谈古说今,平和冲淡,正如"喝清茶","赏鉴其色与味",充溢着士大夫文人的闲情逸趣。作品所表现出的情趣,与他的"上至生死兴衰,下至虫鱼神鬼,无不可谈"的散文题材观,与其"必须有涩味与简单味,这才耐读"的散文语言观,与其"以科学常识为本,加上明净的感情与清澈的理智"的人生观,是相吻合一致的。从《喝茶》中可见周作人思想、性格和审美情趣的真实的一面。

其次,散文的"情"与"志"必须新颖,有独创性,要以清新的意味给读者以新鲜的感受和启示。它不强调题材、主题的深奥、观点的惊人,而是要在平凡中显示不平凡的思想、见解和情感、体验。这种新颖、独特的"情"与"志"不是来自作者的闭门造车、苦思冥想,而是来自于作者对生活的观察、体验、理解和感受。只有观察得细,体验得深,理解得透,感受得丰富强烈,才能做到立意的新颖和独创。叶圣陶的《五月卅一日急雨中》和郑振铎的《街血洗去后》写的都是对"五卅"惨案的见闻和感想。前者把自己的愤怒与鄙视、感动和虔敬的爱与憎的感情,贯穿于所见所闻中,直面同胞淋漓的鲜血,怒向敌人高举的屠刀,满腔悲愤如山洪倾泻、火山爆发,不可遏抑,有着强烈的战斗精神和撼动人心的力量。后者则以简洁质朴、亲切自然的笔触真实地描写了惨案的街血洗去后南京路的实况。不仅揭露了帝国主义在中国犯下的血腥罪行,而且还描述出一些市民群众对帝国主义屠杀自己的同胞时的麻木不仁的精神状态;表现出一个富有正义感的知识分子迫切希望民众惊醒、奋起的爱国主义思想。

再如,在旧社会,钞票贬值是常有的事,用纸币来换现银也是常做的事。鲁迅有十几元钞票,听说能用纸币换现银,就去以六折换了一半,心里感到满足。后来又涨到了七折,心里更加高兴,把剩下的一半又换了。这在当时是生活中的常事,但鲁迅却在《灯下漫笔(一)》中表现了大师的独到见解。作者由这件极平常的事进行深入思考，引出了一个社会大问题：中国几千年的历史是两种朝代更替的历史：想做奴隶而不得的时代，暂时做稳了奴隶的时代。并要求时代的青年创造"中国历史上未曾有过的第三样时代"。这样的认识，就包含着作家新颖、独到的见解，给读者以新的感受和思考。他的《由中国女人的脚，推定中国人之非中庸，又由此推定孔夫子有胃病》，运用逆向思维，指出："为什么历代'圣人'要提倡中庸，这正因为大家并不中庸的缘故，人必有所缺这才想起他的所需。"这里将历代"圣人"提倡"中庸"换成大家并不"中庸"，用独特的逆向思维，冲破了由习惯或经验形成的思维定式，得出的见解可谓新奇，使作品发出"刚健、反抗、破坏和挑战的声音"，给正在抗战的国人以极大的启示与鼓舞。

　　散文的"情""志"除了真实新颖外，还要求深湛。所谓深湛，就是言近而意深，纸短而情长，"情""志"深远而不浅露。与其他艺术作品一样，散文艺术也有文野、粗细、高低之分。那些"情""志"浅露的作品便是粗糙的艺术，而那些立意精深蕴藉的作品才是精珍的艺术。优秀的散文作品，表面上可能平淡无奇，看不出有过人之处，但若仔细地吟咏、体味，便会发现其思想、情感之丰厚之深湛。在文面上，它可能没有所谓的"点题"文字，但实际上却包含着作者深邃的思考和高远的眼光。鲁迅的《螃蟹》一文，主要讲述了一个螃蟹蜕壳的寓言故事：一个即将蜕壳新生的老螃蟹，怎样提防着自己在蜕壳后"身子还软"的时候被"同种"吃掉，又怎样一针见血地揭露了一个声言要"帮"他的"同种"，其实是想趁机吃掉他的险恶居心。通过这个小故事，鲁迅揭示了一条事物发展的基本规律：一个经蜕变获得新生的事物，当他处于幼弱阶段的时候，往往存在着被旧事物扼杀的危险。他还通过强调老螃蟹的"不安"并非空害怕，"实在亲眼见过"，以指出这条规律是从痛苦的历史经验教训中总结出来的。

　　一篇散文所言之"志"的高远、深刻，并不一定非得靠"重大题材"。许钦文的《花园的一角》表面写的是花园的一角，是一种生态关系，里面有柔美的水杨、壮美的夹竹桃，细簇簇碧油油的草地上点缀着一丈红、红蔷薇、凤尾草,池塘里,千姿百态地长满荷花。这儿确实是一个美的所在。但一些不雅观的生物也开始登场亮相:青蛙、蛇、水虱、蚂蝗、泥鳅。接着主角蜻蜓上场为追求蝴蝶而被蛛网黏住,癞蛤蟆高兴地爬过去吃蜻蜓。所有的花草树木"都在代替蜻蜓惋惜"。蜻蜓感到凄凉,却又"以为这是甜蜜的。因为他以为蝴蝶姑娘要用温柔的手解除缠着他的网丝了"。在美与丑、善与恶、蜻蜓与癞蛤蟆的对比中,作者以蜻蜓为核心构造了一个象征体系,使花园一角的生态关系成为人类世界一角的缩微,包含了世界中美善与丑恶的搏斗和爱与死的悲剧。追求的结果是牺牲,牺牲却未必能换来理解和相应的报偿。花园一角发生的一切难道不是一个具有普遍性的悲剧?作者的精心立意和巧妙构思,使读者在生物世界的形象关系中发现了与人类世界异质同构的联系,因而得到情感的震动和思想的启迪。

具体到单篇散文,作者或抒情或言志,只是相对来说侧重于哪一方面而已。《花园底一角》固然能以象征手法营造的象征体系,来揭示现实世界中美与丑、善与恶的搏斗和爱与死的悲剧,对人的生存状况进行了富于哲理意味的探索,但作品中也寄托着作者对社会生活尤其是时代惨变的观察、体验和他的痛苦。文章写蜻蜓临死前,花草树木尽管都为他悲哀,表示同情,却没有一个助他一臂之力,在描写中渗透着作者的孤独与悲哀。整篇散文在一种诗意的氛围中,蕴含着作者对美的渴望与深情,也包裹着作者的悲愤之情。

同样是写情,吴伯箫的散文《马》则寥寥数语,却也能情透纸背,力透纸背。吴伯箫写到他的父亲,只有三句话。在叙述了自己喜欢骑马,常常跑得连午饭都忘了吃之后,作者写道:"直到父亲呵叱了,才想起肚子饿来。反正父亲也是喜欢骑马的,呵叱那只是一种担心。啊,生着气的那慈爱喜悦的心啊!"父亲呵叱时的神态,作者没有展开;父亲呵叱的内容,也没有叙写;"我"的反应,也略而不谈。作者只是抓住"呵叱",剖析它实际上是"一种担心",抒发自己怀念父亲的"生着气的那慈爱喜悦的心"的绵绵无尽的爱意。冰心在谈到自己的创作时曾说:"这本书中的对象,是我挚爱恩慈的母亲,她是最初也是最后我所恋慕的一个人,我提笔的时候,总有她的颦眉或笑脸,涌现在我的眼前。她的爱,使我由生中求死——要担负别人的痛苦;使我由死中求生——要忘记自己的痛苦。"优秀的散文的语言中,无不泗润着感情的分子,它之所以能使读者达到"忘情忘我"的境地,关键全在一个"情"字。散文只有写出了"我"之情,也就是说这个"情"是真实的、个性化的、精湛的,那么它就会以其独特的情感魅力来打动读者、征服时代。没有"情"的散文只是一具没有生命活性的肉体。正因为如此,抒写父子之情的《背影》(朱自清)和《一个人在途上》(郁达夫),抒写母子之情的《寄小读者》《南归》(冰心)和《落日》(萧乾),抒写夫妻之情的《给亡妇》(朱自清)等情真意笃之作,才能在与读者心灵的共鸣中,保持着其恒久不移的价值。

散文要确立真实、新颖而深湛的"情""志",还要注重两者的融合。"文章的风格既如人格,则亦当如完整的人格,不以理绝情,亦不以情蔽理,而能维持情理之间的某种平衡,也就是感性与知性的相济。"[①] 一篇散文若重在言"志"而少"情"的滋润,则常显枯涩,若重在抒"情"而乏"志"为依托,则回味不永。所以,在散文中尽管强烈的独特的感情必不可少,但理性的统摄也至关重要。鲁迅的散文《忆韦素园》,选取韦素园与作者交往中的"相识""守寨""剖白""探病""死"五件小事,秉笔直书韦素园在"默默中生存",又在"默默中泯没"的人生,表现了他"既非天才,也非豪杰",默默地认真工作,在艰难的时日,在自己生着病的时候,仍默默地非常负责地在"未名社"对付"内忧外患"的业绩。对于这样一个在文坛不引人注目的人,鲁迅认为他是"值得记念的青年"。这原因在于鲁迅在与其交往中有深切感受,蓄积着怀念亡友的悲凉、哀伤的情感。如在"探病"部分作者写道:"精神却并不委顿。我们和几个朋友都很高兴。"但"我在高兴中,又时时夹着悲哀:忽而想到他的爱人,已由他同意之后,和别人订了婚;忽而又想到他竟连绍介外国文学给

---

① 余光中:《散文的知性与感性》,张俊才等选编:《20世纪中国文学史文论精华:散文卷》,河北教育出版社2000年版,第378页。

中国的一点志愿，也怕难于达到；忽而想到他在这里静卧着，不知道他自以为是在等候全愈，还是等候灭亡；忽而想到他为什么要寄给我一本精装的《外套》……"文章由韦素园的事迹引开，联系文坛上的"谬托知己"的"无聊之徒"，揭露其将死尸当成"沽名获利之具"，"既以自衒，又以卖钱"的丑恶嘴脸。在生与死、美与丑的对比中，进一步肯定、颂扬了韦素园"认真"，"切切实实的，点点滴滴的做下去的意志"，高度评价了像韦素园这种既非"天才"，也非"豪杰"的青年在中国社会中不可或缺的意义和价值："他是楼下的一块石材，园中的一撮泥土，在中国第一要他多。"在悼念亡友的悲凉情感之中隐含着对中国现实和中国知识界现实的深切关注和思考。现代散文尤其是杂文，对世界、对人生的内在意蕴进行了整体性的开发，树立起了现代散文（杂文）的丰碑。其他如郭沫若、冯雪峰、聂绀弩、闻一多、秦似、宋云彬等的杂文都作了对生活的哲理的揭示。

散文中的理，不能像议论文那样直接说出来，而是让感情不断升华，处于最高点和饱和状态，通过艺术形象自然而然地流露出来。所以散文中的理，必须是情感化的理，形象化的理，而不是抽象的逻辑说理和干巴空洞的说教。丰子恺的散文《渐》引类取比，夹叙夹议，纵谈作者对"阴阳潜移，春秋代序"，人事荣枯兴衰的观察和经验，富有哲理意味，而且还以讲故事的形式说理抒情：某农夫每天早晨抱着牛犊跳过一道沟，到田里劳作，夕暮又抱了它跳过沟回家。日复一日，年复一年，而不知牛之变大变重。有一天，农夫因事停止劳作，次日就再也不能抱着牛跳沟而过了。作者以故事来说明"人们每日在抱了日重一日的牛而跳沟，不能停止。自己误以为是不变的，其实每日都在增加其苦劳！"这一故事的插入，不仅使深奥的哲理得到了形象化的表达，而且还赋予文章一种新鲜隽永的趣味。

散文中说理、言志的方式多种多样。

第一种是在具体的叙述和形象的描写后，于作品最后进行议论，直接说理。如鲁迅的《扁》，其主旨是批评文坛上有些人只作空论而不务实际的作派。作品没有对这个庞大而复杂的理论作严谨的探索，而是举重若轻，只是向读者讲了一个笑话：从前有两个"近视眼"要比眼力，来到关帝庙，要看匾上写的什么字。来之前，二人先到漆匠那儿打听了一下。因探得的内容不同，一个记得是大字，一个记的是小字，于是两个人互相指责对方说谎。有人对他们说，那匾还没挂起来呢！最后，鲁迅直接点题："我想，在文艺批评上要比眼力，也总得先有那块匾额挂起来才行。空空洞洞的争，实在只有两面自己心里明白"。《张资平氏的"小说学"》先写张资平"跑进'乐群书店'中"，分析张资平小说的价值倾向，再写张资平要去大夏教"小说学"，最后才提炼出张资平"小说学"的"精华"："那就是——△"形象而直观地揭示了张资平三角恋爱小说的实质。

第二种情况，是将理寓于具体形象之中。有些散文的理，并不在作品中直接点明，而是寓于具体的形象中。像前面分析的鲁迅的《螃蟹》、许钦文的《花园底一角》等都属于这种情况。

第三种情况，是作者不借助叙述故事、描写景物作间接体现，而是把诗意的思索、感情的激流，直接从胸中、从笔端溅出来。例如丰子恺的《杨柳》写道："看见湖畔的杨柳树上，好像挂着几万串嫩绿的珠子，在温暖的春风里飘来飘去，飘出许多弯度微微的S线来，觉得这一种植物实在美丽可爱，非赞它一下不可。"然而，他之爱杨柳有些特别，既不"爱它的鹅黄嫩绿"，或者"爱它的如醉如舞"，或者"爱它像小蛮的腰"，或者"爱它是陶渊明的宅边所种"，这些都不是他爱杨柳的原因，他认为"杨柳的主要的美点，是其下垂"。别的花只顾贪慕虚荣地往上长，而"绝不回顾处在泥土中的根本，"真是"可恶而又可怜"。而"杨柳没有这般可恶可怜的样子：它不是不会向上生长。它长的很快，而且很高；但是越长越高，越垂得低，千万条陌头细柳，条条不忘记根本，常常俯首顾着下面，时时借了春风之力，向处在泥土中的根本拜舞，或者和它亲吻。……杨柳树也有高出墙头的，但我不嫌它高，为了它高而能下，为了它高而不忘本"。作者实质上是借赞柳来阐释他的"贵贱观"，从对柳树轮廓的勾勒中，活画出一副社会相，文章笔无藏锋，犀利逼人，纵横剖析，痛快淋漓。

第四种说理方法，是作者边叙边议，在叙述和描写的过程中，用议论加以调和、点化,将叙述、描写的内容向纵深开掘。朱自清在给俞平伯《燕知草》作序时,特别提到作者怀着"素朴的趣味"写下的《雪晚归船》:"这种'夹叙夹议'的体制,却并没有堕入理障中去;因为说得干脆,说得亲切,既不'隔靴搔痒',又非'悬空八只脚'。这种说理,实也是抒情的一法……"① 朱自清将"夹叙夹议"的说理看成是"抒情的一法",而夹叙夹议的写情,则是一种情理交融、叙议结合的抒情之法。

总起来说,"情"与"志"是构成散文的重要因素之一。优秀的散文一方面要有强烈深湛的感情,同时也要有深刻的思想和精辟的见解,二者完美融合,互相依傍互为支持,才能使散文有上乘的立意。

第二节 "个人"·"人生"·"人性"

中国古典(传统)散文与现代散文的一个重要区别是,后者不仅有着前者的情趣与韵味,更有着前者所没有的人道主义和个性主义意涵。1924 年,英国学者小泉八云的《文学论》即由沈泽民翻译并在《民国日报附刊·觉悟》上连载。其中有言:"将来的文学,一定是怜悯的文学——古罗马时代和古希腊时代的意义的怜悯,不是现在所知道的怜悯中夹着轻蔑的意思,是对于一切形式的人类苦痛的纯粹的同情。""我想,那个现代的字'人道'最能表达它底意思。而在文学中,若要问哪一种的作品特别适宜于负载'人道',我要说是这篇讲义所用的题目——'小品文'了"②。中国现代散文注重"个人""个性",并往往出之以"闲话",在对现实、生活、人生的体察中,有着洞识人生、人性问题的现代意识。不仅如此,现代散文对现实的关注,也并非黏着于衣食住行、柴米油盐等世俗性维度,它有着对更广阔、更深邃,也许更抽象、虚空、虚灵的人性或民族性、国民性问题

---

① 朱自清:《〈燕知草〉序》,《语丝》第 4 卷第 36 期,1928 年 9 月 3 日。
② [日] 小泉八云:《文学论·第八章散文小品》,沈泽民译,《民国日报附刊·觉悟》,1924 年 4 月 17 日。

的思虑。这有益于促使散文更彻底地摆脱政治文化视角，而全力关注人类生存处境和人性本体，将散文文学提升到通过对人类文化思想的追摹，体察人性弱点和阐明人类精神困境的高度。

在谈到小品散文的题材和作法时，李广田认为："小品散文也有各种各样，写'身边琐事'的小品散文是一种，写'身外大事'（恕我随便用一个名词）的小品散文又是一种，于是有柔性的小品散文，也有刚性的小品散文，有闲逸的小品散文，也有强力的小品散文。前者往往是慰情的、和平的，后者往往是激发的、鼓舞的。前者往往只叫人接触到一个生命，后者往往叫人接触到更多的生命。小品散文与身边琐事，并不一定有必然的关系。"他认为，"生活比写作重要，也比写作困难，最要紧的是改造自己的生活。要打破自己的小圈子，看见、认识、并经验那个大圈子的生活，要使自己和世界相通，要深知那血雨腥风和深知身边琐事一样，要使身边琐事和血雨腥风不能分开……写血雨腥风自然很好，写身边琐事也不一定不好，因为身边琐事也可能有血雨腥风的气息。由近及远，自浅而深，原是最容易写得亲切真挚的办法"[1]。

在现代散文家眼里，"个人"往往是与"人性""人生""民族""人类"等问题联系在一起的。梁遇春认为："小品文是最能表现出作者的性格的，所以它也能充分露出各国的国民性。"[2]他还用"拈花微笑"形容散文的自然真切之美："小品文是用轻松的文笔，随随便便地来谈人生，并没有俨然地排出冠冕堂皇的神气，所以这些漫话絮语很够分明地将作者的性格烘托出来，小品文的妙处也全在于我们能够从一个具有美好的性格的作者眼睛里去看一看人生。"[3]

1926年8月开明书店出版了夏丏尊、刘薰宇合著的《文章作法》，其中专论小品文作法，所谈相当具体，涉及五个方面。其一，

---

[1] 李广田：《论身边琐事与血雨腥风》，俞元桂主编：《中国现代散文理论》，广西人民出版社1984年版，第145—147页。

[2] 梁遇春：《从孔子到门肯》，《新月》1929年第6、7期合刊。

[3] 梁遇春：《〈小品文选〉序》，俞元桂主编：《中国现代散文理论》，广西人民出版社1984年版，第27页。

从取材上讲，著者认为："作小品文必须注目于事物的细处"，"从许多断片的部分的材料中，选出最可寄托情感的一点拿来描写，这是作小品文的秘诀。"这点明了小品文的一大特点，即其取材更倾向于关注"小"的材料，而非"大"的材料，但"小"从"大"中取出，以小见大。其二，重视表现主体的感受。小品文并不是一种再现生活事实的文体，而是侧重于表现主体情思，凸显"我"的存在的文体。著者指出："我们与事物相对时，心情中必有一种反应或感觉，这普通称为印象。"小品文"就是要把印象写出"。其三，强调作品的表现力。小品文不必将所有直白地写出，而是"用了部分去暗示全体，才会有余情"。在作者看来，"暗示是小品文的生命"，是构成小品文滋味的要素。其四，作品叙写要有"中心"。"没有中心，文字就要散漫无统一"，而"散漫无统一的文字断不能动人"。但作者所说的"中心"，并不局限于事项，"事项虽不前后联络，只要情调心情上能统一时，仍不失为有中心的文字"。此表述虽与后来所谓"形散神不散"有近似处，对于"神"的理解却颇为不同。其五，笔法的"机智"。"小品文如奇兵，平板的笔法断难制胜，非有机智不可。"这五个方面，基本上奠定了小品文的写法与笔调，同时，也为此后的研究提供了基本技术要素和路径。

　　梁实秋则说，"能够沉静的观察人生，透彻的表现人性的一部，这就是文学家"[①]，散文由此以普遍的人性为中心，追求文学的高超性；他说："先有高超的思想，然后再配上高超的文调"，而"高超的文调，一方面是挟着感情的魔力，另一方面是要避免种种的卑陋的语气，和粗俗的辞句"，唯有如此，方能获得"文学的高超性"。[②]

　　李素伯《小品文研究》引述日本厨川白村的理论，如此阐明小品文的意义和特质："作者最真实的自我表现与生命力的发挥，有着作者内心的独特的体相。"[③]在将小品文与诗歌小说戏剧等其他文学门类

[①] 梁实秋：《论第三种人》，《偏见集》，正中书局1934年版，第90页。

[②] 梁实秋：《论散文》，俞元桂主编：《中国现代散文理论》，广西人民出版社1984年版，第38页。

[③] 李素伯：《小品文研究》，江苏教育出版社1996年版，第4页。

进行比较后，李素伯进一步确认了小品文的特殊价值，尤其指出文学是表现人生、批评人生的东西，小品文的表现或许不如小说系统全面，"只是不经意的抒写着自己所经验感受的一切"，"却能出其不意的，找得在人生里随处都散布着的每颗沙砾的闪光，使你惊叹，使你惊喜……"① 这与本森《随笔作家的艺术》中的看法颇有异曲同工之妙，散文家应是人生的热心者，是"人生的解说员，人生的评论家"，他观察人生，描写出生命的光焰，人生的意义、兴味乃至人性的种种弱点，他们的这种关切之所以能通过文字"把人生道路上看来单调乏味的空间、平平无奇的地段转化为华丽、新奇的东西"，是因为："这些精神产物，萌发自千万人的心灵，犹如灿烂的阳光穿过阴暗愁闷的云层，促使我们想到人类既平凡，又高尚，我们自己伟大而不自知。"②

周作人曾将文学、散文与人生的关系作"不必为人生"，"文学即人生"的表述。在他看来，"人生的文学实在是现今中国唯一的需要"，而"人生的文学"包含两层含义："一、这文学是人性的；不是兽性的，也不是神性的。二、这文学是人类的，也是个人的；却不是种族的，国家的，乡土及家族的。"③ 在周作人的文学观中，文学是以作为主体的人的本性为本位的，也即"人生的文学"即为"人性"的文学。他强调文学以人性和人类为指向。针对当时文艺"为什么"的问题，他认为这种文艺一定要"为什么"的态度有可能"妨碍自己表现的目的"，其流弊在于"容易讲到功利里边去，以文艺为伦理的工具，变成一种坛上的说教"。④ 故此，他将散文定位为"人生的文学"而"不必为人生"，是为着避免陷入功利化窠臼而进行的曲折表述，是为了避免社会性因素和政治意识形态，尤其是具体时政因素的

---

① 李素伯：《小品文研究》，江苏教育出版社1996年版，第9页。
② ［英］亚·克·本森：《随笔作家的艺术》，刘炳善等译，傅德岷编：《外国作家论散文》，新疆大学出版社1994年版，第69—70页。
③ 周作人：《新文学的要求》，郑振铎编选：《中国新文学大系·文学论争集》，上海良友图书印刷公司1935年版，第142页。
④ 同上书，第141页。

过多介入和干预,不得已而为之的刻意之举。"人生的文学"也罢,人性的文学也好,目的在于关注人生而避免使散文再度成为载道之具,倡导文学、散文的自律性。

朱自清几乎持同样观点,他认为,散文所写"都只是作者自己的发现","写的也就是他自己"①,只有摆脱了载道的外在要求,"自己"才有发现的可能,"自己"也才有可能真切地呈现出来。味橄(钱歌川)坚持这种个人化、个性化的散文观,要求作为自由主体的散文作家在写作中建构主体的文化人格,实践自我的主体性:"小品文是一种表现自己的文学,尽管取材的范围没有涯尽,但总是以自己为中心的。最上乘的小品文,是从纯文学的立场,作生活的记录,以闲话的方式,写自己的心情,其特征第一是要有人性,其次要有社会性,再次要能与大自然调和。静观万物,摄取机微,由一粒沙子中间来看世界。所以题材不怕小,不怕琐细,仍能表现作者伟大的心灵,反映社会复杂的现象。有时象显微镜,同时又象探照灯。普通不被人注意的东西,却在小品文中显露出来了。"② 这正与深刻影响了现代中国散文理论构想的厨川白村所说一致:"在 essay,比什么都紧要的要件,就是作者将自己的个人底人格的色采,浓厚地表现出来。从那本质上说,是既非记述,也非说明,又不是议论,以报道为主眼的新闻记事,是应该非人格底(impersonal)地,力避记者这人的个人底主观底的调子(note)的,essay 却正相反,乃是将作者的自我极端地扩大了夸张了而写出的东西,其兴味全在于人格底调子(Personal note)。有一个学者,所以,评这文体,说,是将诗歌中的抒情诗,行以散文的东西。倘没有作者这人的神情浮动者,就无聊。作为自己告白的文学,用这体裁是最为便当的。"③ 所谓"自己的个人底人格的

---

① 朱自清:《山野掇拾》,佘树森编:《现代作家谈散文》,百花文艺出版社1986年版,第8页。

② 味橄(钱歌川):《谈小品文》,俞元桂主编:《中国现代散文理论》,广西人民出版社1984年版,第154页。

③ [日]厨川白村:《出了象牙之塔》,鲁迅译,人民文学出版社2007年版,第6—7页。

色采""作者这人的神情""自己告白的文学"等皆为蒙田创立的西方现代随笔的根本、本质的内涵。简单地说,就是个体自我人格的表现,而这恰是现代中国散文现代性构想和实践的核心内容。胡梦华说"絮语散文(Familiar essay)"的成就是"近世自我"的解放和扩大促进的,散文中的一切都是从作者的主观发出来的,所以散文的特质是个人的,"他的人格的动静描画在这里面,他的人格的声音歌奏在这里面,他的人格的色彩渲染在这里面,并且还是深刻的描画着,锐利的歌奏着,浓厚的渲染着"①。

梁实秋也谈道:"一个人的人格思想,在散文里绝无隐饰的可能,提起笔来便把作者的整个的性格纤毫毕现的表示出来。"②梁实秋强调散文对作者人格思想的"全真"映照;之所以能够及至"全真",是因为散文是"最自由的",这种"最自由"是由作者的精神自由造就的。将散文视为"最自由的"文体,这在现代似由梁实秋最早提出,深得现代散文的精神本旨。所谓自己和人格的表现,也就是文学个性的充分呈示,所以郁达夫将"现代的散文之最大特征",归结为"每一个作家的每一篇散文里所表现的个性,比从前的任何散文都来得强"③。

李素伯的《小品文研究》、陈炼青的《论个人笔调的小品文》、陈叔华的《娓语体小品文释例》等,都认为"个人笔调的小品文"是"文艺之一种","以自我为中心,是作者自己的世界观及人生观色彩最浓厚之产物"④,所以作者的个性、人格的表现,都被看作是小品文必要的条件,他们在对闲适、娓语的"健谈精神"的具体阐发中,同样将"闲"与文明相结合,认为能"寓眼光见解,人情物

---

① 胡梦华:《絮语散文》,俞元桂主编:《中国现代散文理论》,广西人民出版社1984年版,第16页。

② 梁实秋:《论散文》,俞元桂主编:《中国现代散文理论》,广西人民出版社1984年版,第35—36页。

③ 郁达夫:《〈中国新文学大系·散文二集〉导言》,上海良友图书印刷公司1935年版,第5页。

④ 陈炼青:《论个人笔调的小品文》,《人间世》第20期,1935年1月20日。

理于谈话之中"的散文是"理想的文学"。针对甚嚣尘上的文学工具论，他们提出像那些优秀散文家那样从"极大的琐事"里写出人生况味，未必不如贴救国宣言有价值，散文（文学）家所能做的也就是"写作"，在文学中谈人生，如果以它为"小事"，为远离政治"大事"纷争的"中庸之道"，那也是无害的而有价值的小事，"连篇的玄空大道理，固嫌过重。但满纸的风花雪月与肉麻，又岂不太轻？娓语体的小品文即力求二者间的平衡。它表面似乎小，但内容却很大。篇幅虽然简短，但所包的东西亦很丰富。所写诚然是小事，但这些小事里总有蕴藏着的较大方面——或是人生的真实，或是个人的情趣"。何况，在这"人欲横流"的变乱时代，"洁身自好便是一种美德"①。

现代散文，尤其是叙事、抒情的小品文、游记、随笔等，往往选取看似细小平凡的事物，一个内蕴丰厚的片刻，一个能反映事物整体情貌的细节，"抚四海于一瞬，挫万物于笔端"，纳须弥于芥子，"一粒沙里见世界，半瓣花上说人情，就是现代的散文的特征之一"②。作家所捕捉和表现的往往是生活中的一缕美情，一段佳意，一细小物什，一具体意象，一点灼见，一个妙理，乃至人物一言一笑一举一动的细节，但透过这生活的光斑、这情感的微波，作者所展现的却是人的思想情感乃至时代的风云变幻和精神流向。"宇宙之大，苍蝇之微，皆可取材。"③朱自清的《背影》是借父亲的背影来抒发父子之情的散文佳作。但作者没有详写"父亲"的身份职业、衣着服饰、音容笑貌，也没有正面写家庭中父子的情感交流和人物对话，而只是写在那个"祸不单行"的冬日，父子办完丧事后，在过江前后、上车前后的几件小事，尤其是描写父亲穿过铁

---

① 陈叔华：《娓语体小品文释例——小大辩》，《人间世》第28、29期，1935年5月20日、6月5日。

② 郁达夫：《〈中国新文学大系·散文二集〉导言》，上海良友图书印刷公司1935年版，第9页。

③ 林语堂：《〈人间世〉发刊词》，俞元桂主编：《中国现代散文理论》，广西人民出版社1984年版，第64页。

道买橘子前后的动作和背影。语言质朴无华而又声情并茂。既表现出父亲对儿子的体贴爱护,无微不至,又展示了"我"由少年意气到痛悔流泪的情感变化。它之所以令人感动,正是由于其情真意切。文章只写"背影",却又一唱三叹,前后呼应。文章看似粗笔勾勒式的简单写照,却也恰好是感情和事态的自然流露和发展。钱锺书的《窗》从文化的角度写窗户,作品从"门"与"窗"的区别写起:门是人的进出口,窗是春天的进出口,二者有"宇宙观的分别","门许我们追求,表示欲望,窗许我们占领,表示享受",门的关开由不得人,窗的关开可以酌情增减……作品妙语连珠,巧喻迭出,由具体的"门"和"窗"一步步升华到人事、心灵上的"开窗""关窗"和"开门""关门",通篇充溢着极富思辨性的理趣和极富灵性的情思。周作人的散文"上自生死兴衰,下至虫鱼神鬼,无不可谈"[①],涉猎广泛,知识性强,上下古今,旁征博引,内容充实,文中荡漾着一种幽默的情趣。许地山的《落花生》托物言志,表明作者的做人准则:"要做有用的人,不要做伟大、体面的人"。鲁彦的《杨梅》寄托着作者对故乡的怀恋之情;鲁迅的《风筝》以质朴洗练之笔追忆手足兄弟之情,暗含中国传统文化对人的"精神的虐杀",其主旨与《狂人日记》一脉相通。

在现代写景的散文名篇中,作者同样融情入景,传达出其独特的沉思和情愫。郭沫若的《路畔的蔷薇》写一束鲜艳的蔷薇花被遗弃在路边,引发作者无限的怜惜和情思,并由花事而及人事,由自然而至社会,映现出作者世态炎凉、人情冷暖的现实人生体验。"我"把被遗弃的蔷薇用"清洁的流水、清洁的素心"供养起来,使它吮吸到水,得到了爱,有了生存的自由。作者由此联想到作为万物灵长的人,更应有生存的自由和生活的权利。他的《水墨画》以暴风雨将至的海面为背景,用浓黑的线条涂抹出那一刻被凝滞了的天空、海水、海岛、沙岸、渔舟和等待暴风雨来临以打破这肃穆沉寂氛围的"我"。

---

① 周作人:《〈中国新文学大系·散文一集〉导言》,周作人编选:《中国新文学大系·散文一集》,上海良友图书印刷公司1935年版,第9页。

读者看到的是一位漂泊者疲惫的身影及其躁动不安的灵魂。《水墨画》与其说是描绘暴风雨前的大海，毋宁说是作者凄凉、感伤、孤寂的心灵之海的写照。许钦文的《花园底一角》、罗黑芷的《雨前》、丽尼的《江南的记忆》、茅盾的《雷雨前》等散文都展示出作者精神的侧面和心灵的一隅。

以写人物为主的散文，往往只对人物的某一突出之处作较详尽的描写，行文中带有强烈的感情色彩。一般不对人物的一生作全面的评述，而只表现与作者密切相关的某些生活片段和细节，写法上较为随意灵活。萧红的《回忆鲁迅先生》在平实的叙述中，写出了鲁迅精神的另一侧面。整篇文章没有华丽的辞藻，没有痛不欲生的哀哭，也几乎没有抒情的语言，大多是鲁迅生活的一些细节描写，以及鲁迅与自己的一些谈话的场景描写，但在这些看似平淡的描写中却渗透着作者对鲁迅先生的敬重，蕴藉着作者对鲁迅去世的痛苦之情，给人一种真切实在的感觉。这种细致而富有生活气息的描写贯穿于整个作品之中，成为读者了解鲁迅、认识鲁迅的生动材料。

郁达夫的《一个人在途中》抒写作者在五岁的爱子龙儿"丧葬之后"，心中的无限哀思时，选取了"一张被他玩破的今年正月里的花灯""上屋里砖上的几堆烧纸钱的痕迹""滴答的坠枣之声""箱子里，还有许多散放着的他的小衣服"等细小事物，虽然只是如实地娓娓说来，却感人至深。鲁迅《范爱农》中的主人公范爱农一出场，其鲜明的个性便跃然纸上。作者用一句冷言愤语，一笔眼睛勾画，就把范爱农给作者的"离奇""可恶"的"初念"，入木三分地表现了出来，为后文表现人物的可爱、可敬，做了强有力的铺垫。

要言之，现代散文既有着现代社会的世俗性品质，也有着传统士人审美的因子；既有着对宏大叙事的关注，又有着现代日常生活和人情物理的表现；既流露着个人的坦诚的态度，又表现着日常人生经验与个体的日常琐事。凡此种种，又无不与以人道主义（普遍主体）、个人主义（个体主体）为思想根基，以细节写实为基本手法，以日常生活与情感为表现对象的"现实主义"精神和艺术观念相呼应。现代散文是现代知识分子的精神塑形与个人性情的表征。

第三节 "我是大概以自己为主的"

"新文学的散文可以说是始于文学革命。"① 中国现代散文,在"五四"新文化运动的背景下产生,必然带着思想文化启蒙的特质,它直接受到欧洲近代以来启蒙主义思想的影响,突出体现了"人"的自觉。作为一场思想革命,启蒙运动是人类文明史上最重要的一次精神反省,在对中世纪精神长夜的反思中,人第一次发现了自身,感受到自己不是上帝的奴仆,或者是谁的附庸,人是自己的主人。西方的启蒙思想强烈地震撼了中国一些先觉的智识者的心灵。他们在启蒙思想的冲击下,强烈地感受到,中国文化需要清理,需要变革。这种变革不仅直接在思想界主张,而且在文学方面做出了突出反映。通过散文,读者能真切地"洞见作者是怎样一个人",因为"他的人格的动静描画在这里面,他的人格的声音歌奏在这里面,他的人格的色彩渲染在这里面,并且还是深刻地描画着,锐利地歌奏着,浓厚地渲染着。所以他的特质是个人的(personal),一切都是从个人的主观发出来的。"② 这样一种思想境界,直接作用于现代散文的文体发展。

现代散文的首要特质就是真实,叙真事,抒真情,写真性。周作人认为,散文不仅是个人自己的,而且还须有"真实的个性""真的心搏"③。林语堂也明确表示:"性灵派文学,主'真'字。发抒性灵,欲得其真,得其真,斯如源泉滚滚,不舍昼夜,莫能遏之。国事之大、喜怒之微,皆可著之笔墨,句句真切,句句可诵,盖'真'有性灵之言,常浮出纸上,决不与众言伍。""真"被林语堂视为散文之

---

① 周作人:《〈中国新文学大系·散文一集〉导言》,周作人编选:《中国新文学大系·散文一集》,上海良友图书印刷公司1935年版,第1页。
② 胡梦华:《絮语散文》,俞元桂主编:《中国现代散文理论》,广西人民出版社1984年版,第16页。
③ 周作人:《谈龙集·地方与文艺》,岳麓书社1983年版,第8页。

立身之基与创作源泉,"见真则俯仰之际,皆好文章,信心而出,皆东篱语也"。① 这都表示着林语堂对散文文体独到而深刻的体认。实际上,除却周作人、林语堂,"五四"时期的其他作家,如郁达夫、胡梦华、梁实秋等也都十分重视散文表达上的真实,并把真实同作家的"人格""性情"和气质结合起来,这是诸多散文家共同的审美诉求。

散文中的人物、事件、感情等必须在生活世界中真实存在,至少也要有相当的根据。但它所允许的艺术加工程度比报告文学大一些,它强调人物、事件的主要方面符合客观事实,但报告文学必须准确无误,真实是其首要特质和原则,不允许任何虚构。一位报告文学作家可以借助其他人和事,结合实地的参观采访,通过他人事后的介绍,来认识、理解写作对象,借助某些再现性想象来揣摩、构思,然后述写成文。这种再现性想象在报告文学写作中是完全必要的,它不仅无损于作品的真实性,而且也是决定报告文学作品艺术效果和艺术魅力大小的重要因素之一。所以散文的真实,是一种艺术真实。葛琴在《略谈散文》中如此界说散文:"关于它的界说,却也不曾有人作过,似乎也很难精确地作出。不过我们可以约略地举出它的几个特点来说的:第一,它不同于诗或散文诗的地方,不仅是形式上较为自由广泛,而在内容上,它不采用虚构的题材的。散文往往是作者对于实际生活中间所接触的真实事物、事件、人物、以及对四周的环境或自然景色所抒发的感情与思想的记录,是一种比较素静的和小巧的文学形式。"② 事实上,在以抒情为基调的散文中,它所描写的人、物、景的真实,是指浸涵着作家诸多感觉和想象因素的真实。与其本体物象相比,它因受作家主观感觉、想象的影响而发生某种程度的变形。唯有通过这种"变形"的艺术化处理,读者才能透过这些具体的人、物、景的描写,领略到作家所要抒写的思想情感。如茅盾的《白杨礼赞》《雷雨前》,朱自清的《荷塘月色》《绿》,吴伯箫的《"早"》等都是

---

① 林语堂:《论文》,俞元桂主编:《中国现代散文理论》,广西人民出版社1984年版,第63页。

② 葛琴:《略谈散文》,俞元桂主编:《中国现代散文理论》,广西人民出版社1984年版,第138页。

外界的客观物象与作者主观的思想感情相契合，在内心深处引起强烈的共鸣，获得深切感受，在主观对客观的渗透、拥抱中，生发出丰富的联想和想象。作者在形神兼备的描述中，把自己此时此地的感受真切地传达出来。所以，散文中的人、物、景往往是某些苦苦缠绕着作家的思虑情感和情绪所幻化出来的人、物、景，是"画中之竹"，它直接源自作者的"胸中之笔"，尽管它以"眼中之竹"为现实参照物。这种作者强烈的主观色彩，意味着散文，尤其是散文诗中会出现某些幻象和梦境的描写，唯此才能直抒作者深处的思虑、情感和情绪。鲁迅散文诗集《野草》所收篇什，大都有幻象和梦境的描写，《影的告别》《好的故事》《死火》《狗的驳诘》《失掉的好地狱》《墓碣文》《颓败线的颤动》《立论》《死后》等基本采用梦境和幻象的描写，来传达鲁迅那种孤独寂寞的体验和矛盾苦闷的思想情绪，那种坚持反抗的坚韧的战斗精神，以及在令人窒息的社会现实中，鲁迅作为一个先驱者的生命体验：空虚与充实，沉默与开口，生长与朽腐，生与死，明与暗，过去与将来，希望与失望，爱与憎，友与仇，大欢喜与大痛苦，静穆与放纵。这是一种希望与失望之间的心理绝境，映现出鲁迅在此生命时刻的内心情绪。

  作为一种独特的现代文体，散文的特性和价值在于它能更直接显明地表现出作家的人格和个性。进入"现代"，文学上最大的发现是"人"的发现，"自我"的发现。一个人的个性和人格，不仅在思想、道德上得到了充分的权利，更在文学中有了充分表现的机会和权利。尤其在散文这一见真见性、毫无隐饰可能的文类中，体现得更加直接和充分。不论是周作人的"个人主义的人间本位主义"[①]，胡适充分发展个体独立、自由人格的"健全的个人主义"[②]，还是鲁迅的"尊

  [①] 周作人：《人的文学》，《中国新文学大系·建设理论集》，上海良友图书印刷公司1935年版，第195页。

  [②] 胡适：《个人自由与社会进步》，姚鹏、范桥编：《胡适散文选》（二），中国广播电视出版社1992年版，第274页。

个性而张精神"的"本属自由"之"自我"①，陈独秀推崇的"以个人为本位"的"拥护个人之自由权利与幸福"的"大精神"②，抑或林语堂的"个人之性灵"③，无不以"个人"作为现代文化价值主体。

郁达夫也曾指出："现代的散文之最大特征，是每一个作家的每一篇散文里所表现的个性，比以前的任何散文都来得强。"又指出，这一点"可以说是中外一例"。而"个性"的内涵则是个人性与人格的"两者合一性"。④作者的人格、个性如何，直接决定着散文的成功与否，所以对一个散文作者来说，首先应具有一个美好、高尚的人格。正如梁遇春所指出的，"小品文的妙处也全在于我们能够从一个具有美好的性格的作者眼睛里去看一看人生"⑤。"自我表现为作品的生命；作者个性、人格的表现，尤为小品文必要的条件。"⑥ 自"五四"至30年代，林语堂对散文有着一以贯之的认识："文章者，个人之性灵之表现。性灵之为物，惟我知之，生我之父母不知，同床之吾妻亦不知。然文学之生命实寄托于此。故言性灵之文人必排古，因为学古不但可不必，实亦不可能。言性灵之文人，亦必排斥格套，因已寻到文学之命脉，意之所之，自成佳境，决不会为格套定律所拘束。"⑦ 林语堂不仅认为性灵就是个性，是自我，而且认为性灵是文学生命之寄托，抓住了性灵，文章就不为格套定律所拘，文体也随之获得了自由解放。所以，在他看来，性灵实乃文学之命脉，性灵是"足

---

① 鲁迅：《文化偏至论》，《鲁迅全集》第1卷，人民文学出版社1981年版，第54页。

② 陈独秀：《东西民族根本思想之差异》，任建树等编：《陈独秀著作选》第1卷，上海人民出版社1993年版，第166页。

③ 林语堂：《论文》，俞元桂主编：《中国现代散文理论》，广西人民出版社1984年版，第54页。

④ 郁达夫：《〈中国新文学大系·散文二集〉导言》，郁达夫编选：《中国新文学大系·散文二集》，上海良友图书印刷公司1935年版，第5—7页。

⑤ 梁遇春：《〈小品文选〉序》，俞元桂主编：《中国现代散文理论》，广西人民出版社1984年版，第27页。

⑥ 李素伯：《小品文研究》，江苏教育出版社1996年版，第3页。

⑦ 林语堂：《论文》，俞元桂主编：《中国现代散文理论》，广西人民出版社1984年版，第54页。

以启近代散文的源流"。① "不说别人的话"、不追随"他人的议论调和而成的""公论"的"偏见",② 坚持个人本位,推崇个性,标志着现代散文的现代发生及其现代性内涵,这是与"五四"新文化运动同步的。周作人也坚持散文应以"自我"为中心,认为散文是一种属于"私论"的十分"个人化"的文体。其"言志"说,所指实为言"个人"之志。在他看来,"个人言志"的文学高于"集体载道"的文学。他进而论述:"小品文是文学发达的极致,他的兴盛必须在王纲解纽的时代……小品文则又在个人的文学之尖端,是言志的散文,他集合叙事说理抒情的分子,都浸在自己的性情里,用了适宜的手法调理起来,所以是近代文学的一个潮头。"③ 这种以"个人"为本位,强调"自己的思想""自己的表现"的散文理论主张,与周作人的另一篇名文《人的文学》的思想一脉相承,显示着以"自由"为核心并由此生发的个性主体的精神内涵,也是作为思想者和散文家的周作人对个性心灵—精神品质的深刻体认。

在小说、散文、诗歌、戏剧文学四大部类中,散文和诗歌最为接近,都以直接抒写作者的思想感情为线索。在作者的人格和个性表现的显与隐,直与曲上,散文与诗歌较之小说和戏剧文学往往来得更为直接、鲜明。小说重具有可叙述性的故事情节,重人物性格的刻画和对人物的生活环境,尤其是社会环境的具体描写。戏剧文学除具备一般叙事性作品的基本因素,如塑造典型形象,讲究结构的完整性、统一性,揭示深刻的主题之外,还要受舞台演出的制约,必须符合舞台艺术的要求,剧本主要靠人物通过自身的动作进行自我表现,把剧作家的舞台提示和台词作为人物心理动作的外现方式。剧本需要各种戏剧冲突,需要情节的生动性和丰富性,无论是戏剧冲突还是戏剧情节,都通过因果相承的动作直观展现出来。剧本以动作作为塑造人物

---

① 林语堂:《论文》,俞元桂主编:《中国现代散文理论》,广西人民出版社1984年版,第54页。

② 林语堂:《插论语丝的文体》,《语丝》第57期,1925年12月14日。

③ 周作人:《〈中国新文学大系·散文一集〉导言》,周作人编选:《中国新文学大系·散文一集》,上海良友图书印刷公司1935年版,第6—7页。

形象的基本手段。无论是小说还是戏剧文学，向读者展示的都是经过作家艺术虚构的具体生活场景和故事情节，都是活动于场景和情节之中的一个个人物形象的具体表现，并由此组合成为一幅完整的人生画面，作家对现实人生的思考、认识、态度和情感倾向都"应当从场面和情节中自然而然的流露出来，而不应当特别把它指点出来"（恩格斯 1885 年 11 月 26 日给敏娜·考茨基的信）。因此，在小说和戏剧文学中，作家的人格和个性也就表现得较为隐蔽、曲折。而在散文中，作者总是以亲友、知己的身份，无拘无束、率真坦承地与读者对话、谈心，把自己的欢乐与忧伤、苦闷与追求、怅惘与沉思，乃至其习惯、脾性、嗜好、缺点都坦率地、诚恳地，无遮掩地向读者倾吐。通过真挚的对话、交流，唤起读者的共鸣和好感，间接地起到教育、娱乐和审美作用。反之，作者在文章中如果缺少诚实的人格和个性表现，读者阅读时总感觉"烟雾迷蒙，相隔遥远"，作者仿佛"穿着礼服，正襟危坐，神情严峻，高高在上"[①]，作者和读者就无法形成心灵的沟通，从而难以使其作品产生相关的情感陶冶和审美熏染作用。

现代散文中的小品、散文诗等品类，尽管讲究含蓄、蕴藉，追求"意在言外""妙不可言"的艺术效果，但它所展示的鲜明而具体的形象、意象也是直接采撷于生活，并且蕴含着作者独特的情思，有其个性化的色彩、声音和节奏。所以，相对于小说和戏剧文学来说，散文中作家的人格和个性体现得就更为鲜明、突出。"散文的'主角'是作者自己。'我'是散文审视、表现的审美'对象'。"[②] 老舍的散文《小型的复活——自传之一章》，叙述自己的身世、经历、读书、爱好，语言简洁、朴实，灵活而幽默。作者向我们叙述自己的一切连同其缺点和短处，说的都是真心话，这既显示出作者诚实无妄的人

[①] 秦牧：《潇洒自然之美》，《秦牧选集》，四川人民出版社 1981 年版。
[②] 刘锡庆：《当代散文：更新观念，净化文体》，《散文百家》1993 年第 11 期。

格，让人肃然起敬，又在与读者的平等交流中，让人会心一笑。①

作家诚实的人格和个性，不仅表现在解剖自我，展示个体的思想、情感上，还表现在描写别人时能直抒己见，不偏袒诋毁，不溢美隐恶。梁遇春的《吻火》是悼念徐志摩的短章，文中没有交代徐志摩的编年史，却以寥寥五百字深悉了徐志摩的灵魂堂奥，复活了他诗趣盎然、奕奕映人的形象。写"他那双银灰色的眸子……他那种惊奇的眼神，好象正在猜人生的谜，又好象在一叶一叶揭开宇宙的神秘……他的眼睛又有点象希腊雕像那两片光滑的、仿佛含有无穷情调的眼睛"，借此作者匠心独运地为我们展示了徐志摩的初步轮廓。《吻火》把握了徐志摩精神中的大动脉，写意似的活现了"他时时刻刻都在惊奇着。……天天都是那么有兴致，就是说出悲哀的话的时候，也不是垂头丧气，厌倦于一切了，却是发现了一朵'恶之华'，在那儿惊奇着"。接着，作者借一个点火的刹那小动作，一句英语"吻火"的闲徐道白，不仅将徐志摩的身份履历、性格风度和盘托出，连其一生处世态度和向往追求都在这光与影中得到了淋漓尽致的烘托概括和再现。1931年底徐志摩乘机触山焚化，被作者形容为"对人世火焰作最后的一吻"，将其热情生涯的一响而尽描画得勾魂摄魄、形神俱现。《吻火》离形得神，以曲线点染的方式传神写照了徐志摩最真实微妙、最富动感节韵的生命情态。

作家的"自我"不仅表现于文章的选材和构思，同时也表现于文章的风格、语言和表现方法等方面。不但在选材、立意和构思上不落入俗套，而且在文字的运用上，也尽可能避免那些不假思索信手拈来的词语，而致力于更准确、更形象、更优美的文字，去表现自己所要表现的一切。

---

① 原文如下："舒舍予，字老舍，现年四十岁，面黄无须。生于北平，三岁失怙，可谓无父。志学之年，帝王不存，可谓无君。无父无君，特别孝爱老母，布尔乔亚之仁未能一扫空也。幼读三百千，不求甚解。继学师范，遂奠教书匠之基。及壮，糊口四方，教书为业，甚难发财；每购奖券，以得末彩为荣，示甘于贫贱也。二十七岁，发愤著书，科学哲学无所懂，故写小说，博大家一笑，没什么了不得。三十四岁结婚，今已有一女一男，均狡猾可喜。闲时喜养花，不得其法，每每有叶无花，亦不忍弃。书无所不读，全无所获，并不着急。教书作事，均甚认真，往往吃亏，亦不后悔。如是而已，再活四十年也许能有点出息。"

鲁迅的《秋夜》第一段是一句非常著名而又极普通的写景的话。

> 在我的后园，可以看见墙外有两株树，一株是枣树，还有一株也是枣树。

这里的枣树既是鲁迅生活现实中自然景物的真实写照，当时鲁迅的住所确实存在着两棵枣树；同时，又是全篇传达作者主体情绪的形象，是孤独的战斗者精神世界的象征。作者采取这种类似烦琐重复的表现手法，给读者一种反常规思维的新刺激，大大强化了"枣树"这一意象给他们留下的印象，具有独特的审美效果和艺术韵味。

郁达夫的《故都的秋》、老舍的《想北平》都写老北京的自然风物，传达出作者对古老都城的真挚、浓烈、醇厚的眷恋之情。但前者主要是通过故都之秋与江南之秋的对比反衬自然而然地流露，作者撷取的仅是点缀北国之秋的几处平凡景致，将秋风、秋雨、秋声、秋味描绘得自然亲切，寥寥几笔而秋韵毕现。后者则以"痴想"的方式写他熟悉的北平。作为一个地道的老北平，老舍想念北平是离家去国后的一种想念，他将至深的思念和爱恋融入极普通的事物中，以内心独白的方式娓娓叙说，展现的是地道的老北京的神气，传达出一座文化古城的深厚底蕴。作者对北平风俗的描写中含有一种至美的境界。《故都的秋》情感奔放浓烈，行文腾挪跌宕，语言瑰丽、洒脱、俊逸；《想北平》语调舒缓亲切，叙述流畅自然，语言细腻、幽默、俏皮，融风俗与儒雅于一炉，读后别有一番醇厚滋味。

散文更能直接、鲜明地表现出作家的人格和个性这一特征，在杂文等议论性散文中体现得更为突出。杂文作为中国社会大变革和"五四"新文化运动中思想启蒙和反帝反封建的历史需求的产物，它的基本性质是战斗的和批判的，基本任务"是在对于有害的事物，立刻给以反响或抗争"，它是"感应的神经，是攻守的手足"[①]，"杂文最凸

[①] 鲁迅：《〈且介亭杂文〉序言》，俞元桂主编：《中国现代散文理论》，广西人民出版社1984年版，第177页。

显的一个特质，不是冷嘲，不是热讽，而是正面短兵相接的战斗性……这不是闲情的说东论西，而是关于自己生命的肉搏战"①。李大钊在《〈晨钟〉之使命》中，提出要为"自我之绝叫"，他最早拿起杂文作武器，向旧时代宣战，呼唤新时代的诞生。在《青春》《今》《新的！旧的！》等杂文中或提出自己的希望和看法，或抨击黑暗势力，或痛贬不合理现象，都体现出其思想的敏锐、深刻，含蓄着深沉的哲理，在较强的抒情意味中，传达出作者的诗人气质。鲁迅的杂文以不拘一格的形式，寓热情于冷峻的笔法，通过抨击时政和鞭挞习俗来揭示生活哲理，将诗与政论结合在一起，开创了现代杂文的新风。它尖锐泼辣，形象生动，进行广泛的"社会批评与文明批评"，传达出自己对历史和现实的观察、体验和独特的思考、认知。鲁迅在谈到自己的杂文创作时，曾说："我早有点知道：我是大概以自己为主的。所谈的道理是'我以为'的道理，所记的情状是我看到的情状。"②写杂文是"将我所遇到的，所想到的，所要说的，一任它怎样浅薄，怎样偏激，有时便都用笔写了下来。说得自夸一点，就如悲喜时节的歌哭一般，那时无非借此来释愤抒情"③。鲁迅正是依凭杂文来"释愤抒情"，表现出自己的真实个性。

---

① 田仲济：《略论杂文的特质》，俞元桂主编：《中国现代散文理论》，广西人民出版社1984年版，第256页。

② 鲁迅：《新的蔷薇》，《华盖集续编》，人民文学出版社2006年12月第2版，第117页。

③ 鲁迅：《小引》，《华盖集续编》，人民文学出版社2006年12月第2版，第1页。

第二章

现代散文的体式结构

第一节　现代散文的文体问题

　　1922年，胡适在《五十年来中国之文学》中论述了近代至"五四"时期文学的演进，他认为周作人等人的"小品散文""用平淡的谈话，包藏着深刻的意味，有时很像笨拙，其实却是滑稽。这一类作品的成功，就可彻底打破那'美文不能用白话'的迷信了"。胡适将周作人称作"美文"、王统照称作"纯散文"的一类称为"小品"和"小品散文"，肯定其亲切的谈话特色，认为是白话散文中最可注意的发展和成功。①

　　周作人在《〈雨天的书〉自序二》里说自己那些杂感随笔之类的"小品文"，只是要说些自己的话。1926年，胡梦华提出"絮语散文"，为那种如家人絮语闲谈的、以"个人的"为特质的散文定名。周作人又在《〈燕知草〉跋》中将自己原来所用"论文"或'美文'"改称为"小品文"或"有人称他为'絮语'过的那种散文"。这样，小品文、絮语散文、娓语体，基本都指称周作人提倡的"新散

---

① 胡适：《五十年来中国之文学》，《胡适文集》第3卷，北京大学出版社1998年版，第263页。

文"或"言志的散文"。① 同年,他《重刊〈陶庵梦忆〉序》和1928年《杂拌儿跋》中,都使用了更明确标示现代性的"现代的散文"。

从周作人在《美文》中提及的"美文"和梁遇春翻译的英国小品文,到胡梦华《絮语散文》和林语堂所多次引介的中外散文作品看,大致都属于 Familiar essay 一类,且在行文论述中,他们又都引用厨川白村的"论随笔 essay"作为理论依据,这些看似各异的名词,其实质皆有一个共同指向,恰如李素伯在《小品文研究》中所说,周作人所谓艺术性的美文,其实就是小品文,有人将西欧的 Essay 即所谓"试笔",译作"随笔",而将 Familiar essay 译作絮语散文,"但就性质、内容和写作态度上,似乎以小品文三字为最能体现这一类体裁的文字"②。

林语堂后来也在《论小品文笔调》里指出此种文体"实系现代小品文","现代"两字强调它的外形内质都"与古人小摆设之茶经酒谱之所谓'小品',自复不同"。何谓"笔调",按林语堂的理解,笔调既是区分文体的标准和尺度,又是一种语体,比如有"闲适笔调""娓语笔调""言志笔调"等。当然,笔调更是一种"个人笔调"。林语堂力主闲散自在的笔调:"此种笔调,笔墨上极轻松,真情易于流露,或者谈得畅快忘形,出辞乖戾,达到如西文所谓'衣不纽扣之心境'。"在林语堂看来,小品文如果有此种笔调,自有其独特的美姿,要义都是提倡"个人笔调",表明它是"主观的,个人的""言志文"。③

中国现代散文,从"美文""小品散文"经"絮语散文"到"小品文",名称虽异,其所内涵的文学观念和价值取向却有相近相通之处,即有意无意与主流保持疏离的姿态,确立与传统散文正统意识的对立性结构关系。在种种不同的名称背后,确立着现代性的散文精神

---

① 周作人:《近代散文抄序》,《苦雨斋序跋文》,河北教育出版社2002年版,第127页。

② 李素伯:《小品文研究》,江苏教育出版社1996年版,第2页。

③ 林语堂:《论小品文笔调》,俞元桂主编:《中国现代散文理论》,广西人民出版社1984年版,第65—66页。

与特质。其中重要内涵之一，便是散文的文学性。关于这一点，胡梦华的观点是："一个絮语散文家固然要有絮语散文家天生的扩大的意志，还要有抒情诗人的缠绵的情感，自然派小说家的敏锐的观察力；更要有卓绝的艺术手段把这些意志的、情感的、观察力的结晶融会贯通，笼统地含蓄在暗示里，让细心的读者去领会"，这种集各种文学才华于一身的絮语散文，无疑"是一种不同凡响的美的文学。它是散文中的散文，就同济慈（Keats）是诗人中的诗人"。① 胡适曾提出"文学有三个要件：第一要明白清楚，第二要有力能动人，第三要美"。"美就是'懂得性'（明白）与'逼人性'（有力）二者加起来自然发生的结果。"② 胡适认为，散文宜重学理的清晰明白和能打动人的从容平和之美。

"文调"则是由梁实秋提出来的一个重要的散文概念。梁实秋将"文调的美"作为散文艺术本质的关键。他认为，"散文是没有一定的格式的，是最自由的，同时也是最不容易处置，因为一个人的人格思想，在散文里绝无隐饰的可能，提起笔来便把作者的整个的性格纤毫毕现的表示出来"。所以，"有一个人便有一种散文"，诚如伯凤（Buffon）所说"文调就是那个人"。在这里，梁实秋首先肯定散文是"艺术的散文"，将"文调"与作家的人格联系起来，因此认为"散文的艺术仍是作家所不可少的"。文句的选择、修辞上的策略、语气运用等均有艺术上不可忽略的问题，尤以"文调的美"为重，而散文文调的美是"作者的性格的流露"，是"作者内心的流露"，"散文的艺术便是作者的自觉的选择"。"文调"之妙处在于："文调的美纯粹是作者的性格的流露，所以有一种不可形容的妙处：或如奔涛澎湃，能令人惊心动魄；或是委婉流利，有飘逸之致；或是简炼雅洁，如斩钉断铁……"最后再从美学上对文调提出要求：其美在个性，在对于"作者心中的意念的真实"，在"简单""适当""活泼"。"散文的文

---

① 胡梦华：《絮语散文》，俞元桂主编：《中国现代散文理论》，广西人民出版社1984年版，第16—17页。

② 胡适：《什么是文学》，胡适编选：《中国新文学大系·建设理论集》，上海良友图书印刷公司1935年版，第214—215页。

调应该是活泼的，而不是堆砌的——应该是象一泓流水那样的活泼流动"。①

稍有不同的是，朱自清在写于1928年的《论现代中国的小品散文》中却认为散文"不能算作纯艺术品，与诗、小说、戏剧，有高下之别"。散文的写作"既不能运用纯文学的那些规律，而又不免有话要说，便只好随便一点说着"，②从朱自清将诗、小说等三个文学门类与散文区分的"高下之别"，以及散文或小品文与"纯文学"的关系而论，他似乎将散文看作低于诗歌等的文体。不过，这一观点并未被学界看重。

这些研究从不同的视角将散文文体的特性给予了各自相异的阐发，这种阐发扩展了现代散文的文体视野，同时也释放了散文文体内蕴着的能量。

第二节 "任心闲话"

"人"的独立、"个人"的自由，出之于文字，即为"文学"的自由，二者构成表里关系。"人的文学""活文学""真的文学"无不以个体的精神自由、人格独立为精神底色。人的主体性必然意味着文学的主体性、独立性。人的主体意识与自由意识的实现在文学上必然以文学的自主、自立、自律为原则。"文章……乃以性灵本主，不为格套所拘，不为章法所役。"③ 表征于散文，即能将叙事、抒情和议论的功能熔于一炉，并且灵活自由，可以有所侧重，所以，现代散文的体式结构不拘一格，笔法随意自然，表现形式比小说、诗歌、戏剧文学更为多种多样，举凡杂感、小品、随笔、速写、通讯、游记、书

---

① 梁实秋：《论散文》，俞元桂主编：《中国现代散文理论》，广西人民出版社1984年版，第35—38页。

② 朱自清：《论现代中国的小品散文》，俞元桂主编：《中国现代散文理论》，广西人民出版社1984年版，第408—409页。

③ 林语堂：《论文（下篇）》，《论语》第28期，1933年11月1日。

信、日记、人物记、回忆录等，皆可纳入散文范畴。关于散文的这一艺术特征，鲁迅说："散文的体裁，其实是大可以随便的，有破绽也不妨。"① 鲁迅说的"大可以随便"，是指散文体裁风格灵活自由，不拘一格，多姿多彩，既可以叙事，可以描写，也可以抒情，可以议论。它可以像小说一样，通过对典型的生活片段和细节，作形象描写、心理刻画、环境渲染、气氛烘托；也可像诗歌一样，运用比喻、象征、拟人等一定的艺术手法，营造一定的艺术意境。

以鲁迅的散文为例。其散文体式结构不拘一格，有以议论为主的杂文、杂感，有以记叙为主的记人、叙事散文，有以抒情为主的散文诗。仅就杂文而言，其体式结构也形态各异。"五四"时期有"随感录"和《热风》中的短评式杂文，语丝时期创作了"规范化的散文"和"变体的杂文"②。既有闲谈漫议式杂文，论战式杂文，警句格言式杂文，哲理性杂文，还有融知识性、学术性、趣味性与政治性于一体的杂文，如《魏晋风度及文章与药及酒之关系》，"在中国现代杂文史上具有特殊的意义，它开了借谈学术谈历史以影射现实的风气"③。其余论战性杂文有与"现代评论派"论战的《并非闲话》《我的"籍"和"系"》《"公理"的把戏》等，与创造社进行"革命文学"论争的《"醉眼"中的朦胧》《我的态度气量和年纪》等，以及与新月派论争的《新月社批评家的任务》等。鲁迅的上述杂文与一般论争文章的最大不同，就在于它并非就政治、社会或学术思想进行正面的系统的论争，而往往抓住与论争有关的一些小问题，如"我的'籍'和'系'""我的态度气量和年纪"等，从侧面入手，揭露对方，给予重创，以一击致敌于死命。鲁迅的这种论战性杂文创作，增强了现代散文的论辩批判功能和战斗性，形成了尖锐、犀利、泼辣而又严谨的战斗风格，并使讽刺、反语等在论争中常用的修辞方法得到更为广

---

① 鲁迅：《怎么写——夜记之一》，《三闲集》，人民文学出版社 2006 年 12 月第 2 版，第 23 页。

② 冯光廉主编：《中国近百年文学体式流变史》（下），人民文学出版社 1999 年版，第 71 页。

③ 同上书，第 81 页。

泛的应用，从而丰富了现代杂文的表现手法。其哲理型散文如《战士与苍蝇》《夏三虫》《导师》等，短小隽永，既写人叙事，也刻画形象，而且也有议论。但其篇幅更短小，语言更洗练，作者于简单的叙述描写之后，更侧重于从中概括、提炼出哲理和诗意。

朱自清在综论20世纪20年代小品散文盛极一时的原因和概况时，指出了20年代诸多的散文流派和表现风格："这三四年的发展确是绚烂极了：有种种的样式，种种的流派，表现着、批评着、解释着人生的各面，迁流曼衍，日新月异：有中国名士风，有外国绅士风，有隐士，有叛徒，在思想上是如此。或描写，或讽刺，或委曲，或缜密，或劲健，或绮丽，或洗炼，或流动，或含蓄，在表现上是如此。"① 由此可见散文的文笔随意自然，千姿百态。梁遇春在论散文小品时曾说过："大概说起来，小品文是用轻松的文笔，随随便便地来谈人生，并没有俨然地排出冠冕堂皇的神气……小品文象信手拈来，信笔写去，好象是漫不经心的，可是他们自己奇特的性格会把这些零碎的话儿熔成一气，使他们所写的篇篇小品文都仿佛是在那里对着我们拈花微笑。"②

其实，散文的体式结构和表现手法虽灵活自由，但正如散文家李广田所指出的，"它的长处大概在于自然有致，而无矜持的痕迹。它的短处却常常在于东拉西扯，没有完整的体势"，"说散文是'散'的，然而既已成为'文'，而且假如是一篇很好的散文，它也绝不应当是'散漫'或'散乱'，而同样的，也应该象一座建筑，也应当象一颗明珠"（李文此前说'如把散文比作行云流水，那么小说就是精心结构的建筑，而诗则为浑然无迹的明珠'——引者注）。③ 在另一处，作者也有类似说法："好的散文，它的本质是散的，但也必须具

---

① 朱自清：《论现代中国的小品散文》，俞元桂主编：《中国现代散文理论》，广西人民出版社1984年版，第408页。

② 梁遇春：《〈小品文选〉序》，俞元桂主编：《中国现代散文理论》，广西人民出版社1984年版，第27页。

③ 李广田：《谈散文》，俞元桂主编：《中国现代散文理论》，广西人民出版社1984年版，第143—144页。

有诗的圆满,完整如珍珠,也具有小说的严密,紧凑如建筑。"① 可见,散文的特点虽为"散",但此"散"不可理解为可以不假思索和节制地信笔写去,恰恰相反,唯其篇幅简短,更要求艺术的精粹,唯其质朴自然,更须注意诗情与文采。梁实秋认为:"散文的美妙多端,然而最高的理想也不过是'简单'二字而已。简单就是经过选择删芟以后的完美的状态。"他认为:"散文的艺术中之最根本的原则,就是'割爱'。……散文的美,不在乎你能写出多少旁征博引的故事穿插,亦不在多少典丽的辞句,而在能把心中的情思干干净净直接了当的表现出来。散文的美,美在适当。"他引述古希腊批评家郎占诺斯的话,称"散文的功效不仅是诉于理性,对于读者是要以情移。感情的渗入,与文调的雅洁,据他说,便是文学的高超性的来由"②。

一篇散文作为一件艺术品,总须有作者"自己奇特的性格"将若干材料、现象凝聚成一体。所谓"自己奇特的性格"也就是作者所要表达或抒发的对现实、人生的感受、体验、思考、见解、趣味、情绪、情感、态度等,也即通常所说的"抒情言志"的"情"或"志"。所以,散文贵"散"又忌散。无论是讲究奇妙构思、人工胜于天然的散文,抑或"清水出芙蓉,天然去雕饰"的散文,都力求通过"形散而神不散"的表现技巧,把"情""志"或"神"当作"当行"和"不可不止"的行文依据,创造出具有独特个性和内涵的意境,将深刻的思想,美妙的情怀,通过真切自然、气韵生动的画面表现出来,而且要外物与内情相融合,诗意与境界相交织,以召唤起读者丰富的联想和想象。

周作人的《谈酒》是一篇能充分体现厨川白村所说的"任心闲话"境界的"谈话风"散文杰作。所谓"任心闲话",一方面意味着一种自由、宽松、开放的时代文化氛围,一种自然、随意、放松的心态,一种人与人之间真诚、平等、亲切、坦白的心灵沟通;另一方面

---

① 李广田:《谈散文》,俞元桂主编:《中国现代散文理论》,广西人民出版社1984年版,第150页。
② 梁实秋:《论散文》,俞元桂主编:《中国现代散文理论》,广西人民出版社1984年版,第37、38页。

也构成了一种内容、结构、语言颇为独特的"谈话风"文体。朱自清谈道:"只有闲话,可以上下古今,来一个杂拌儿;说是杂拌儿,自然零零碎碎;成片段的是例外。闲谈说不上预备,满足将话搭话,随机应变";谈话的语言"行云流水般的自然,却又决非一般文章所及……这是怎样一个不易到的境界!"①《谈酒》就是同友人"任心闲话"的产物。"这个年头儿,喝酒倒是很有意思的。"开头一句平平淡淡,却点出了话题:且谈"喝酒"中的"意思"。但却又不直说"意思",反宕开笔墨引出一段过去的回忆来。回忆自然离不开"酒",由酒的酿造过程,引出"酒头工"七斤公公的行状,点出煮酒是一种"艺术"。但下文的话题却又扯开去,大谈饮酒、量酒的酒器,酒的品种及饮酒风俗。而后又扯开话题谈"我"的喝酒的经历,如数家珍般地一一评点中外各式名酒。那么"喝酒的趣味在什么地方"?在讨论了各种饮酒的不同意见后,从容不迫地亮出了自己的看法:"照我看来,酒的趣味只是在饮的时候,我想悦乐大抵在做的这一刹那,倘若说是陶然那也当是杯在口的一刻罢。醉了,困倦了,或者应当休息一会儿,也是很安舒的,却未必能说酒的真趣是在此间。昏迷,梦魇、呓语,或是忘却现世忧患之一法门;其实这也是有限的,倒不如把宇宙性命都投在一口美酒里的耽溺之力还要强大。"继而,作者用平静、低沉的声音告诉读者:"我喝着酒,一面也怀着'杞天之虑',生恐强硬的礼教反动之后将引起颓废的风气,结果是借醇酒妇人以避礼教的迫害,沙宁(Sanin)时代的出现不是不可能的。"他主动把"杞天之虑"提出来,然后又反驳"自己",打消读者的顾虑,终于得出了"那么杞天终于只是杞天,仍旧能够让我们喝一口非耽溺的酒也未可知"的结论。其结尾:"倘如此,那时喝酒又一定另外觉得很有意思了罢?"则与开头:"这个年头儿,喝酒倒是很有意思的。"相反相成,相互照应,蕴含着作者的愤懑与不平,折射出周作人在"这个年头儿"那矛盾与痛苦的心灵。全篇文章在随意自在、充满机趣的谈话中透析出淡淡的"苦味""涩味"。

---

① 朱自清:《说话》,《小说月报》第二十卷第六号,1929年6月10日。

第三节 "不经意的抒写"

  散文是一种自由灵活的文学体裁，其结构形式不拘一格，讲究的是随意赋形，根据作者"情""志"表达的需要，选择最合适的结构形式来表达。所以，有人认为："至于小品散文，和这却正相反，它不需要结构，也无所谓因果关系，只是不经意的抒写着自己所经验感受的一切。它所表现的正是零星杂碎的片断的人生。"① 正如周作人所谈到的写作境界："雨虽然细得望去都看不见，天色却非常阴沉，使人十分气闷。在这样的时候，常引起一种空想，觉得如在江村小屋里，靠玻璃窗，烘着白炭火钵，喝清茶，同友人谈闲话，那是颇愉快的事。"② 围炉，喝茶，谈闲话，这既是一种人生境界，也体现出一种审美情趣，一种话语形式。周作人认为，将这种无拘无束海阔天空式的随意闲谈写出来，就是一种耐人寻味的散文小品。他称自己的散文就是"写在纸上的谈话"。唐弢也说："杂感随笔、游记、速写，都可以是散文的形式。因此，所谓结构上的凭藉，就很难肯定作答了。……其在散文，即兴下笔，当然更难刻舟以求了。"③ 散文就是一种具有自由自在和无拘无束的特质的文体，不受某种框子和格套的束缚。对一部分散文来说，它可以而且需要"形散"，但此"形散"却并不是指结构形式的"散"，它一方面是指散文取材领域的广泛，不管天文地理、花鸟虫鱼、神鬼兽人，"宇宙之大，苍蝇之微"，都可以通过精巧的构思和丰富的联想、想象来连缀成文；另一方面，是指结构的开放灵活，笔法的舒放自由，笔随心动，运管如风，变幻如云，有极大的流动性和跳跃性。它时而回首往事，时而立足现实，时而放眼未来，

---

  ① 李素伯：《什么是小品文》，俞元桂主编：《中国现代散文理论》，广西人民出版社1984年版，第47页。

  ② 周作人：《〈雨天的书〉自序（一）》，《雨天的书》，河北教育出版社2002年版。

  ③ 叶圣陶、朱自清、唐弢：《关于散文写作——答〈文艺知识〉编者问八体》，俞元桂主编：《中国现代散文理论》，广西人民出版社1984年版，第159页。

时而俯首自视，时而极目千里。散文的结构形式一般不像小说、诗歌那样，有相对较为严格、清晰的结构，不需要环环紧扣、层层相延，非常完整，它会根据抒情言志的需要，随物赋形，行于当行，止于不可不止，抓住一点，生发开去，漫天开花，不受时空限制，不受韵律、情节的约束，既散落有致，波澜迭起，又宛然成章，浑然天成，"大略如行云流水，初无定质，但常行于所当行，常止于不可不止，文理自然，姿态横生。"（苏轼《自评文》）

对于散文"怎么写"，鲁迅认为："散文的体裁，其实是大可以随便的，有破绽也不妨。做作的写信和日记，恐怕也还不免有破绽，而一有破绽，便破灭到不可收拾了。与其防破绽，不如忘破绽。"[①] 散文既是个人的写作，只在真切自然的流露，任何主体刻意的造作和其他外在的需求的加入，即使"起先模样装得真"，也仍要露出破绽，破坏散文真诚的个性，故"幻灭之来，多不在假中见真，而在真中见假"[②]。这淡然、随和的文风及其自如、真诚、个人化的散文观，对现代散文理论的意义至今依然为人记取。

但是，散文的"散"，又不是漫无边际、杂乱无章的"散"，而是散而有序，杂而有章。正如唐弢在《文艺知识》答编者问时所说："因为那是即兴下笔，自然可以从心所欲，但也并非漫无限制的。"叶圣陶、朱自清在回答同一个问题时也分别回答："总也要有个中心"，"文艺性的散文也跟论文一样靠见解，靠理论，但是论域的缩小，论点的集中，学识固然不可少，经验似乎更不可少"[③]。可见，散文的"散"是有限制的，它需要"有个中心"，"靠见解"，"靠理论"，"经验似乎更不可少"。散文无"法"，只是说无"定法"，"法"的确立只能根据作者情感思想、体验、情绪等表达的需要。正如李广田在《谈散文》中所说："至于散文，我以为它很象一条河流，它顺了

[①] 鲁迅：《怎么写——夜记之一》，《三闲集》，人民文学出版社 2006 年 12 月第 2 版，第 23 页。

[②] 同上书，第 22 页。

[③] 叶圣陶、朱自清、唐弢：《关于散文写作——答〈文艺知识〉编者问八体》，俞元桂主编：《中国现代散文理论》，广西人民出版社 1984 年版，第 157、160 页。

壑谷，避了丘陵，凡可以流处它都流到，而流来流去却还是归入大海，就象一个人随意散步一样，散步完了，于是回到家里去。这就是散文和诗与小说在体制上的不同之点，也就足以见出散文之'散'的特色来了。""说散文是'散'的，然而既已成为'文'，而且假如是一篇很好的散文，它也绝不应当是'散漫'或'散乱'，而同样的，也应该象一座建筑，也应当象一颗明珠。"[①] 任何散文都需要有一条贯通全文的主线，而且作品一旦形成，便成为一个完整的统一体，一切材料，一切方法，都附着在作品的立意上。立意使画面之间的跳跃，各部分之间的转换变化，有不可分割、不能游离的内在依据。所以，要安排好散文的结构，必须先立意，也就是作者首先经过反复酝酿，再三提炼，凝聚成"情"与"志"，然后再赋予它一个最佳的表现形式。

如前面所讲，"情"与"志"既包括思想、信念、情感，也包括某种感受、感觉、情绪，甚至包括某些未经整理的杂乱的意绪，微妙难言、转瞬即逝的直觉等。它应当超出我们惯常的"主题""中心思想"的理解范畴。有些时候，它被称为"中心心境"，"小品文在文学形式这方面来说，有一中心心境——不管其心境为怪诞狂想，为认真，或为讽刺——颇似抒情诗。小品文一有心境，则文章自始至终，皆在衬出这心境，适如蚕儿织茧一般"。((斯密兹《小品文作法论》)在完成了文章的立意之后，作者再进行艺术构思，寻找散文的结构形式，最终构成全篇。

大体而论，现代散文可分为三种结构类型，一种为情节结构，一种为事理结构，另一种为意念结构。

所谓情节结构，就是情节线索贯穿全文的结构形式。它主要出现于叙事性、记人性散文作品中。写散文离不开叙事，无论是描写，还是议论、抒情一般都须有事作为依托。但散文的叙事不同于小说的叙事，它不拘泥于情节的细腻完整，不追求故事的古怪离奇。但在叙事

---

① 李广田：《谈散文》，俞元桂主编：《中国现代散文理论》，广西人民出版社1984年版，第148—149、144页。

性散文中，情节仍有其举足轻重的地位和作用。一个事件的过程和人物命运发展的过程，从其开端、发展到顶点、结束，乃至事件、人物的余波和尾声，都是由一系列的情节和细节组成，形成所谓的情节结构。情节结构并非只叙事，它也即事抒情，但作者的感情被组织进一定的情节之中，情感随着情节的转换也不断地调整、深化。周作人的《初恋》叙述了一段不像"初恋"的"初恋"，从三姑娘的音容笑貌、出生一直写到她的死，作者语言平淡，心情平和，在闲谈式的抒写中，很有节制地处理了一个"初恋"故事。内心深处的一缕情丝被作者精心地勾勒出来，真挚的情感，在作者简洁的叙述中透露出来。在文章最后写到三姑娘的死时，作者也对一切感情做了了结："我那时也很觉得不快，想象她的悲惨的死相，但同时却又似乎很是安静，仿佛心里有一块石头已经放下了。"散文的叙事简洁、平淡、有节制，但这却极大地增强了情感表达的力度。鲁迅的《风筝》写的是由风筝引起的回忆，"我"少年时对小弟弟"精神的虐杀"的故事。散文将事、情、理紧密结合，边叙边议，以回忆的形式讲述故事，并不讲求情节的严谨与连贯，只是以反省"虐杀儿童的天性"的主题为核心对故事情节进行了写意性的勾画，写出了"我"曾怎样以一个长兄的封建"家长式"的威严，摧残了他的小兄弟喜爱放风筝的欢乐与兴趣，摧残了儿童合理的天性。夏丏尊的《猫》以"猫"为情感的寄托物和组织者，从妹妹探亲、送猫写起，直到妹妹病故，猫也失踪死亡，结构曲折，波澜起伏，平淡朴素的文字中蕴含着浓郁的情致。冰心的《小桔灯》也是以情节来结构全文的。

　　事件的发生，情节的展开总是在一定的现实时空中进行，所以情节结构往往又有时间和空间两种侧重。有些事件从时间的进程去考察，往往更能突出性质的严重性、内涵的丰厚性。比如许广平的散文《最后的一天》。她从1936年10月17日上午鲁迅续写《因章太炎先生而想到的二三事》写起，直到10月19日黎明前鲁迅逝世为止。按时间进程，记叙了鲁迅的生命临终进程，高密度的清晰的时间记录，让读者充分体会到所叙述事件的严重性和紧张性，体现出对鲁迅这位思想巨人文化巨匠的严重关切之情。

散文的叙事不拘泥于情节的完整性、连贯性，还体现在一些记人散文和游记散文中。鲁迅的《忆刘半农君》从在北京《新青年》编辑部的会面、写稿，至刘半农到法国留学、"钞古书"、标点《何典》，到"五六年前"在上海的宴会上见过一面，但无话可说，到"看近年，半农渐渐的据了要津"，"从去年来，又看见他不断的做打油诗，弄烂古文"，"前年"，"半农要来看我的，有谁吓了他一下，不敢来了"，直到刘半农去世。作者以时间为线索记叙了刘半农十几年的重要行状，但他并不追求情节的连贯发展，而是常在叙事过程中，随时插入其他内容，不时站出来指点、评议故事中的人物，以阻断故事发展的进程，呈现出一种时明时暗的波浪式前进过程。写出了刘半农"新青年"时期的活泼而近于草率，勇敢而失之无谋，内心的"澄澈见底"的"浅"，"近几年"的"反感"，"从去年来"的"长叹"，"前年"的"惭愧"。而刘半农去世后，作者写道："现在他死了，我对于他的感情，和他生时也并无变化。我爱十年前的半农，而憎恶他的近几年。这憎恶是朋友的憎恶，因为我希望他常是十年前的半农，他的为战士，即使'浅'罢，却于中国更为有益。"作者以死者诤友的身份，既不过度赞美，也不隐去"憎恶"，在对故友的追悼中流露出真挚、坦诚的本色情感。

另外，鲁迅的《范爱农》《阿长与〈山海经〉》《从百草园到三味书屋》等人物记和散记，都将写人、叙事与抒情、议论相杂糅，有一定的故事和情节，也更有强烈的抒情色彩。郭沫若的《山中杂记》中的《菩提树下》《三诗人之死》《芭蕉花》等杂记小品，以一件事情为主，线索清晰明了，语言简明有力，抒情包蕴于叙事中，突出叙事的主导地位。郁达夫的《还乡记》《南行杂记》《移家琐记》等散记是一种抒情式叙事的文体，具有较强的实录性质，对自我各方面的生活进行了事无巨细的描写。而这种叙事过程又是在浓郁的抒情氛围中完成的，那些个人化的生活细节，在郁达夫的笔下，总是充满了愁苦伤心的情感。沈从文的《湘行散记》《湘西》"糅游记、散文和小说故事而为一"[①]，故事模糊了小说、

[①] 沈从文：《新废邮存底》，《沈从文文集》第 12 卷，花城出版社、三联书店香港分店 1984 年版，第 67 页。

散文的体式。它们大多有一个大概的故事情节，采用情节、悬念、心理描写等小说的叙述方法，使其具有小说化特征。朱自清的《欧游杂记》《伦敦杂记》，李健吾的《雨中登泰山》，萧乾的《雁荡行》，叶圣陶的《游了三个湖》等游记散文，基本上都是以空间的转换为情节线索，在记叙游历行踪和游览所见的景物时，穿插一些抒情和议论性的文字，使行文变得活泼灵动，充满诗意美和哲理美。

在以情节为结构线索的叙事散文中，经常用抑扬法来控制散文的结构节奏。清代唐彪说："凡文欲发扬，先以数语束抑，令其气收敛，笔情屈曲，故谓之抑。抑后随以数语振发，乃谓之扬。使文章有气有势，光焰逼人。此法文中用之极多，最为紧要。"（唐彪《读书作文谱》）文似看山不喜平，结构上的抑扬变化使文章波澜起伏，读来有气势，给人以美感。鲁迅的《范爱农》本来是赞扬范爱农不向封建势力妥协的傲骨和精神的，但作者一开始没有描写范爱农留给"我"的美好印象，却从他的"不近人情"，"我"对他的"深恶痛绝"落笔：他的老师——革命者徐锡麟被杀后，留日学生讨论发通电，痛斥清政府，大家都主张发电，唯独他表示反对，冷冷地说："杀的杀掉了，死的死掉了，还发什么屁电报呢"；推他拟电稿，他竟一再推脱："何必推举呢？自然是主张发电报的人罗。"文章节奏沉缓，情调阴冷。"我非常愤怒了，觉得他简直不是人。"从此，"我"总觉得这范爱农离奇，"天下可恶的人，当初以为是满人，这时知还在其次；第一倒是范爱农，中国不革命则已，要革命，首先就必须将范爱农除去"。到此处，作者笔调一转，写辛亥革命前一年，"我"与范爱农在故乡意外相见，回首往日，彼此都感到既好笑且悲哀。绍兴光复后，范爱农一改过去的阴冷性格，"不大喝酒了，也很少有工夫谈闲天。他办事，兼教书，实在忙得可以"。文笔轻快，由抑而扬。然而所谓的"革命"，只是换汤不换药，"这里又是那样，住不得。你快走吧……"范爱农极度的失望和凄凉。"我懂得他无声的话，决计往南京。"驰骋的文势，到此骤然一顿，情调再转。"我"到南京任职后，"他又成了革命前的范爱农"。不久，"我"得到消息，"说他已经掉到水里淹死了"。"我至今不明白他究竟是失足还是自杀。"

笔调低沉，由扬而抑。全文两次顿挫，抑扬相间，疾徐有致，富有音乐美。

第二种是意念结构。它主要用在抒情性散文中，通常是触景生情，或因事生情，而以情统摄景、事。同样可以写实叙事，但两者也有不同："小说要细细的结构，随笔不妨一想到就写起来；因为小说须由客观的事实做线索，随笔只凭兴感的联络求得"，"只凭作者的兴感，兴之所至，随笔的写去"。① 所以意念结构的散文，往往以情感、意绪、情思为内在线索，伏于景、物、事诸相之下。这种"兴感"形态各异，千姿百态，纵横无涯，或倾诉，或独语；或直泻，或曲折；或明快，或低沉；或流畅，或滞涩；或明快，或阴冷；或急促，或舒缓；或行，或止，全由一根无形的丝线牵动着。叶灵凤的《憔悴的弦声》借抒秋思乡愁来写对人生中"逝水东流""昙华易散"的怜惜，在迷茫怅惘的无望期待中呈现出一颗憔悴的心魂。作品的立意并非全为个人心绪的抒发，似乎还包含着对人生意义的追求和期待。全文调子低沉，色彩晦暗，氛围凄凉，情调忧郁，作者以凄凉冷落的秋天为背景，创造了一种孤寂冷情、落木萧瑟、秋光老去的环境氛围，给人以压抑、沉重之感。他写了无家可归的天涯沦落者——街头流浪的女弹弦人和乡思惆怅的楼头游子，让读者感触到一种不为人知的、孤独无望的、对生活有所追求有所期待而不可得的人们的内心伤痛。文章的语色优美，情感真挚，多用灰暗的色调来烘托氛围，写出一种孤寂无依、无望期待的痛苦心情。

徐志摩的《我所知道的康桥》情景融汇成一体，层层深入地再现了自然美，生动地表现了宇宙、自然的勃勃生机，从而抒发出他那崇尚自然、怀恋母校的真切情怀，及"思乡的隐忧"。作者不是客观地描摹拜伦潭、竞舟场、王家教堂、三环洞等康桥胜景，而是突出了他在康桥美景中的感受。自然美景与作者主观的感受融合在一起，形成了一种升华了的美感。徐志摩曾说："我在康桥的日子可真是享福，

---

① 许钦文：《关于小品文》，周红莉编：《中国现代散文理论经典》，苏州大学出版社2008年版，第229页。

深怕这辈子再也得不到那样甜蜜的机会了。我不敢说康桥给我多少学问或是教会了我什么样。我不敢说受了康桥的洗礼,一个人就会变气息,脱凡胎。我敢说的只是——就我个人说,我的眼是康桥教我睁的,我的求知欲是康河给我拨动的,我的自我的意识是康桥给我胚胎的。"① 徐志摩爱康桥,眷恋康桥,怀念康桥。《我所知道的康桥》里,字字句句渗透着徐志摩对康桥的挚爱,字里行间无不流露出徐志摩的真情。作者处处写景,时时抒情,文章所流露出的情意竟像作者的遣词造句一样浓得化不开。徐志摩的其他一些散文,诸如《落叶》《巴黎的鳞爪》等也是这种意念结构的代表作,其共同特点是,结构行文十分散漫自由,笔随意到,几乎是想写什么就写什么,想到什么就写什么,想怎么写就怎么写。但它有内在的控制线索,"只是工夫到了纯熟的地步,控制的痕迹不能在字里行间显明地看出;线索也若有若无,这就教人看来好像是完全自由的了"②。

这种以情感、意念来结构全篇的抒情性散文在杨朔、刘白羽、秦牧那里发挥到了极致。

朱自清在《论中国现代的小品散文》中比较抒情散文与诗、小说、戏剧时曾说,散文的"选材与表现,比较可随便些;所谓'闲话',在一种意义里,便是它的很好的诠释"。接着,他又谈了自己的创作体会:"我所写的大抵还是散文多。既不能运用纯文学的那些规律,而又不免有话要说,便只好随便一点说着","我自己是没有什么定见的,只当时觉着要怎样写,便怎样写了。我意在表现自己,尽了自己的力便行;仁智之见,是在读者"。③ 从中我们可以看出朱自清的散文观的紧要两点:"随便一点说着";"意在表现自己"。这实际上指出了小品散文的两个特点:不经意不规则的结构形式和个体的自我的表现。小品散文的形式灵活自由、无拘无束,它适合于作者抒我之

---

① 徐志摩:《吸烟与文化》,《巴黎的鳞爪》,人民文学出版社 2000 年版。
② 朱自清:《〈我所知道的康桥〉读法指导》,《朱自清经典常谈》,新世界出版社 2013 年版。
③ 朱自清:《论中国现代的小品散文》,俞元桂主编:《中国现代散文理论》,广西人民出版社 1984 年版,第 408、409 页。

情、言我之志。周作人、林语堂、丰子恺、梁实秋、梁遇春等都擅长这种小品散文的写作。朱自清的《冬天》描述了三幅生活场景：一是父子围桌吃白水煮豆腐，二是和挚友共游西湖，三是写自己一家四口在台州过冬。三幅场景间是一种并列性关系，没有内在"中心思想"的统摄，作者通过它们只是突出了"外边虽老是冬天，家里却老是春天"的心境。"没有中心，文字就要散漫无统一，散漫无统一的文字断不能动人。但所谓中心，不是限于事项的统一，事项虽不能前后联络，只要情调心情上能统一时，仍不失为有中心的文字。"①

梁遇春的散文，总是毫无保留地把自己对生活的观察、体验和思考向读者倾吐，时而谈天说地，说古论今，时而引经据典，浮想联翩，伴之以丰富多彩的知识、情趣和哲理，如《"春朝"一刻值千金》《笑》等。另外，周作人的小品散文，如《北京的茶食》《乌篷船》《喝茶》《谈酒》；钟敬文的《荔枝小品》《茶》；叶绍钧的《没有秋虫的地方》；叶圣陶的《藕与莼菜》；林语堂的"以自我为中心，以闲适为格调"，讲究"性灵""幽默"的小品文；都以灵活自由、不拘一格的形式抒情、言志，从而构成散文的"意念结构"。

第三种是事理结构。它主要体现于议论说理性的散文和杂文中。它往往先获得一个明确深刻的主旨（或观念、思想、见解、道理），然后将其贯穿于散文的整体结构中。并不是所有的议论、说理性的散文都以这种比较清楚的结构形态出现。对于杂文来说，它用文学方法说理，但它写人叙事，不像叙事文学那样完整，往往只取一点，不及其余。只要能以这一点曲尽其意就可以了。杂文的行文运思，章法自如，不拘格套。只要作者理性思维的触角与生活的浪花触及之后，心有所得，就能引出一个相对应或相契合的形象片断。一篇作品，在整体运思中杂而不越，缜密严谨。如鲁迅的《捣鬼心传》，为把"捣鬼精义"揭露得深刻，其思维在古今的社会生活中展开，从容漫笔，"古树发光"的无稽之谈，"怪胎畸形"的奇闻，清代画《鬼趣图》，晋代的"中山厉鬼"，唐朝的《讨武曌檄》等尽收笔底。表面上七拼

---

① 夏丏尊、刘薰宇：《小品文》，《文章作法》，湖南教育出版社2008年版。

八凑，杂乱无章，包罗万象，但由于材料间有严密的逻辑线索勾连，全文的结构仍十分谨严。

周木斋在谈杂文的写作时曾说："'敏捷'决定杂感的写作，'敏锐'决定写作的杂感"，"作为写作前提的感，虽然要'敏捷'，但达到写作的过程，不一定要'敏捷'的，这时要紧的是'敏锐'。一感就写作，这又是灵感的涌现罢；自然的流露，总可以说的，但杂感并不要争取这样美妙的名词，最好还是把所感的，感到成熟的时候。因为现象只是现象，究竟是表面的，表面的根底，还有个本质，一感就写作，不容易触到，需要细密地思索才能够，与其'敏捷'不如'敏锐'。杂感的命脉在这里，倘使这点做不到，那真的要象是设想的表面——'杂'感了"①。这实际上提出了杂文的基本特征之一是杂文的敏锐迅速、战斗性强的特点，正如鲁迅所提出的："况且现在是多么迫切的时候，作者的任务，是在对于有害的事物，立即给予响应和抗争，是感应的神经，攻守的手足"②；杂文的基本特征之二是"需要细密地思索"，这应该既包括穿透现象的表面触及本质的思考过程，也应该包括如何理清思路，安排结构以有效达意的环节和过程。这其实是个艰难而复杂的过程，如鲁迅所说："……杂文有时确很象一种小小的显微镜的工作……但在劳作者自己，却也是一种'严肃的工作'，和人生有关，并且也不容易做。"③ 有研究者将杂文的传达形式分为九种：小说体式、散文体式、戏剧体式、诗歌体式、寓言体式、应用文体式、政论文体式、演讲体式、漫画体式，其中应用文体式又可下分为：广告式、启事式、布告式、报告批文式、书信体式等④。小说体式杂文用具体的一个事件表现出一种道理，如鲁迅的《阿金》。

---

① 周木斋：《杂感》，俞元桂主编：《中国现代散文理论》，广西人民出版社1984年版，第207—208页。

② 鲁迅：《〈且介亭杂文〉序言》，《且介亭杂文》，人民文学出版社2006年12月第3版，第1页。

③ 鲁迅：《做"杂文"也不易》，《集外集拾遗补编》，人民文学出版社2006年12月第2版，第416页。

④ 黄家雄、张平振：《杂文创作论新稿》，华文出版社2000年版，第135—169页。

散文体式的杂文如瞿秋白的《一种云》、李广田的《手的用处》、郭沫若的《黄钟与瓦釜》等。戏剧体式如瞿秋白的《曲和解放》。诗歌体式，讽刺诗如袁水拍的《主人要辞职》，打油诗如易和元的《剽窃的神通》，散文诗如鲁迅的《秋夜》。寓言体式如张天翼的《画眉和猪》，等等。

此外，中国当代文坛上出现的一些对学术、对存在、对宇宙进行诠释和重新阐释的知性散文、历史随笔、学术随笔也大都以事理结构呈现。

第三章

现代散文的语言色调

第一节　现代散文的语言问题

作为现代文学的重要文体之一，现代散文也是将白话作为文学语言，可以说，白话是使现代散文成为"现代"的基本前提，白话文是现代散文确立自身的先决条件。

何谓"白话"，胡适在 1918 年《答钱玄同》中曾做如此解释："（一）白话的'白'，是戏台上'说白'的白，是俗语'土白'的白。故白话即是俗话。（二）白话的'白'是'清白'的白，是'明白'的白。白话但须要'明白如话'，不妨夹几个文言的字眼。（三）白话的'白'，是'黑白'的白。白话便是干干净净没有堆砌涂饰的话，也不妨夹入几个明白易晓的文言字眼。"[①] 可见此时胡适的白话语言观依然以"务为平易畅达"为要。在白话之国语地位确立后，胡适进一步提倡"文学的国语和国语的文学"，以期实现白话语言与文学之间的双向互动，冀望以文学来提升白话的品质，进而最终成就国语的文学（白话文学）。为达致此目标，在《建设的文学革命

[①] 胡适：《答钱玄同》，胡适编选：《中国新文学大系·建设理论集》，上海良友图书印刷公司 1935 年版，第 86 页。

论》中，胡适提出了具体的方法，他认为，因中国文学自身的方法、技巧都不足以为范型，而同时西洋的文学方法"实在完备得多，高明得多，不可不取例"，"我们如果真要研究文学的方法，不可不赶紧翻译西洋的文学名著做我们的模范"，他说以"散文"为例，更可见出中国历来散文与西洋的距离，所以要发展和创造不可不倚赖对西方的借鉴，他提出"只译名家著作，不译第二流以下的著作"和"（将）全用白话韵文之戏曲，也都译为白话散文"为创造新文学的必经的预备方法。①

周作人的思考不仅止于文字形式的古今之变，如此难以成就真正意义上的现代文学，"我想文学这事务，本合文字与思想两者而成。表现思想的文字不良，固然足以阻碍文学的发达。若思想本质不良，徒有文字，也有什么用处呢？我们反对古文，大半原为他晦涩难解，养成国民笼统的心思，使得表现力与理解力都不发达。但别一方面，实又因为他内中的思想荒谬，于人有害的缘故"。故而，他认为："文学革命上，文字改革是第一步，思想改革是第二步，却比第一步更为重要。"②受周作人的直接启迪，傅斯年在《白话文学与心理的改革》中指出，白话文学的真价值不在"介壳"而在"内心"，文学的内心不惟关涉人生、表现人生，更重要在于"抬高人生"，只有把新观念新思想"放在新文学的里面"，才能实现这一目的。③胡适、周作人、傅斯年的诸番论述，其意义不仅在于促进了新文学的深化，同时，也促使作为新文学的媒介的白话文的讨论，从新文学运动早期的古文/白话文的文字形式的表层对立，进而深入到了语言文字形式与深隐其后的文化思想观念的关联上。正因如此深透的理解，语言之价值就不仅仅在媒介、工具或载体的层面，而是真正落实到语言自身内蕴的文

---

① 胡适：《建设的文学革命论》，胡适编选：《中国新文学大系·建设理论集》，上海良友图书印刷公司1935年版，第139、140页。
② 周作人：《思想革命》，胡适编选：《中国新文学大系·建设理论集》，上海良友图书印刷公司1935年版，第200、201页。
③ 傅斯年：《白话文学与心理的改革》，胡适编选：《中国新文学大系·建设理论集》，上海良友图书印刷公司1935年版，第208页。

化传统上，而其未来的目标则在民族文化、民族思想的建设和发展上，如周作人在《汉字改革之我见》中所说的"汉字改革的目的，远大的是国民文化的发展，切近的是在自己实行的便利"①，这和他的语言"适切地表现现代人的情思"的观点是一致的，都在追寻语言的精神力量，其转变的主要意义在于对语言内蕴的民族精神、民族文化的意识上，所以说语言价值设定的内在化不仅体现为语言观自身的转变，还将促成对民族语言传统的重新认知。

周作人认为，"我们对于国语的希望，是在他的能力范围内，尽量的使他化为高深复杂，足以表现一切高上精微的感情与思想，作艺术学问的工具"②，这就区别于新文化运动早期的只求明白易懂的语言观，而将语言自身的表现力和创造力提请出来，所以他还反对仅仅从民间汲取语言，但也反对完全采用外来语言，而是倡议"把古文请进国语文学里来，改正以前关于国语文学的谬误观念"③，他理想的散文语言是"必须有涩味与简单味"的"耐读"的文字，具体目标是"以口语为基本，再加上欧化语，古文，方言等分子，杂揉调和，适宜或各尽地安排起来，有知识与趣味的两重的统制，才可以造出有雅致的俗语文来"④，这就是他的通过"采纳古语""采纳方言""采纳新名词，及语法的严密化"，而最终实现的"现代国语须是合古今中外的分子融合而成的一种中国语"⑤。

这时期的林语堂也有多篇论述散文语言文字的古今之变问题的文章。他认为，所谓要洗练白话入文，就是要使文字复归雅驯（典雅灵

---

① 周作人：《汉字改革之我见》，陈子善等编：《周作人集外文》上集，海南国际新闻出版中心1995年版，第481页。
② 周作人：《国语改造的意见》，《艺术与生活》，海南国际新闻出版中心1995年版，第55页。
③ 周作人：《国语文学谈》，《艺术与生活》，海南国际新闻出版中心1995年版，第64页。
④ 周作人：《燕知草跋》，《苦雨斋序跋文》，海南国际新闻出版中心1995年版，第123页。
⑤ 周作人：《国语改造的意见》，《艺术与生活》，海南国际新闻出版中心1995年版，第56页。

健之美),他对时下之文以及文学观念,以"矫、浮、奴、空、轻薄、滥、婵、愚"为八弊,提出首先要用扩大学识、勤于思想、追求自我和宽容的精神去救治,"所以文学革命之目标,也不仅在文字词章,是要使人的思想与人生较接近,而达到较诚实较尽情的现代人生观而已"。① 而去浮躁和滥调是使文字复归于雅驯的根本,清新平淡的白话文加上典雅精练的"国语"的文言文,才可写出极灵健之散文,他认为"凡一国之文字必有其传统性"②,国语中多文言遗产,为何不可享受?钱理群认为这种旨在能更"适切地表现现代人的情思"的文学语言观,维护了相对稳定的汉语言体系,"对保证中国文化的延续,民族思想情感的统一,强化民族意识,无疑具有积极价值"。③ 这种现代散文语言观意味着中国文字、文学的传统将成为现代散文创作的必要的和重要的资源。

第二节 "诗"与"生活"之间

为了创造清新优美的意境,在语言方面,现代散文要求优美凝练,朴素自然,既要有浓厚的生活气息,"接近说话和具体实在"④,又要有作家鲜明的个性风格和饱满的感情色彩。散文注重"表意",讲求"神似",与传统的东方文化精神和东方审美意趣相契合,适宜于作者主观感情和内心体验的倾吐、抒发。这与诗歌的审美特征和功能比较相近,而与小说、戏剧文学有较大差距。但与诗歌相比,散文的语言更"接近说话和具体实在"。

徐志摩的诗《再别康桥》和散文《我所知道的康桥》同是作者

---

① 林语堂:《今文八弊》,《人间世》第25、27、29期,1935年5月5日,5月20日,6月5日。
② 林语堂:《怎样洗炼白话入文》,《人间世》第13期,1934年10月5日。
③ 钱理群:《周作人与五四文学语言的变革》,《中国现代文学研究丛刊》1988年第4期。
④ 鲍霁:《现代散文艺术鉴赏论》,北京师范学院出版社1988年版,第29页。

惜别成长于斯受教育于斯的母校康桥之作,通过比较可以发现两者的差异。《再别康桥》全诗共七个诗节,每节奇数行大多为六字句,间或八字句,偶数行大多为七字句,间或八字句,语言简练、柔美;每个诗节押相同的韵脚,具有极强的韵律感和内在节奏感,富有音乐美和建筑美,而且运用相同或相近的句式,反复吟咏,一唱三叹,情感内在而低回。它所选取的意象,诸如"河畔的金柳""软泥上的青荇""榆荫下的一潭"等都是少数有代表性并且深蕴作者眷念、惜别之情的康桥景物。全诗意境高远超脱,无人间烟火气息。《我所知道的康桥》分两节写"康桥的天然景色"和"康桥的学生生活"。文章开头却从"我这一生的周折"写起,叙写"我"的交游经历,介绍了罗素、狄更生等人的情况,从第三部分开始写康河上下游的风光,从拜伦潭、果子园、康河两岸学院的建筑、教堂到英国的气候,从河对岸的草场到行船康河的风流,从大道、小径到村舍、麦田,从徒步到骑车,从生活体验到生命的信仰和感悟,在对康桥自然景色和学生生活的描绘中倾吐着自己的感受和体验,散文中的许多内容是《再别康桥》中所没有出现,也难以容纳的,作者却以散文的形式,娓娓道来,委婉轻妙,细致入微。这些正是散文语言所擅长的:它适合于作者自由、从容地讲述,内容更为具体实在,比诗歌更多一份人间的烟火气,因而也更自然、亲切。"诗的语言以含蓄暗示为主,诗人所言,有时难免恍兮惚兮;散文则常常显豁,一五一十地摆在眼前,令人如闻如见。诗人可以夸张,夸张了,还令人并不觉得是夸张;散文则常常是老实朴素,令人感到日用家常。"①

郁达夫在谈"五四"时期的散文创作时曾指出:"现代的散文之最大特征,是每一个作家的每一篇散文里所表现的个性,比从前的任何散文都来得强",因为"五四运动的最大的成功,第一要算'个人'的发见。从前的人,是为君而存在,为道而存在,为父母而存在的,现在的人才晓得为自我而存在了。……以这一种觉醒的思想为中

---

① 李广田:《谈散文》,俞元桂主编:《中国现代散文理论》,广西人民出版社1984年版,第144页。

心，更以打破了桎梏之后的文字为体用，现代的散文，就滋长起来了"①。文学作为语言的艺术，作者的思想、情感、感受、体验必须以个人化的语言形式才能得以传达；散文的各种特征，也势必会在语言方面有所体现。所以散文的语言应具有作家鲜明的个体特征和个性色彩。而在散文中，唯有通过语言的中介，作家的人格和个性才能得到体现。林语堂在介绍"闲谈体"散文时曾说："……盖此种文字，认读者为'亲熟的'（familiar）故交，作文时略如良朋话旧，私房娓语。此种笔调，笔墨上极轻松，真情易于流露……"②

刘半农也谈过自己的看法："我以为文章是代表语言的，语言是代表个人的思想情感的，所以要做文章，就该赤裸裸的把个人的思想情感传达出来：我是怎样一个人，在文章里就还他是怎样一个人，所谓'以手写口'，所谓'心手相应'，实在是做文章的第一个条件。因此，我做文章只是努力把我口里所要说的话译成了文字……所以，看我的文章，也就同我对面谈天一样：我谈天时喜欢信口直说，全无隐饰，我文章中也是如此；我谈天时喜欢开玩笑，我文章中也是如此；我谈天时往往要动感情，甚而至于动过度的感情，我文章中也是如此。你说这些都是我的好处罢，那就是好处；你说是坏处罢，那就是坏处；反正我只是这样的一个我。"③ 确实如此，林语堂的散文，格调高雅，笔下常蕴情感，"严肃中见幽默，幽默中见文采"，保持着作者寓庄于谐的风格和气质，虽有怨愤之情，但仍不失庄重平和。诙谐幽默夹以热讽冷嘲成为其散文主调。怨悱而不流于偏激，嘲讽而又不失典雅，这正是作者艺术气质的体现。刘半农的杂文善于在议论中巧妙地融进小说的描写和戏剧的个性化对话，其语言酣畅淋漓，加之以其特有的活泼、诙谐的讽刺、幽默的笔调，融会成刘半农特有的鲜明

---

① 郁达夫：《〈中国新文学大系·散文二集〉导言》，郁达夫编选：《中国新文学大系·散文二集》，上海良友图书印刷公司1935年版，第5页。

② 林语堂：《论小品文笔调》，俞元桂主编：《中国现代散文理论》，广西人民出版社1984年版，第65—66页。

③ 刘半农：《〈半农杂文〉自序》，周红莉编：《中国现代散文理论经典》，苏州大学出版社2008年版，第171—172页。

的个性风格。

"鲁迅的性喜疑人——这是他自己说的话——所看到的都是社会或人性的黑暗面,故而语多刻薄,发出来的尽是诛心之论……在鲁迅的刻薄的表皮上,人只见到他的一张冷冰冰的青脸,可是皮下一层,在那里潮涌发酵的,却正是一腔沸血,一腔热情;这一种弦外之音,可以在他的小说,尤其是《两地书》里面,看得出来。"[①] 鲁迅认为,现今文坛"最缺少的是'文明批评'和'社会批评'"(鲁迅《两地书·一七》)。他写杂文,就是为了"袭击"旧文明,"攻打"国民的"坏根性",所以他十分重视杂文的批判性和战斗性,主张杂文不但在体制上要短小精悍,而且要做到犀利沉重,能以寸铁杀人。但同时,鲁迅不赞成无情的冷嘲,故此在其杂文的讽刺背后,寄寓着热烈的情感。

散文,作为作家直接抒情言志的文体,讲究以情动人,通过情感、情绪的感染和冲击,使散文发挥其怡情功能和审美功能。所以,散文的语言应该具有强烈而饱满的感情色彩。不仅叙事性、抒情性散文如此,议论性、说理性散文也需要情感的辅助和推动,才能有效传达作者对事理的思考。因为归根结底,思想、道理也是"情",只不过是一种理智化、规范化、条理化的情。"故情者,文之经;辞者,理之纬;经正而后理成,理定而后辞畅,此立文之本源也。"(刘勰《文心雕龙·情采》)所以,应该"为情造文"。

由于作者所抒发的情感、所表达的情绪各有特色和差异,语言也就呈现出五彩缤纷的情状。比如表达慷慨激越的情感的李大钊的《青春》。《青春》写于1916年春。是年元月,为了反对袁世凯窃国称帝,李大钊作为留日学生代表,回国联系反袁力量,进行反袁斗争。在上海活动两周后,又返日本。《青春》就是去国返日后写出的,9月1日发表于《新青年》第2卷第1号上,其主旨是要系统地论述其宇宙观、人生观和对民族、国家前途的看法,表达其唯物史观,以激

---

① 郁达夫:《〈中国新文学大系·散文二集〉导言》,郁达夫编选:《中国新文学大系·散文二集》,上海良友图书印刷公司1935年版,第15页。

发青少年珍惜青春,奋发图强,埋葬旧的,创造新的:"致我为青春之我,我之家庭为青春之家庭,我之国家为青春之国家,我之民族为青春之民族。"这是一个具有很强理论性的命题,但作者并不以抽象的理论论证的方法去写,而始终以浓烈的感情,让雄辩的议论如滔滔江水奔涌而出;在浓烈的抒情中寄寓着深刻的哲理,在雄辩的议论里饱含着动人的感情。他在讲述青年人应如何对待危险和困难时,写道:"艰虞万难之境,横于吾前,吾惟有我,有我之现在而足恃。堂堂七尺之躯,徘徊回顾,前不见古人,后不见来者,惟有昂首阔步,独往独来,何待他人之援手,始以遂其生者,更胡为乎念天地之悠悠,独怆然而涕下哉!"这样的语言充分显示出情感的激越和坦荡。《青春》使用排比句,生动活泼而富有情感、内容和气势。如在论及青年对当时国家、民族的态度时,用了这样的句子:"吾族青年所当信誓旦旦以昭示于世者,不在龈龈辩证白首中国之不死,乃在汲汲孕育青春中国之再生。吾族今后之能否立足于世界,不在白首中国之苟延残喘,而在青春之中国投胎复活。"生动活泼,新鲜有力。老舍在《五月的青岛》中,以通俗的现代北京口语,点染描绘,涂画风景,真切传神,惟妙惟肖。全文多用短句,创造出欢快活泼的氛围,而口语的使用又给人以极直率的亲切感。王鲁彦在其《故乡的杨梅》中充分发挥了状物的才能,通过视觉、味觉、动态、静态、类比等多种艺术手法,形象地描绘了自称为"世上最迷人的东西"——杨梅,表现出自己殷切的思乡之情和淡淡的怀旧愁绪,以抚摸一颗"病着的躯壳的病着的心"。字里行间还隐隐透露出作者苦苦探寻人生出路而不得的抑郁心理。作品反复咏叹"故乡的杨梅呵!""可爱的故乡的杨梅!",具有诗一般的韵律和节奏,情感色彩强烈。

　　散文的语言里渗透着强烈而饱满的感情色彩,无论是叙事性散文、抒情性散文,还是说理性、议论性散文,也无论是慷慨激越,沉痛悲愤,挚爱眷恋还是怀旧抑郁、忧虑怅惘,都能通过个性化的语言选择和调配,得到有效的倾吐和表现,无怪乎何其芳感叹:"我最大的快乐或心酸在于一个崭新的文字建筑的完成或失败。"①

散文侧重于作者情感和情绪的抒发、宣泄,而情感、情绪又有不同的质地和色彩,或悲或喜,或哀或乐,或忧愁或悲愤,或轻快或沉重,或流畅或滞涩,或急或缓,或隐或显,由此决定了散文语言具有与内在情绪、情感相适应的韵律感和节奏感。韩愈将"气"与"言"的关系比喻为"水"和"浮物"的关系,提出:"气盛则言之短长与声之高下者皆宜。"(韩愈《答李翊书》)优秀散文的语言具有一定的韵律和节奏,而其韵律、节奏则与作者情感的脉动和情绪的波动相呼应、相一致、相协调。正如梁实秋所言:"平常人的语言文字只求其能达,艺术的散文要求其能真实,——对于作者心中的意念的真实。……至于字的声音,句的长短,在在都是艺术上所不可忽略的问题。譬如仄声的字容易表示悲苦的情绪,响亮的声音容易显出欢乐的神情,长的句子表示温和弛缓,短的句子代表强硬急迫的态度,在修辞学的范围以内,有许多的地方都是散文的艺术家所应当注意的。"②叶圣陶的《与佩弦》:"或在途中,或在斗室,或在将别以前的旅舍,或在久别初逢的码头,各无存心,随意倾吐,不觉枝蔓,实已繁多。忽焉念起,这不已沉入了晤谈的深永的境界里了么?"这段文字的句式,基本上是骈散结合:前八句两两相对,显得停匀、凝练,而语句短促;后面接着一个较长的散句,流畅,摇曳;语气由前八句的短促转为舒缓。各种句式错落有致,使情感表达曲折尽意,语言情韵,铿锵抑扬。

散文的语言"用字用典要求其美,但是要忌其僻"③。它在语言、文字的运用上尽可能避免那些不假思索、顺手拈来的词语,而是致力于用更准确、更形象、更优美的文字,去表现作者的思想、情感。所谓优美,并不是用词的华丽,而是指语言的清楚、明畅、自然有致,能够最贴切、最充分地表达优美情思。冰心的《往事》(二)写她因

---

① 何其芳:《梦中道路》,《文艺阵地》第4卷第7期,1940年2月1日。
② 梁实秋:《论散文》,俞元桂主编:《中国现代散文理论》,广西人民出版社1984年版,第37页。
③ 同上书。

在异国他乡，无心赏月，泛舟湖上的语言："回顾廓然，湖光满眼。环湖的山黯青着，湖水也翠得很凄然。水底看见黑云浮动，湖岸上的秋叶，一丛丛的红意迎人，几座楼台在远处，旋转地次第入望。"写得如此瑰丽而又真切，饱蕴作者的思乡念国之情。接着她写为乡愁侵扰，无以摆脱："乡愁麻痹到全身，我掠着头发，发上便掠到了乡愁；我捏着指尖，指上便捏着了乡愁。是实实在在的躯壳上感着的苦痛，不是灵魂上浮泛流动的悲哀。"此段中的每一句话都是清新、凝练的。尤其是"掠着头发，发上便掠到了乡愁；捏着指尖，指上便捏着了乡愁"这样的语言，生动细腻，清新优美。

朱自清的《背影》第一段，写道："我与父亲不相见已二年有余了，我最不能忘记的是他的背影。那年冬天，祖母死了，父亲的差使也交卸了，正是祸不单行的日子，我从北京到徐州，打算跟着父亲奔丧回家。到徐州见到父亲，看见满院狼藉的东西，又想起祖母，不禁簌簌地流下眼泪。父亲说，'事已如此，不必难过，好在天无绝人之路！'"全段语言既没有华丽辞藻，也没有刻意渲染困窘凄凉的家境，质朴无华却又声情毕现。文章的令人感动，正是由于其情真意切，而章法结构与语言技巧，则在其次。正如叶圣陶所说，讲授中国文学或编写现代文学史，"论到文体的完美，文字的全用口语，朱先生该是首先被提及的"。（《朱佩弦先生》）散文的语言，看似随意自然，无所拘束，不假雕饰，质朴流畅，实则从词语的选用、安排，句式的调配、变化，都恰如其分，浑然无痕，从其内里透露出难能可贵的美质。这是由散文文体的短小精悍所决定的。正如唐弢所认为的："一般说来，散文的篇幅总是比较小，结构总是较简单，命意总是较集中的，因此在用字造词上，也必须简练，清楚，明瞭，正确，质朴……"[①]所以散文写作要惜墨如金，用最省俭最经济的笔墨，最充分最完满地传达作者的思想、情感和对客观物、理的体验、感受和认识。在追求语言凝练的同时，既要注意语言对主体思想、情感和客观

[①] 叶圣陶、朱自清、唐弢：《关于散文写作——答〈文艺知识〉编者问八题》，俞元桂主编：《中国现代散文理论》，广西人民出版社1984年版，第162页。

物象反映的真实度、准确度和完整性，又兼顾语体的流畅性，使其既精练而又不束缚思想，既流畅而又不失于繁冗。将凝练与流畅相结合，使之相辅相成，扬长避短，使散文整体上既简洁有力，又流畅自然。

鲁迅的杂文往往篇幅极为短小，而其含义却极为丰富。《即小见大》写北京大学反对讲义收费风潮取胜后，讲义费已经取消，而学校当局为儆后来，开除了学生冯省三，得胜的学生却没有哪个人"为那做了这次的牺牲者祝福"。即小见大，作者借此明白了自己长久不解的一件事，就是为什么葬于北京三贝子花园内，因谋刺良弼和袁世凯而牺牲的四烈士墓的墓碑上，直到民国十一年还无人去刻一个字。作者于文末写道：在中国"凡有牺牲在祭坛前沥血之后，所留给大家的，实在只有'散胙'（散发祭祀用的肉）这一件事了"。对民众的冷漠、麻木，抒发了极其沉痛的感慨，可谓言约而意丰，充分显示出鲁迅散文含蓄深沉的风格。其散文诗《秋夜》的开头是："在我的后园，可以看见墙外有两株树，一株是枣树，还有一株也是枣树。"文章有意采取看似"重复"的语言形式，使整体节奏沉郁、缓慢，表现出此时此刻鲁迅孤独、落寞、凄清的生命体验。散文语言的简练与繁冗不单以字数的多寡而论，而是要看其能否完满、准确地传情达意。要以意来遣词造句，而不是以词害意。根据传情达意的需要，当繁则繁，当简则简，可以泼墨如水，也可以惜墨如金，做到"丰不余一字，约不失一辞"。

另外，要达到散文语言的简练，还需避免语言上的重复。在表现同一范畴事物的时候，在能有效地传情达意的前提下，避免用语上的重复。如老舍的《济南的冬天》："对于一个在北平住惯的人，像我，冬天要是不刮大风，便是奇迹；济南的冬天是没有风声的。……济南的冬天是响晴的。自然，在热带的地方，日光是永远那么毒，响亮的天气反有点叫人害怕。""不刮大风"和"没有风声"，天气的"响晴"和"响亮"，所描述的都是同一范畴的事物；但北平冬天的"风"和济南冬天的"风"，济南冬天的"响晴"和热带的"晴"，又有差异，所以作者在同一段描述里，选用了词义相近的词语，既避免了重复，又体现出了细微的差异。

但散文并不一概拒斥语言上的重复，为了强化某种情感、情绪，烘托某种氛围，作者有时反倒依据自己传情达意的特殊需要而有意构成语言的反复与重叠。如鲁彦的《听潮的故事》中描画大海的汹涌澎湃，将其比喻为"战鼓声""金锣声""呐喊声""叫号声""哭泣声"等十个"声"，节奏急促，音韵铿锵，呈现出了"受了创伤"的"愤怒"的大海所具有的力量美和崇高美。

第三节 "自然"·"节奏"·"绘画"

一 "生活气"与"真性情"：现代中国散文语言的"自然"之美

现代散文不像小说那样有个性鲜明、内涵饱满的人物形象和曲折生动、引人入胜的故事情节，也不像戏剧文学那样有扣人心弦的戏剧冲突。它的艺术魅力除了来自其思想内容的精粹深邃，艺术结构的灵活自由、摇曳多姿之外，有相当一部分来自其语言文辞的优美自然。

散文的语言美主要表现为一种自然之美。这种自然之美就是语言尽可能贴近生活，又尽可能贴近作家的个性，带有浓郁的生活气息和作家的个性色彩。作为社会文化网络中的一个网结，散文作家既沉浸于现实的文化语境，又具有个体的思想、情感、知识储备、气质和个性，正如周作人在论散文时所说："小品文则又在个人的文学之尖端，是言志的散文，他集合叙事说理抒情的分子，都浸在自己的性情里，用了合理的手法调理起来"，[①] "小品文是文学发达的极致，他的兴盛必须在王纲解纽的时代。"[②] 产生于个性解放时代的中国现代散文就体现出创作主体强烈的个性特征，是作者个体自我的显形。李大钊的语

[①] 周作人：《〈中国新文学大系·散文一集〉导言》，上海良友图书印刷公司1935年版，第7页。

[②] 同上书，第6页。

言气势磅礴，文采斐然，常用生动活泼、富有情感和内容的排比句式，体现出其"犯当世之不讳，发挥其理想，依其自我之权威，为自我觉醒之绝叫"①的希望和目的，也符合李大钊作为思想家和革命家的身份、个性，能体现出"五四"时代冲决一切罗网和束缚，充分张扬自我的时代精神气息。周作人善将口语、文言、欧化语和方言等诸种成分杂糅调和，酿成一种"简单味"与"涩味"相结合的语言风格。这与其倡导的"言志"即"抒我之情""载自己之道"的散文理念是一致的，也符合郁达夫对他的判断："周作人的理智既经发达，又时时加以灌溉，所以便造成了他的博识；但他的态度却不是卖智和炫学的，谦虚和真诚的二重内美，终于使他的理智放了光，博识致了用。"②也就是说这种"涩味"和"简单味"跟作者的"以科学常识为本，加上明净的感情与清澈的理智，调合成功的一种人生观"③是相吻合的。郁达夫分析鲁迅是"一味急进，宁为玉碎"，"性喜疑人"，故"语多刻薄"，"尽是诛心之论"④，表现事物，只求抓住要害，三言两语，把主题道破，文字"辛辣干脆，全近讽刺"⑤。冰心散文的语言凝练简洁、清新隽秀，如郁达夫所言："冰心女士散文的清丽，文字的典雅，思想的纯洁，在中国好算是独一无二的作家了；记得雪莱的咏云雀的诗里，仿佛曾说过云雀是初生的欢喜的化身，是光天化日之下的星辰，是同月光一样来把歌声散溢于宇宙之中的使者，是虹霓的彩滴要自愧不如的妙音的乐师，是……，这一首千古的杰作，我现在记也记不清了，总而言之，把这一首诗全部拿来，以诗人赞美云雀的清词妙句，一字不易地用在冰心女士的散文批评之上，

---

① 李大钊：《〈晨钟〉之使命》，《李大钊文集》第四卷，辽宁电子图书有限责任公司2003年版，第29页。

② 郁达夫：《〈中国新文学大系·散文二集〉导言》，上海良友图书印刷公司1935年版，第15页。

③ 周作人：《〈中国新文学大系·散文一集〉导言》，上海良友图书印刷公司1935年版，第10页。

④ 郁达夫：《〈中国新文学大系·散文二集〉导言》，上海良友图书印刷公司1935年版，第15页。

⑤ 同上书，第14页。

我想是最适当也没有的事情。"① 其他散文家的语言或冷峻峭拔，或典雅瑰丽，或朴实清秀，或平和冲淡，或雄浑恢宏，或飘逸潇洒，或清丽婉约，或娟秀纤巧，千差万别的语言色调与作者各个不同的性格、气质、修养、审美趣味等和谐一致。

同样是游记散文，徐志摩的《我所知道的康桥》在遣词造句上浓得化不开，又力避单调枯燥乏味的简单重复，虽铺张却不累赘，即使奢华也新鲜，还是给人以美感。凌叔华的《登富士山》语言清新自然，细腻秀美，常带出幽默风趣，不少语言具有中国古典诗文的典雅。清丽秀美，文中几乎处处可感，读后感觉如山泉溪水，清凉甘冽。在语言的轻巧幽默处更带有少女的调皮，语气轻俏，风趣天成。梁实秋认为，散文作者应该对语言文字做出"自觉的选择"，以便"把自己的意念确切的表示出来"。"文字若能保持相当的自然，同时也必须显示作者个人的心情，散文要写得亲切，即是要写得自然。"② 胡梦华也认为："这种散文（指'絮语散文'，实际上是指着重于'个人'的'文学散文'——引者注）不是长篇阔论的逻辑的或理解的文章，乃如家常絮语，用清逸冷峻的笔法所写出来的零碎感想文章。"它是"近世自我 egotism 的解放和扩大的"产物，所以由它"可以洞见作者是怎样一个人：他的人格的动静描画在这里面，他的人格的声音歌奏在这里面，他的人格的色彩渲染在这里面，并且还是深刻地刻画着，锐利地歌奏着，浓厚地渲染着"。他称这种散文为"散文中的散文"，是"一种不同凡响的美的文学"③。当文章的语言节奏与作者所要表达的思想、情感、情绪和谐一致时，文章就会体现出内在的节奏感。散文的节奏并不是韵文中严格意义上的节奏，它实质上是散文中作者的感情与客观的景物相统一的表现形式。散文的节奏与旋

---

① 郁达夫：《〈中国新文学大系·散文二集〉导言》，上海良友图书印刷公司1935年版，第16页。

② 梁实秋：《论散文》，俞元桂主编：《中国现代散文理论，广西人民出版社1983年版，第36、37—38页。

③ 胡梦华：《絮语散文》，俞元桂主编：《中国现代散文理论，广西人民出版社1984年版，第15—16页。

律密不可分。散文的旋律,是作者的情感情绪的起伏变化和开合收放。散文的旋律总是以鲜明的节奏为骨干、为基础。散文的节奏也必须服从旋律的基调。朱自清的《荷塘月色》的语言具有音乐性;其旋律淡雅而清新,淡淡的喜悦中夹着淡淡的愁闷,为此决定了它的节奏也是淡淡的;情景的基本色调幽静、柔和而清淡。在淡淡的月色中,月光、荷叶、荷香、远山、树色等以静谧和轻轻的动交杂起来,使这篇散文的韵律和节奏很是和谐。他的《白种人——上帝的骄子》饱含憎与恨的情感,旋律激昂而明朗。为了服从这种旋律,它的节奏缓急交替,对比明显。文章前半部分写平时自己和小孩的亲热温暖,笔调舒缓;后半部分写小西洋人的粗俗凶恶和自己突然受到小西洋人袭击的愤怒,笔调急促。两相对比,形成大起大落的节奏来表现那种激昂而明朗的旋律,前半部分的节奏缓慢,有力地衬托出后半部分强烈的愤怒情绪。

二 "情韵"与"反复":现代中国散文语言的"节奏"之美

散文的节奏美主要不是由于其押韵造成的,它主要靠一种特定的韵——情韵来解决。所谓情韵,实际就是一种情景交融的文字,它虽不押韵,但由于笼罩在作者某种特定的情感中,读起来也别有韵味,另有一种奇妙的节奏美。也就是说,语言要有情调、韵味。郁达夫说:"在散文里似以情韵或情调两字来说,较为妥当。这一种要素,尤其是写抒情或写景的散文时,包含得特别的多。"[①] 丰子恺的《庐山面目》里写庐山的云雾:"有时一带树木突然不见,变成了一片云海;有时一片白云忽然消散,变成了许多楼台。正在凝望之间,一朵白云冉冉而来,钻进了我们的房间里。倘是幽人雅士,一定大开窗户,欢迎它进来共住;但我犹未免为俗人,赶忙关门谢客。"[②] 这段语

[①] 郁达夫:《〈中国新文学大系·散文二集〉导言》,上海良友图书印刷公司1935年版,第2页。

[②] 丰子恺:《庐山面目》,佘树森、乔征胜主编:《中国风景散文三百篇》,华夏出版社1993年版,第653页。

言，就把作者幽默谐趣达观的个性与主动热情、不请而客的云雾性格都呈现出来，而且两者和谐一致，具有别样的情调和韵致。所以，作者只要有真情、真性，并且要在散文中自然而然地流露，那么即使不去有意地遣词造句，其语言也会有一种独特的情韵之美。朱自清的《给亡妇》："你病重的时候最放不下的还是孩子。病得只剩下皮包骨头了，总不信自己不会好；老说：'我死了，这一大群孩子可苦了'。后来说送你回家，你想着可以看见迈儿和转子，也愿意；你万不想到会一走不返的。我送车的时候，你忍不住哭了，说'还不知能不能再见？'可怜，你的心我知道，你满想着好好儿带着六个孩子回来见我的。谦，你那时一定这样想，一定的。"① 这段文字，短至一字、二字三字，长至十七八字，把深沉、强烈的感情交融起来。整篇文章都是真情的自然流露，不着意于语言文字上的推敲、修饰与润色，只是抒发这人世间纯真、浑朴的至情。这是自然的情感节奏，也是心灵的自然旋律。散文不讲究押韵，也不讲句法的整齐，但并不一概排斥押韵和句法的整齐。有时，在散文中插入一段押韵的文字，可使情感更浓，读起来也更湛然有味。散文的节奏也体现在句型上，相对来说，动作多，节奏强烈急促，宜多用短句。叶圣陶《五月卅一日急雨中》中多短句，多反复和排比，节奏紧凑、急促、强烈。而重说理，重抒情，节奏缓慢，多用长句。孙福熙的《清华园之菊》则长句多，节奏缓慢如绵绵流水。

散文中还常巧妙地运用反复，给文体带来一唱三叹的节奏。反复，若在力量强的地方使用，可进一步增强力度和气势。如徐志摩的《落叶》："……滚沸着的眼泪流，直流，狂流，自由的流，痛快的流，尽情的流，像山水出峡似的流，像暴雨倾盆似的流……"② 连用八个"流"，抒发其不可遏抑的激情。反复，若在力量弱的地方使用，可以使力量平和、轻微，使节奏舒缓、流转，如罗黑芷的《乡愁》，除去开头结尾外，其中心由三个细节构成，而每一个细节又分别用"回转去罢"引出，在一声声的"回转去罢，回转去罢"的呼唤中，

---

① 朱自清：《给亡妇》，《朱自清散文》，时代文艺出版社2004年版，第119页。
② 徐志摩：《落叶》，《徐志摩散文》，时代文艺出版社2004年版，第11页。

隐含着作者对故乡的无穷思念。

散文作者在组织语句时，总是避免同一声调的字连续出现（同为平声字或同为仄声字）而务求平仄相间，声调有起有落。如刘大櫆《论文偶记》中所说："一字之中，或用平声，或用仄声；同一平字、仄字，或用阴平、阳平、上声、去声、入声，则音节迥异。"① 注意词语的调配，使平仄谐调，则会使文章音节动听，音调和美，充满浓郁的诗意。李健吾的《雨中登泰山》的最后一段："山没有水，如同人没有眼睛，似乎少了灵性。我们敢于在雨中登泰山，看到有声有势的飞泉流布、倾盆大雨的时候，恰好在斗姆宫躲过，一路行来，有雨趣而无淋漓之苦，自然就格外感到意兴盎然。"② 这段文字中，"眼睛""灵性""有声有势""飞泉流布""倾盆大雨""淋漓之苦""意兴盎然"等没有一个词语的声调全用平声或仄声，且每句的末尾一字的平仄基本相同："水""睛""性""山""布""候""过""来""苦""然"，仄平仄平仄仄仄平仄平，抑扬起伏，轻重有致，节奏和谐，悦耳适口。

三 "色彩"的生发与熔冶：现代中国散文语言的"绘画"之美

散文的语言要求有一种绘画美和色彩美。散文家能使笔下的人物和场景五彩斑斓，景、人、情融为一体，构成画面，跃然纸上。色彩描绘始终是散文创作中写人、叙事、状景的一个组成部分。散文的色彩美，不是把客观生活中的色彩任意拼凑而成，它依赖于作者的精心调配，作者从主题立意和作品的整体画面构图出发，精心而谨慎地选色，组成一幅整体和谐的画面。鲁迅的《秋夜》共选取了八种色彩：铁色（枣树）、非常之蓝（天空）、白色（繁霜）、红惨惨的（小花）、窘得发白（月亮）、红色（灯火）、猩红色（栀子）、苍翠（小青虫）。从作品的整个画面上看，作者是以奇怪而高的天空、映着冷

---

① 张少康：《中国文学理论批评史》（下），北京大学出版社2005年版，第374页。
② 李健吾：《雨中登泰山》，《李健吾散文选集》，百花文艺出版社2004年版，第87页。

眼的星星、满园的月亮、繁霜、夜游的恶鸟等作为恶的压迫势力的象征物和附着物,所以作者多用蓝、白等冷色来笼罩画面,构成一幅阴冷的秋夜图,作为压迫势力的写照。同时,作者又在冷色中加进了暖色、红色和亮色。孤立而铁一般倔强挺立的枣树,在凛冽的秋风中仍开着的"小粉红花",猩红色的栀子;苍翠得可爱可怜的小青虫,被"我"旋大的灯火,都喻示着各种为追求光明而坚持斗争的各种反抗力量。鲁迅精心挑选各种色彩,将其适当调配,从而通过色彩,表明了作者对于"凛秋"象征的世界进行坚韧的反抗的精神;同时,也对被"繁霜"摧残的"小粉红花"及"小草"们表示了深深的同情,对于追求光明而献身的"小青虫"表示了悲悼和敬意。

　　散文语言色彩的调配,不是几种色彩的机械、简单的混合、搭配,它需要以作者的主观感情色彩作为调配剂。如茅盾的《风景谈》中清晨山峰上的小号兵和荷枪的战士构成了一个热烈的充满阳刚之气的红色世界。作者的主观感情是这个红色世界的主宰者,这个红色世界渗透着作者的主观感情。它的主色调是粉红色的霞光。首先,作者让小号兵和哨兵面向霞光而立,使他们身披红霞,既庄严又富有活力。接着,作者又摒弃其他一切颜色,而在小号兵上突出"他的额角异常发亮"和"喇叭的红绸子",在哨兵上突出"刺刀闪着寒光",使这个红色世界显得严肃、勇敢、坚毅,充满阳刚之美、力度之美。这样,从总体的色彩搽抹到局部的色彩点染,无不浸透着作者的深情厚意,体现出作者"自然是伟大的,人类是伟大的,然而充满了崇高精神的人类活动,乃是伟大中尤其伟大者"[①] 的思想。没有这种思想信念和深情厚意,作者也就调配不出这幅富有崇高感和力量美的色彩世界。

　　在散文写作中,许多作者往往以一种色彩作为全篇的主体色。主体色既和作者所表达的某种情感有一种内在的必然联系,又能够跟所描述的对象和谐一致。朱自清的《绿》在仙岩众多的景物中独取梅雨潭,对梅雨潭又独取其"绿"。全文千把字,光"绿"就出现了十一次,它渲染、深化、突出的是"绿",字里行间无不映着"绿"色,渗透着

[①] 茅盾:《风景谈》,《茅盾散文选集》,百花文艺出版社2004年版,第231页。

"绿"意。一切都有由"绿"生发而出。"绿"作为梅雨潭的颜色,可以说是不变的;但作为作品的主色,它又是可以变的。关键是作者的情感处理。由于作者情感的支配,它也可以呈现出更为生动,更富变化的色彩来。随着作者对梅雨潭的接近,感情也逐渐加深,"绿"也逐渐加浓。每次"绿"的出现,不是量的简单重复,而是一种融合着作者渐渐深化的情感的新的面目。同时作者用远景、近景的变换,用视觉、触觉、听觉等诸感官对瀑布、亭子、潭,从不同角度进行细致观察,而始终将"绿"作为观察、描写的核心。作者还穿插运用多种比较、联想等艺术手法,使主色调的"绿"幻化出许多奇异的光彩。

主色和其他色彩一样,不能脱离客观事物而抽象存在,所以,一些散文家就在描绘客观事物的多种变化形式中,巧妙地写出主色的各种变化。刘白羽的《日出》的主色是"红"。因为这"红"是从初升的太阳身上发出的,所以作者一直把握住太阳的变化来写"红",这样,"红"就红得出奇。一开始是"红"的面积扩大,从红带—红云—红海;继而程度加深:暗红—映红;再接着写"红"的运动方式,如同沸腾的溶液抛溅,又像一支火箭向上冲;最后写"红"的结果,火一般鲜红,火一般强烈,飞机的翅膀红了,窗玻璃红了,酣睡者的面孔红了。这一切,都赋予"红"以生命、以活力,使人看到"红"在动、在变,而这一切都根源于太阳在动、在变。作者把"红"写活、写奇了,写出了优美而深刻的诗与思。

刘勰在《文心雕龙》中指出:"故情者,文之经;辞者,理之纬;经正而后理成,理定而后辞畅,此立文之本源也。"[①] 所以,应该"为情造文"。现代散文侧重于作者情感和情绪的抒发、宣泄,而情感、情绪又有不同的质地和色彩,或悲或喜,或哀或乐,或忧愁或悲愤,或轻快或沉重,或流畅或滞涩,或急或缓,或隐或显,由此决定了现代散文语言具有与内在情绪、情感相适应的韵律感和节奏感。韩愈将"气"与"言"的关系比喻为"水"和"浮物"的关系,提出:

---

① 刘勰:《文心雕龙注疏》,周振甫注释,人民文学出版社 2002 年版,第 346—347 页。

"气盛则言之短长与声之高下者皆宜。"① 优秀现代散文的语言具有一定的韵律和节奏，而其韵律、节奏则与作者情感的脉动和情绪的波动相呼应、相一致、相协调。由于作者所抒发的情感、所表达的情绪各有特色和差异，语言也就呈现出五彩缤纷的情状。

---

① 韩愈：《答李翊书》，吕晴飞主编：《唐宋八大家散文鉴赏辞典》，中国妇女出版社1991年版，第180页。

中编

流变论

第四章

现代艺术散文的艺术流变

第一节 絮语式小品与杂记的笔法

在"五四"和20年代,成就最突出的是絮语式小品。闲谈式或絮语式小品,是现代散文的一大品类。它为"五四"以后的诸多作家所喜爱和提倡是受西方 Essay 影响的结果。由于作家们卓然的努力,使小品文有了丰厚的收获。当时,有周作人等人提出"美文""言志"等主张,有鲁迅、郁达夫、冰心、朱自清、俞平伯、许地山、叶绍钧、徐志摩等一大批作家以高扬的个性、率真的感情、通脱的风格,共同汇聚了一个小品文蓬勃发展的艺术局面,同时也为把最具有文学意味的散文从广义散文的大家族中分离出来做了最切实的努力。

鲁迅、朱自清、胡梦华曾谈论过这种闲谈絮语式散文的特点。鲁迅所译厨川白村的《出了象牙之塔》中有专门介绍 Essay 的章节。厨川认为,这是一种"作为自己告白"的文体,它可以充分"表现不伪不饰的真的自己"。其特点和长处在于自然与真实。朱自清在《说话》中阐述"闲谈":"闲谈说不上预备,满足将话搭话,随机应变。"胡梦华在《絮语散文》中说:"这种散文不是长篇阔论的逻辑的或理解的文章,乃如家常絮语,用清逸冷隽的笔法所写出来的零碎感想的文章。"《文学周报》曾辟"闲谈"专栏,专门发表叙事抒情性的散文小品。这种追求传统文人式的娴静的自在从容的闲话式小品,与"五四"高潮时富有激情的战斗性杂文相比,属于现代散文园地中的另一品类。从文体类型上说,其典范作品主要是融抒情于叙事的"美文"。

周作人早期的小品散文融叙事、抒情、议论于一体,叙写人情风物、生活情趣、追怀故人,大多围绕一个中心人物或事物,随意而谈,结构散漫不拘,平凡琐细的题材经其笔墨点染,自有某种人生况味和情趣,如《故乡的野菜》《北京的茶食》《自己的园地》《喝茶》《谈酒》等都是这种闲谈式的美文。《前门遇马队记》《初恋》《菱角》都是以记叙为主的抒情小品,虽有人物与事件,但并不是为记叙而记叙,人物、事件往往是作者抒发感情的契机,在文字抒写的深层蕴含着深刻的人生哲理,或寄寓着作者某种复杂的感情或意绪。

从文体风格上说,平和恬淡、舒徐自在是闲谈式小品的主要特点。周作人追求一种平和冲淡的人生境界,其散文小品如一博学长者在闲谈漫语,向人们讲述天文地理、风土民俗、文学掌故,冲淡、平和、自然中显示着丰厚的情趣。《乌篷船》以书信形式介绍故乡的人情风物,作品没有太强的抒情色彩,字里行间透露出平和亲切的韵味。周作人的小品看似平淡,若细品则会感到文章深层蕴蓄着一种无法穷尽的韵味。"初看似乎散漫支离,过于繁琐!但仔细一读,却觉得他的漫谈,句句含有分量。"[①] 其中有着晚明小品的浸淫,也见出英国随笔、日本俳句的文风与笔调。

闲谈式语言融叙事、抒情、议论于一体。话怎么说便怎么写的闲谈式语言中,包孕着对人生的琐细的文化关怀。周作人将叙事与抒情融为一体,难分彼此。他往往以文人的耐心和兴趣来抒写各种事、物、人,语言充满生活质感。文字平和冲淡而又清雅高远,朴实琐细而又谐趣横生。《北京的茶食》介绍北京的茶食,引经据典却又娓娓叙来,亲切而自然。

此外,钟敬文的《荔枝小品》《茶》等散文小品谈天说地,引经

[①] 郁达夫:《〈中国新文学大系·散文二集〉导言》,郁达夫编选:《中国新文学大系散文二集》,上海良友图书印刷公司1935年版,第14页。

据典，叙述悠然自得，洒脱飘逸，读来亲切有味。其抒怀之作《南国已深秋了》《岁暮述怀》在抒写胸臆方面，平实中带有几分深沉。

与周作人的闲适情调相比，朱自清的散文重在抒情，在叙事写景中抒情，在抒情中传达出散文之美。"……他的散文，仍能够满贮着那一种诗意，文学研究会的散文作家中，除冰心女士外，文字之美，要算他了。"① 其散文小品主要有，抒情为主的小品（如《荷塘月色》《背影》），记事为主的杂记小品（如《白种人——上帝的骄子》《生命的人格——七毛钱》）等。

朱自清承继传统散文的艺术经验，文章谨严，追求温柔敦厚的艺术风格，具有浓郁的抒情色彩。其散文之美是一种诗情画意的美。朱自清善于精心构撰，在精密而谨严的结构中创造出散文艺术的美。其小品，主要有以《荷塘月色》《桨声灯影里的秦淮河》《背影》为代表的单向式结构和以《女人》《冬天》为代表的并列式结构两种方式，但都体现出缜密谨严而又具有诗情画意的特点。

徐志摩的散文以富丽典雅著称，其散文追求人生的洒脱，写富丽的生活，发绅士的议论，这种议论渗透着徐志摩式的沉重和忧虑，也表现出他的绅士风，即追求人生的完美与健康。其大多数散文抒写人生感怀，以名山秀水寄托情思，表达闲逸温和的性情，如《天目山中笔记》《翡冷翠山居闲话》《自剖》《想飞》等，那种对人生的挚爱，对世事的审视，都体现着一位绅士派作家的风格。徐志摩从不吝惜自己的感情，而是浓笔重抹，将其挥洒在字里行间。这种感情的涂抹与其语言文字的组织繁复、辞藻富丽联系在一起。他善于使用那种体现着绅士高贵气质的语言，使其文字带有贵族化的高雅和超凡脱俗的洒脱。大段大段的抒情议论，一连串的排比和诗化的句式，都在传达着徐志摩散文的情感方式。

冰心的散文无故事无情节，也少有人物或场面的描写，她的小品是一种"思想的火花"，是一缕情思和情绪。其语言轻曼、空灵、优

---

① 郁达夫：《〈中国新文学大系·散文二集〉导言》，郁达夫编选：《中国新文学大系·散文二集》，上海良友图书印刷公司1935年版，第18页。

雅、清丽，是采撷人生的一朵浪花而抒写的一道人生风景。冰心的作品很少大段大段的描写或议论，语言中的议论已化为感想性的文字，化为一丝一缕的情思被细细的感情所滋润，化为诗的语言。冰心的语言受传统散文诗词的影响，大量运用整饬的词语，古色古香，精练而典雅。

叙事为主的杂记，是现代叙事抒情小品之一种，具有现代"美文"的记事性、抒情性，结构短小精悍，意蕴丰厚。

作为现代叙事散文的杂记，也具较强的抒情功能，它在叙事的同时，融抒情于其中，郑振铎的《山中杂记》记述山中生活及山中景色，但却并非一部游记作品，它只是记载作者隐居山中的一段生活及由这段生活所引起的种种感想。徐祖正的《山中杂记》表现作者对自然景致的向往，对现实人生尤其是对现代生活的嫌恶，冰心的《山中杂记》记叙山中养病的一段生活，所写皆为零散"小事"，但却写出了人生的爱与美，将轻松自如的生活呈现于读者面前。

跟上述三位作家相比，郭沫若的《山中杂记》介于散文与小说之间。但它仍以纪实笔法叙述作者亲历之事，故仍可视为杂记之中的散文小品。它基本是以"记"为主，如《菩提树下》《三诗人之死》《芭蕉花》以一件事情为主，线索清晰明了，语言简洁有力，体现出散记的记叙的特征，抒情包蕴于叙事之中，突出叙事的主导地位，平淡朴素的事件中蕴含着哲理。这种特点在郁达夫的以《归航》《还乡记》《还乡后记》《苏州烟雨记》《南行杂记》《一个人在途上》《小春天气》《移家琐记》为代表的散记创作中表现得更为明显。达夫散记带强烈的自叙传特点，大多叙写自我身边事情，哭诉自我的感伤情绪和痛苦生活。正是这种哭诉，构成了达夫散记的基本风格特点，形成了郁达夫式的散文叙事方式。在达夫散记中，"哭"是抒情，"诉"是叙事，但哭中也有叙事，以哭的方式向社会表述自己的悲愤之情和不幸命运。它是一种抒情式叙事的文体，具有较强的实录性质，对自我各方面的生活进行了事无巨细的描述。而这种叙事过程又是在浓郁的抒情氛围中完成的，那些个人生活细节，总是充满了愁苦和伤心的情感。

鲁迅写于20年代中期的《朝花夕拾》大体可分为两类，一是以《阿长与〈山海经〉》《父亲的病》《藤野先生》《范爱农》为代表的人物记，一是以《二十四孝图》《五猖会》《无常》《从百草园到三味书屋》等为代表的散记。鲁迅的散记特别注重传达事物的形象、生动，注重"记"的高度文学化。他还将杂文笔法和小说笔法纳入散文创作，因此鲁迅的"记"就不仅仅是"记"，在记的同时有议论、抒情，有讽刺、幽默，也有小说艺术中的情节和细节描写，有人物对话等，这都增强了散记的形象性，加强了散记的可读性。

第二节　独语式小品与杂记体式的新变

从1928年梁实秋发表《论散文》、朱自清发表《论现代中国的小品散文》和钟敬文发表《试谈小品文》等论述现代散文创作的理论文章开始，到40年代初，散文小品进入一个新阶段。它在艺术精神、散文意象、意境创造、象征手法、语言艺术等方面，出现了一些新的体式特征和艺术手法。散文的抒情与叙事更自然、舒缓，散文的语言及其他构成要素更完备，更具散文化特点。从总体上看，30年代的散文创作开始由抒写自我到写社会，从写内心到写现实，从写主观到写客观，超越了"五四"散文创作囿于个人生活一角的写作范围和关注个人内心世界的写作方式，从而也改变了散文的叙述话语，带来了散文体式上的变化。

30年代抒情散文吸收散文诗的体式特征，增强了散文的抒情性和诗的效果，追求完美的散文意境。京派作家如何其芳、李广田、沈从文、废名、师陀、萧乾等吸收古代诗人的意象、意境创造的艺术手法，使散文具浓郁的诗意诗味，表现出成熟的文体风格。其他如丽尼、陆蠡、鲁彦、萧红、缪崇群等作家的散文，更注重散文的内部构成，注重散文的抒情性与诗的关系。

散文在抒写个人内心世界的同时，注重向社会延伸，反映广阔的现实生活画面，向社会化方向发展，着力表现时代风云变幻。茅盾、郭沫若、叶紫、靳以、王统照、郑振铎等作家的作品，往往以一个具有象征意义的中心意象，象征时代社会的某一方面，钟情于"一滴水见太阳"的散文艺术。

朱自清、丰子恺、夏丏尊、俞平伯等散文作家在散文小品的创作技法方面进行自觉探索，为散文作品技法的提高做出了贡献。

30年代，抒情小品的结构、语言和意境创造，都发生了新变，出现了新的体式特点。何其芳、李广田等京派作家的散文创作，注重选择优美的意象来创造散文的意境，抒发感情。何其芳强调散文作为一种独特/独立文体的艺术价值，反对新文学中视现代散文为低等文体的倾向，他认为："……在中国新文学的部门中，散文的生长不能说很荒芜，很孱弱，但除去那些说理的，讽刺的，或者说偏重智慧的之外，抒情的多半流入身边杂事的叙述和感伤的个人遭遇的告白。我愿意以微薄的努力来证明每篇散文应该是一种独立的创作，不是一段未完篇的小说，也不是一首短诗的放大。"[1] 在《画梦录》中，他"企图以很少的文字制造出一种情调：有时叙述着一个可以引起许多想象的小故事，有时是一阵伴着深思的情感的波动……我追求着纯粹的柔和，纯粹的美丽"[2]，对散文"纯粹"性的追求，具体做法是将诗歌中的意象引入散文创作，创造了黄昏、老人、少女、古屋、雨声等意象，从而扭转了"五四"以来散文中常见的对于身边琐事的随意性叙述和对于个人遭遇的直白性讲述，运用优美的画面、诗歌意象的经营、戏剧化的独白，小说形象的构思等手法，增强了抒情小品作为一种散文文体的独立艺术价值，"确立和提高了美文的格调"[3]。李广田的《画廊集》《银狐集》也非常讲究意象的选择与创造，经常出现的意象有秋雨、黄昏、秋天等。通过它们，作者抒发内心情感和对人生世事的慨叹，具有浓郁的诗意。

"独语"是30年代抒情散文的重要话语方式，也是现代散文文

---

[1] 何其芳：《我和散文——〈还乡杂记〉代序》，周红莉编：《中国现代散文理论经典》，苏州大学出版社2008年版，第378页。

[2] 同上书，第380页。

[3] 司马长风：《中国新文学史》（中卷），昭明出版有限公司1980年版，第118页。

本结构的构成方式,它显示着作家对个体内心世界的回归。《画梦录》中,作者孤独寂寞的心境与作品中叙述者的心境是一致的,在"独语"的方式中,作者诉诸语言文字的,是他的内心世界,是自我的语言交流。"独语"加强了散文的抒情性。当"独语"作为内心世界的活动而形诸文字时,它是一种抒情,是低低的倾诉和心绪的展露。

与"独语"相对应的另一种抒情方式,是内心倾诉。散文作家一任情感的自如挥发,以直白的、无遮挡、少修饰的语言,以真实的人格、倾诉的手段将自我的感情痛快淋漓地表达出来,宣泄出来。巴金的散文是直抒胸臆的,它们是作者强烈感情的呼号,是他本人自我表白的艺术形式。巴金此时创作了《生之忏悔》《短简》《点滴》《梦与醉》《控诉》等"孤寂的灵魂的呼号"(巴金《电椅集·代序》)式的散文作品,他在作品中直抒胸臆,将个人的生活感受、人生体验、个人的苦闷与欢乐在作品中充分表现出来。没有矫饰,也不讲含蓄,甚至没有章法,是巴金散文创作的"讲真话"的基本手法。他将艺术完美地融入创作中,在情感的抒发中,很自然地完成散文创作的艺术构思。与巴金相比,茅盾的抒情散文更讲究艺术手段,表现方法也更多样化、艺术化。他在大革命失败后的内心矛盾和痛苦不是像巴金那样直诉出来,而往往是通过一定的艺术手段,如象征、暗示、意境的创造等,较隐晦曲折地传达出来,如《卖豆腐的哨子》《雾》《雷雨前》《黄昏》《沙滩上的脚迹》等。其作品总是体现着一定的时代特征,具较强烈的社会时代气息,散文中的意象都带有较明显的社会意义。

30年代小品文发展的一个重要特点是与"报章文学"的融会、杂糅。夏征农反对将小品文看作"只是文人雅士卖弄风情的玩意儿",他指出:"小品文在别的国家,是指的一种速写(sketch)。在形式上,是较短小峭拔的;内容上,只是客观地对于各种社会相的摄取。游记、印象记便是属于这类的文字。"他将墙头小说、报告文学、时事小品、科学小品都划归小品文的范畴,认为"小品文是报章文学和纯文学中间的汇合处",其特点是"最能把时刻在变动着的社会生活表现在大众的面前",是"最大众化的"。① 这一看法在 30 年代并不少见。茅盾同样不满于"专论苍蝇之微的小品文",使之成为"某些人的避世的桃源"。按照茅盾的观点,新的小品文出路有两条,一是回归匕首、标枪式的杂感化:"我们应该创造新的小品文,使得小品文摆脱名士气味,成为新时代的工具;我们应该把'五四'时代开始的'随感录''杂感'一类的文章作为新小品文的基础,继续发展下去。"二是速写化、写实化:"我们也要写游记。我们要用满洲游记,长城游记,闸北战墟游记等等来振发读者的精神。我们要写铁工厂,码头,矿穴,……等等的 Sketch 来照明'小品国'的每一个角落的幽默。"②

朱自清提出了"内地描写"的思路。他在读了舒新城的《故乡》后生发感想:"新文学里的内地描写,从鲁迅先生创作始,小说中以内地为背景的不少;近年来茅盾先生《春蚕》等篇是大家都知道的。散文里向这方面取材的,却似乎还不多;除了游记的一部分。"接着,作者对以往的散文创作进行了反思:"过去的散文大抵以写个人的好恶为主,而以都市或学校为背景;一般所谓'身边琐事'的便是。老这样写下去,笔也许太腻,路也许太窄;内地描写却似乎正可以济其穷。"具体的做法,是"仔细的观察,翔实的描写。一种风格,一种人情,一处风景,只要看出它们的特异之处,有选择地有条理地写出来,定可给读者一种新知识,新情趣——或者说,新了解,新态度"。作者还在语言、风格上提出了自己的建议,"这种描写用不着欧化的文字……用本国的文调尽可表现","这种谈话风的文章……搀进些报章气味……原也无妨,不过怕读者觉得不大真切。总之,也不必太严格讲求技巧……"③ 朱自清与茅盾的看法庶几近之。持类似的看法的

---

① 夏征农:《论小品文——答姜潇君》,俞元桂主编:《中国现代散文理论》,广西人民出版社 1984 年版,第 114—115 页。

② 蕙(茅盾):《关于小品文》,俞元桂主编:《中国现代散文理论》,广西人民出版社 1984 年版,第 83—84 页。

③ 朱自清:《内地描写——读舒新城先生〈故乡〉的感想》,俞元桂主编:《中国现代散文理论》,广西人民出版社 1984 年版,第 117—119 页。

还有钱杏邨:"在一九三一年,小品散文方面,也产生了一部很优秀的著作,那就是胡愈之的《莫斯科印象记》(新生命书局版)……这部书简明有力,内容也充实有趣,是开了中国的小品散文的新路的著作。"① 无独有偶,鲁迅在文章中也提到了胡愈之的《莫斯科印象记》:"这一年内,也遇到了两部不必用心戒备,居然看完了的书,一是胡愈之先生的《莫斯科印象记》,一就是这《苏联闻见录》。"对于后者,鲁迅谈道:"……这自说'为了吃饭问题,不得不去做工'的工人作者的见闻……虽然中间遇到好像讲解统计表一般的地方,在我自己,未免觉得枯燥,但好在并不多,到底也看下去了。那原因,就在作者仿佛对朋友谈天似的,不用美丽的字眼,不用巧妙的做法,平铺直叙,说了下去,作者是平常的人,文章是平常的文章,所见所闻的苏联,是平平常常的地方,那人民,是平平常常的人物,所设施的正是合于人情,生活也不过像了人样,并没有什么希奇古怪。倘要从中猎艳搜奇,自然免不了会失望,然而要知道一些不搽粉墨的真相,却是很好的。"②"工人作者的见闻""仿佛对朋友谈天似的""不用美丽的字眼,不用巧妙的做法""平铺直叙,说了下去""不搽粉墨的真相"等,都可以说是30年代后小品文新的发展路向的表达,或者说,新的小品文的文调和修辞,其突出特点是速写化、通讯化、写实化,突出小品写作的叙事性、修辞的平实性和语言的大众化甚至口语化。

到30年代末,不仅茅盾,何其芳、叶紫、鲁彦、阿英、萧红、吴组缃等作家的语言也开始了由抒情语言向社会化叙事语言的转化,在表现个人的同时,更多地展现社会的广阔画面,写出时代的发展,出现了杂记作品的兴盛景观,出现了一些以"杂记"或"散记"命名的散文集或散文作品。杂记作品也在30年代获得了自己独立的审美品格和体式特征。从体式类型上看,此时期的杂记主要有抒情散

---

① 钱杏邨:《一九三一年中国文坛的回顾》,《北斗》第2卷第1期,1932年1月20日。

② 鲁迅:《林克多〈苏联闻见录〉序》,止庵、王世家编:《鲁迅著译编年全集》第14卷,人民出版社2009年版,第41页。

记、叙事散记和速写体杂记三种样式。

　　抒情散记是介于叙事抒情小品和叙事性作品间的一种散文体式。它以抒情的笔调来记叙作者的亲身经历和见闻观感，与"五四"时代的抒情相比已发生了重大变化。"五四"时代的抒情小品主要抒写个人之情，以感伤的笔调诉说自我生命和自我生存的苦痛，而 30 年代的抒情散记主要抒社会之情，个人的声音融汇于社会的浪潮之中。20年代郁达夫的《还乡记》《还乡后记》借"还乡"抒写个体人生的漂泊感，在随意自由的叙事中呈现出强烈的主观色彩。而何其芳的《还乡杂记》中的个人形象则已消隐于社会形象之中，作品中的个人形象只是作为叙写社会的一种手段，个人生活与社会生活的交织纠葛，酝酿为作品的抒情。茅盾是 30 年代创作抒情散记的高手，他将抒情散记发展为一种成熟的完善的艺术。此时期他的抒情散记主要有《速写与随笔》《见闻杂记》等。在散记创作中，茅盾比较注重抒情和议论，将记叙融入抒情和议论中。《白杨礼赞》是此时的抒情散记代表作。何其芳的《还乡杂记》仍保持着应有的抒情风格，它的记叙仍是在感情的主导下进行，但《画梦录》中的那种细腻而抒情的文字，被粗疏而写实的文字所代替，那意境悠远而优美的风格，被记叙直白的风格所代替。《街》《县城风光》《乡下》等散记作品，虽在景象的描写、某些物象的选择等方面仍保留着《画梦录》善于运用和创造意象的特点，但它们已失去了早期作品中意象所具有的象征意义，树阴、黄昏、老人、古宅等物象已被作者赋予了新的含义，从个人的情感世界中脱离出来而具有社会化的意义。柯灵的《龙山杂记》在艺术风格上有些类似于《画梦录》，接近于抒情小品，篇幅短小，内容浅近。作者采用"记"的艺术手法，在抒情性的语言中表达了记叙性内容，人物、景物、事物在抒情语言中获得了一种灵性。后来的《三月》《秧歌》《路亭》《野渡》等散记或写水乡景致或写劳人生活，抒情性仍较浓重，而记人叙事的语言也在抒情中逐渐脱离"才子气"，与生活逐渐靠近。

　　叙事散记是一种对事物、人物进行叙述描写的散文，是一定程度上的故事化的散文。它在叙事方法上有些近似小说，仅就其艺术形式而言，一些作品讲究故事化、情节化，其语言也与一般记叙性散文语言有较大区别。芦焚的《果园城记》虽被作者归为短篇小说集，但有些篇什比如《邮差先生》后来被作者收入散文集中。他的《病》《河》《程耀先》《虹庙行》《山中杂记》是"回忆体记事"，而《鼠》《谷之夜》则是"记事和杂感"（芦焚《江湖集·后记》）。沈从文的《湘行散记》《湘西》两部集子，较完整地记叙了湘西的风土人情，是散记中的典范作品。他采取了一种杂糅文体，故意模糊小说、散文的体式，其小说大都有一个主要人物，一个大概的故事情节，且叙述方法也多有按小说的方法进行的，诸如悬念、情节、心理描写等，都带来了作品的小说化特征。作者笔下的人物性格鲜明，富有活力，其语言往往不加雕饰，浑然天成。叙事散记主要涉及个人的生活经历、人情世态等与社会人生有关的题材，其所叙内容往往客观具体，实在可感。师陀的《谷之夜》《铁匠》是故事化了的散记作品，具有小说的故事特征，但却不是以典型化的方法来创造艺术形象的小说，它是以"记"为主，记人物的生活，记人物的说话，或者说作品以记叙的方式对人物进行一定的艺术处理，而非进行典型化的艺术概括。其他如靳以的《兄和弟》、陆蠡的《囚绿记》、孟超的《拾穗》、曹靖华的《到赤松林处》等都以作者的个人生活经历为主要记叙对象，在记事状物方面有其独到之处。另外，郑振铎的《西行书简》、舒新城的《故乡》、阿英的《故乡杂信》等散文集子，都以书信作为叙事方式，以自己的见闻为叙事内容，叙事、抒情、议论都较为自如，作家有较多的叙事自由空间。

速写体杂记是杂记体式的变体，它往往是对某些生活场景、战争场景或人物进行片断式的通讯性的描写，是新闻通讯和散文创作的合体。阿英是速写体杂记创作较早的尝试者，20年代末他写了反映大革命失败后生活状况的《流离》，30年代又出版了《夜航集》，多为集中描述革命斗争情况的散记、随笔及速写体散记。夏征农在30年代也发表了《阿九和他的牛》《家信》《都市风光》等速写体杂记作品。茅盾在30年代创作了《上海大年夜》《故乡杂记》《农村杂景》《全运会印象》等速写体杂记，它们以简练明了的画面，白描的手法，反映出30年代中国农村、城市社会的各个侧面。抗战爆发后，丘东平、曹白、骆宾基、萧乾等作家创作了大量速写体杂记，诉说抗战所发生的一切。

以抒情的笔调叙事，以叙事的方式抒情，叙事与抒情杂糅，是40年代大后方沦陷区散文创作的基本特征。它在体式上呈现为一种复杂的状态，抒情散文和散记往往呈现为一种难以分辨的模糊性特征。芦焚的《上海手札》系列散文，从题目看，应为一组散记作品，但其艺术手法和语言艺术则与抒情小品基本一致。作品中有"记"，记叙所见所闻；也有抒情，因情生景，情景交融，记事也呈现出浓郁的抒情特征。芦焚散文的特长就在于以叙事性的手段完成抒情，以人物的描写传达出某种情绪。《快乐的人》《说书人》《邮差先生》《灯》等作品，以人物描写为主，但并不像小说那样塑造典型环境中的典型人物，人物在作品中并不主要，只是引发作者感情、寻找抒情方式的契机，甚至只是某种情绪和象征。柯灵是上海沦陷区的重要作家。他出版于1941年的《晦明》和此后的一些散文，如《伟大的寂寞》《梅兰芳一席谈》《在西湖——抗战结束的那一天》《桐庐行》等作品，追求意境的完美和语言的清新流丽，呈现出一种飘逸秀丽之美。

40年代的散文创作中，苏青和张爱玲是不能不提的女性作家。她们试图挣脱既定的散文模式，创造自己风格的散文体式。其散文无一定章法，是一种杂糅多种散文体式的作品。其中既有抒情小品和散记的抒情、叙事的一般因素，也有杂感、随笔的艺术笔法，或者说，她们常以杂感、随笔和抒情小品的艺术方式创作散文。她们常从自身的生活经历出发，在叙述自身生活事件的同时抒情或议论，或以议论性和抒情性语言叙述其身边琐事。苏青、张爱玲散文体式的基本特征是"私语"。这是40年代如张爱玲、苏青等女性作家的一种话语方式，是其主体心灵状态的外化，也是女性个人间的"私房话"。张爱玲的散文大多数就是这种私语，向人们讲述"更衣记""公寓生活记趣""说胡萝卜""雨伞下"等个人生活和情感。她并非单纯向读者叙述事情，而是通过叙述来表达所思所感。因此，"私语"实际是杂糅了记事与抒情、议论的一种体式。从文体结构特征上看，二者都善用

"叠加式"结构,将不同的事件或人物一个个横向连缀在一起,无中心人物和中心事件,而只是一些人物或事件的串联,人物和事件没意义或不太有意义,但被作者以极大的兴趣叙述出来,并在叙述中连成一片,具有了一定的文学意义。

40年代延安文艺界关于杂文创作的论争,在一定程度上也影响到整个散文的创作。在时代场景的转换中,"叙事"成为一种与延安的社会现实相适应的新的话语方式。"抒情"被不自觉地否定,让位于恢宏的叙事形态的文学。在此背景下,文学创作中的各种体式都力避抒情性,尤其不流露个人的感情。散文艺术也在朝叙事艺术倾斜,叙事性的散记成为这个时代可被接受的艺术形式。而且在写法上,也加强了叙事的艺术力度。何其芳、李广田、吴伯萧等也因此由抒情诗人散文家转变为以叙述为主的散记作家。这昭示了叙事艺术对作家们强大的吸引力。一向以抒情为主要艺术手段的孙犁,此时也倾向于叙事化的体式。其《识字班》《投宿》《白洋淀边的一次小斗争》《相片》《采蒲台的苇》等散文与同期的小说如《荷花淀》《芦花荡》等并无多大差别,甚至可当同一体式的作品来读。孙犁的叙事得心应手,无论记人记事,还是叙写生活场面、战斗场景,在其特有的语言中都展示出散记的风格。在这些记叙性散文中,很少看到他小说中常见的优美画面,也少有意境的创造,而往往是平铺直叙,甚至带有通讯的特点。40年代延安解放区散文创作中趋向于散记艺术的倾向,对以后文学的发展,产生了重大影响。它与40年代就已形成的文艺性通讯、速写、特写等新闻纪实性作品相融合,形成了50年代别具特色的纪实性特写、通讯等体式。

第三节 游记散文与传记散文

关于中国游记散文的创作,德国学者梅绮雯指出:"在非虚构的中国散文文学的总规则里,游记是较晚出现的:它……在宋朝才成功地以值得传世的类别建立起来,而它的真正鼎盛期是在明朝和清朝。……（游记）在前现代学界的文学概念的中心领域也占据重要的位置。与上书帝王的呈折和礼仪文章不同，游记以其突出的叙述和描写要素很好地适应现代文学概念，并相应地赢得文学研究的关注，这种关注自20世纪以来得到了极大的增强。"① 与古代游记出现较晚不同，中国现代叙事抒情散文中，最早出现的种类是游记，尤其是域外旅行记和游记。以作者着眼点的不同，可分为两大类型，一是以记叙作者关于政治、社会、风俗、文化等方面的见闻和感想为主的旅行记。如梁启超自称《新大陆游记》："中国前此游记，多记风景之佳奇，或陈宫室之华丽，无关宏旨，祸灾枣梨"，而此篇则将风物异景"删去"，"所记美国政治上、历史上、社会上种种事实，时或加以论断"。② 薛福成的《出使英法意比四国日记》"据所亲历，笔之于书。或采新闻，或稽旧牍，或抒胸臆之议，或备掌故之遗……于日记中自备一格"（《出使英法意比四国日记·咨呈》）。这种游记或日记，虽也描摹风物景致，但其关注中心在于现实政治及具有新闻价值的社会、人事，虽讲究文学性但目的却在于传递异域社会信息。另一大类型是以描写景物、抒发情志为主的游记。梅绮雯认为，中国现代游记散文丰富而驳杂，包括杂记、文学性的旅行指南乃至纯粹的消费文学等，"但游记的两个功能对现代中国赢得了特别的意义：其一是寻找灵魂。研究和阐明自己的主观性，对此旅行的孤寂被特别地显现出来；其二是文化考察和文化批评，无论是探讨外国的生活方式、自己的历史或者以中国国内旅行带来的具体经验的形式"。③

若从散文体式上分，又有日记体、书信体和单篇的规范式游记散文的区别。

在现代游记中，孙福熙的《山野掇拾》可视为早期日记体游记的代表。作者在文章中以平和恬淡的心态、艺术的眼光和轻灵的文字描

---

① ［德］顾彬、梅绮雯等：《中国古典散文——从中世纪到近代的散文、游记、笔记和书信》，周克骏等译，华东师范大学出版社2008年版，第95页。
② 梁启超：《凡例》，《新大陆游记》，吉林出版有限公司2012年版。
③ ［德］顾彬、梅绮雯等：《中国古典散文——从中世纪到近代的散文、游记、笔记和书信》，周克骏等译，华东师范大学出版社2008年版，第158页。

写山川景物和人情风俗之类。作品最突出的特色，是其景物描写细致真切、新鲜活泼。作者不但善于以其精密观察对山川景物作细致真切的描绘，而且能将自己从大自然中获得的独特感受和由此激发出的情绪巧妙地注入景物之中，写出景物的韵致。

冰心的《寄小读者》是一部通讯式散文。在作品中，她除介绍自己在美国的学习生活、养病生活、日常交往外，有不少篇章是描述异国风情和山色水光的旅行记和游记，可被视为现代早期书信体游记散文的代表。冰心以现代口语为基础，融会外国词汇和语法，吸收有生命力的文言词汇和句式，形成一种既凝练含蓄，又明白晓畅的富有表现力的语言。在景物描写方面，冰心以亲切的语调，细腻真切地抒写对景物的独特体察和感受。她以"满蕴着温柔，微带着忧愁"的笔触，来表现眼中的异国风物，抒发爱国怀乡之情。

在域外游记中，郭沫若的《今津游记》是一篇出现较早的单篇记游散文。它文体成熟，用一种纯净、自然、流畅的现代白话自由地叙事写景，抒情写意。徐志摩写于1925—1926年的《翡冷翠山居闲话》《巴黎的鳞爪》《我所知道的康桥》，是早期域外游记中的名篇，也是单篇的规范化游记散文的典范之作。他不作客观冷静的景物描写，而是满怀激情地抒写着自己对景物的感觉和印象，倾诉着他在大自然中获取的激动与喜悦。其语言文字既活泼流动，又华美艳丽；其体裁不拘一格，富于流动美和变幻美。现代游记散文在徐志摩手中已成为一种成熟的文体。

在现代散文发展史上，国内游记散文较之域外游记散文在文体上成熟得更早。大约在1923年到1926年间，以朱自清的《桨声灯影里的秦淮河》《温州的踪迹》和徐蔚南的《快阁的紫藤花》等作品为标志，现代游记散文的文体已大体成熟。国内游记散文也有两种主要形式：以写景为主并借此抒情言志的游记；以旅行记的形式记述作者旅途中关于社会政治、文化风俗等方面的见闻观感。

李大钊的《五峰游记》是出现较早较有影响的以写景为主的单篇游记。在文中，他以富有哲理味的议论，抒发了革命的情怀。作品使用书面语与口语相结合的语言，文笔朴实清新。

朱自清的《桨声灯影里的秦淮河》（1923年）和《温州的踪迹》（1924年）的出现，标志着现代游记散文在文体上的成熟。他的语言，不论是选词炼字还是句式语调，都十分讲究，总是根据描写对象和要表达的情绪的不同，精心选用最贴切的词汇，调动最适当的句式和语调，不但将景物写得细腻真切，而且能写出内在的情韵。其语言基调是口语，兼容文言和欧化的词语与句式，不但极富表现力，且读来上口，听之悦耳。朱自清在景物描写方面达到了较高境界，他这一时期的游记，不但达到了写景如画的地步，能够运用现代白话文较古文更具表现力的长处，对景物的形态作细致入微的刻画描绘，使之历历在目；而且力求表现作者的独到发现和独特感受，达到物我无间、情景交融、形神兼备的境界，写出了韵味。另外，朱自清在游记散文写作上，创造了丰富的样式。除了像《桨声灯影里的秦淮河》那样写游踪、景物、感受诸要素俱备的规范式游记散文外，又新创一种不记游踪的写景文字，如《荷塘月色》。还有兼写社会风习的旅行记，如《航船中的文明》《海行杂记》，以写名胜古迹、文物为主的类似地方志的文字，如《南京》《说扬州》。朱自清游记散文"在与明清小品理想化的关联中找到某些赞赏的游记传统"①。

俞平伯也致力于游记创作，此时期有《桨声灯影里的秦淮河》《陶然亭的雪》《西湖的六月十八夜》等佳作问世。其中，空灵朦胧的水色山光，繁缛朴拙的文笔意趣，与钟惺、谭元春那些深幽清冷的游记小品何其相似乃尔。周作人认为其散文有雅致大方自然的风度，是公安派的流裔，重在抒情和个性表现。比较他与朱自清的同题游记《桨声灯影里的秦淮河》，即可看出二者各自的特点。在写景方面，他不如朱自清精细切实，但更重写内心感受，词意委婉青涩。

本阶段的国内旅行记，有代表性的当数周作人的《济南道中》和孙伏园的《长安道上》。两者都是书信体旅行记，写法上较随意，并不刻意经营文章的布局和结构，只是按时间和游程，一路写下来，凡

---

① ［德］顾彬、梅绮雯等：《中国古典散文——从中世纪到近代的散文、游记、笔记和书信》，周克骏等译，华东师范大学出版社2008年版，第158页。

沿途的衣食住行、人事景物、见闻感触，皆以任意而谈的随笔形式"拉杂"书之。

三四十年代是现代游记散文的繁荣期。30年代的域外游记散文，不但数量多，而且文体较"五四"时期也有较大的变化与发展，其语言更为成熟，更新鲜活泼富有生气。作家写景状物、抒情写意的技巧也不断提高。大都能做到状难写之景如在目前，写心中之意细致入微。这些都大大提高了游记散文的水平。这一时期游记散文的发展与变化，呈现出如下特点：

其一，大部分作家的域外旅行记皆由许多断片构成了系列性长卷。这些断片大都可独立成篇，是对一地或一景一物的记述描写。合则构成作者旅行全程的记录。

其二，本时期域外旅行记，不再像上一时期那样热心于介绍异国政治、经济、社会情况。除了以足够笔墨描述异域之名山秀水与风俗民情外，较注意对异域文化历史的考察，使游记散文增添了文化知识方面的内涵和情趣。如郑振铎《欧行日记》（八月廿一日）写他参观恩纳博物馆时所见的一幅少女头像的感受；王统照《欧行散记》中描述了他欣赏荷兰解克斯博物馆所保存的17世纪荷兰绘画的情形；李健吾的《意大利游简》则将意大利文艺复兴介绍给国人。对西方文化艺术的关注，已成为这一时期域外游记散文的共同倾向，这对提高游记作品的文化品位，开阔读者视野，有重要意义。

其三，这一时期的域外散文，因写作角度与写法不同，出现了丰富的样式。一是对所游览的国家、城市作全景式描述。朱自清的《欧游杂记》《伦敦杂记》中的诸多篇章如《瑞士》《荷兰》《罗马》《威尼斯》等都采用了这种方法。在写作中，作者尽量避免或减少介绍说明性文字，对重要的自然景物和人文景观进行细致且有个性有情感的描摹和抒写。二是对一个国家或城市的某些侧面作印象式的反映，它所描绘的往往是局部，且重在表现作者的主观印象、感受和认识。如戴望舒的《在一个边境小站上——西班牙旅行记之三》以大部分篇幅叙述、描绘、评说着西班牙的三种存在方式——"历史上的和艺术上的西班牙""风景的西班牙""代表着它的每日的生活，象征着它永恒的灵魂"的西班牙,这是他眼中的也是他心中的西班牙。这些描述和评说,充满了诗情画意和哲理。这是一种更富于文学色彩的游行散记。还有一种注重自我情怀抒发的主观抒情性游记散文。郑振铎的《海燕》既可视为咏物抒情小品,但又是写旅途中的眼前景色,并借此抒怀的纪游之作。强烈的抒情性和轻灵活脱的笔调,增强了游记散文的文学意味。

进入30年代后,国内游记散文数量不断增多,文体也步入高度成熟的阶段。

郁达夫堪称此时的代表作家。其游记除《感伤的行旅》写于1928年外,大都写于30年代。单独出版的集子有《屐痕处处》和由此增订的《达夫游记》,未入集的有《闽游滴沥》和《马六甲游记》。其游记或钟情于浙东风景,或流连于北国风光,皆注重或悲或喜或闲适情感的贯注,情与景、意与境融为一体,文字清新疏旷,格调飘逸闲适,颇有竟陵派游记之风。他不但使现代游记流溢出更多明丽、隽秀的动人光彩,蕴含丰厚的文化内涵,而且给它注入了丰富的内心感受和氤氲流动的朦胧之美,使游记充满蓬勃的生命力。其游记不露行迹地融进古典诗文的词句,使语言多几分洗练与隽永;其游记结构,一般都很完整,起讫自然。他在游记中总能通过仔细的观察体悟,抓住自然景物的突出特点,予以集中刻画,反复描写渲染,形神兼备、情景交融地写出景物的个性。《钓台的春昼》《雁荡山的秋日》《半日的游程》《方岩纪静》《冰山纪秀》等,或写"静",或纪"秀",都能表现出各地景物的特色和作者对它的感受。而且,郁达夫在山川景物和名胜古迹的描绘中,常征引有关方志与资料,征引与风景名胜有关的古典诗词和神话传说之类,加强游记的知识性和趣味性,并成为游记内容的有机组成部分。

钟敬文是现代游记名家。他喜欢在游记中写清远寒瘦的景致,追求一种冲淡静默,深远有味的风格。《西湖的雪景》是其游记散文的代表作,呈现出一种淡远清隽之美。

这一时期还出现了一些反映都市生活、描写都市风景的文字,有的偏重城市容貌、市民生活等社会内容的反映,有的侧重名胜古迹和城市生活中留存的古风野趣的描写。在写法上，有的对城市进行较为全面的介绍，有的抓住感受最深的一个局部或侧面作较详尽的描摹。如郑振铎的《北平》《黄昏的观前街》和王统照的《青岛素描》。

　　三四十年代出现的一批旅行记、漂泊流亡记和还乡记，反映了现代散文由主观抒情向客观写实转移的趋势，也带来了游记散文题材和文体的变化。冰心的《平绥沿线旅行记》采用日记体，以朴实简约的文字记述所见所闻，一般不进行细致描摹，常以简练的文笔写出景物的神韵，散发出炽热的爱国之情。郑振铎的《西行书简》采用书简体，叙写西北的工厂、农村、集市、教育、水利等情况，构成一幅真实的西北社会图景。作者采取点面结合，以点带面，叙述、描写、议论评点交错进行的方式，将其井然有序而又鲜明突出地展现出来。茅盾的《新疆风土杂忆》以随笔的形式，平易亲切的口气述说新疆的乡土习俗，涉猎面广，内容丰富，展示了新疆社会生活的历史画卷。作者以回忆的形式、从容的笔致和朴素自然的文字，活脱脱地呈现出新疆风土的概貌和神韵。艾芜的《漂泊杂记》是他决定远离家乡，离开大都会去闯边界，由四川至云南，由云南到缅甸，一路漂泊流浪的记录。他深悉西南地区的风土人情，饱览荒原旷野的山川景色，也领略过东南亚一带的异国风情。他以清新自然的文字写自己的独特经历与感受，展示边陲异邦的生活风貌，为现代游记散文开辟了新的领域。艾芜的游记并不注重自我的表达和内心的探索，"较少以发现自我的过程作为主题，更多的是叙述赤贫者艰难的生存斗争"[①]。《漂泊杂记》的文体较为驳杂，有速写、随笔，也有抒情小品。

　　这一时期游记散文中，还有以沈从文为代表的用力于"内地描写"的所谓"乡土散文"。他有自觉的艺术追求，他说自己尝试用"屠格涅夫写《猎人日记》方法，糅游记、散文和小说故事而为一，使人事凸浮于西南特有明朗天时地理背景中，一切都带点'原料'

[①] ［德］顾彬、梅绮雯等：《中国古典散文——从中世纪到近代的散文、游记、笔记和书信》，周克骏等译，华东师范大学出版社2008年版，第158页。

味。"① 其《湘行散记》和《湘西》重视自然环境和风俗习惯的叙述和描写，取得了很高成就。它对纯朴清新秀美的湘西山水和纯朴勤劳的湘西民风的细致而又生动的描写，使这片保留着天然野趣的湘西天地，为世上更多的人了解和关注，在现代文学史上放射出特异的光彩。其游记重视人物的刻画和人情、人事的描写。作品中的地理环境和自然景物是作为人物活动的背景而存在的，作者所追求的是秀丽的风景与美好的人情融为一体的和谐境界。但作者毕竟是远离十八年后重回故乡，以一种既熟悉又陌生的眼光来观察这里的山水人情。所以，当他向人们诉说和赞美这些朴实单纯、勤劳顽强的湘西人，描述着湘西那充满蛮荒原始情调的山川风物时，又不能不把这一切同外部世界联系起来，带着深深的忧虑进行严肃的思考。在这两部游记中，作者都是用这种眼光和思想在观察着、思考着。这可以视为"内地描写"游记散文的最重要特征。

传记散文是指以散文形式描写真人真事的一种记叙散文。按照《中国大百科全书·中国文学卷》的"传记文学"条目，它有以下基本特征：(1) 以历史或现实生活中的人物为描写对象，所写的主要人物和事件须符合史实，不允许虚构。(2) 所写的人物生平经历必须具有相当的完整性。(3) 它须写出较鲜明的人物形象，较生动的情节和语言，有一定的艺术感染力。

中国现代传记散文既有着对传统史传/传记文学资源的汲取，也有着对西方传记文学的借鉴。从《史记》开创传记文学先河开始，传记构成中国散文的重要一脉。现代传记是古代"记"的延伸和发展，也是史传文学的延续。古代散文中的墓志铭、祭文等文体所包括的人物志，与古代史传中的人物传记，在现代作家的创作中往往融为一体，既保持了人物"记"的特点，又具有"传"的某些特征。古代"记"的体式特征是以记事为主，记人为辅。是故，现代传记与人物记承续了古代"记"的纪事特点和体式外形，同时进行改革变异，是

---

① 沈从文：《新废邮存底》，《沈从文文集》第12卷，花城出版社、三联书店香港分店1984年版，第67页。

从散文中分化出来的两大类型。从作家创作的实际来看，一般作家有意识地模糊了传记和人物记的体式界限，尤其在作家手中，传记与人物记同时并用，不大讲究两者的体式区别。或两者并用，或突出一个方面，但无论强调"传"还是"记"，其实质都是在实践过程中偏向于散文中"记"的体式，而相对忽略"传"的成分，消解了传记的史传特征。这显示出作家在创作过程中对作为一种体式的散记的偏爱和对传记的散文化特征的偏爱。即使是自传或人物传，也大多倾向于散文化的叙述方式和结构特征，有的传记虽以小说的结构形式出现，其实际特征也多是散文。而人物传记则主要由学者来完成，这也为现代传记走向学术化，又由学术化走向文学化发展提供了条件。随着现代散文的发展，传记和人物记的分工越来越细致。一般说来，传记主要为那些在历史上占有一定地位的人物树碑立传，或成为作家、学者和重要人物的自传方式；人物记则成为作家的一种散文创作文体，作家通过人物形象的塑造来表达感情、阐发思想。以"记"为主的现代传记和人物记，在体式内部构造上，强调人物的精神面貌和个性特征，讲究在叙述人物的生平事迹的过程中，重点表现和描写其内心边界，展示其精神特征。而以真人真事为主的传记则更要求所记的内容在符合人物真实性的同时，进入人物的内心世界，把握人物的个性，突出其感情、心理的隐秘处，揭示出人物的真实面貌；而人物记特别要求人物形象的艺术性，要求特定环境中人物的性格特征。

在现代作家中，郁达夫是传记文学的积极倡导者。1933年和1935年，他先后为《申报·自由谈》和《文学百题》撰写了《传记文学》和《什么是传记文学》，提倡变革我国史传文学传统，借鉴西方近现代传记文学，创造"一种新的解放的传记文学"。郁达夫的提倡得到了文坛的热烈响应和支持，首先是郭沫若、沈从文、谢冰莹、张资平等一些作家创作的大量的自传，丰富了现代传记文学。随后，第一出版社向几位著名作家约稿，发起了一个自传文学创作的高峰。同时，《人间世》杂志特辟"今人志"专栏，陆续发表了吴宓、胡适、老舍、庐隐、徐志摩等人的传记。现代传记文学创作，由自发行为进入一个自觉的群体性行为。

中国现代的传记和人物记，有如下体式特征：首先，追求人物外部形象和内部形象的一致；其次，追求叙述、描写的真实性与艺术性相统一；最后，追求体式的开放形态，自觉与小说、报告文学融合，并不断进行分化，不断调整自身的体式特征。这三方面相互制约和影响，使传记、人物记在体式上逐渐走向成熟。

现代传记文学中，以作家的回忆录和自传居多。它们继承了古代自传文学的传统，但不再追求人物记述的全面完整，而主要是根据作者的生活经历及情感情绪等，记录下自己的某些生活片段或自己的一段人生经历，在体式构成上也日趋大型化，叙述方式则趋于情感化、心理化。一般说来，回忆录和自传的体式特征不易区别，甚或有的作家在写作实践和理解中，就是同一体式，如郭沫若的《少年时代》《青年时代》《革命春秋》《洪波曲》，胡适的《四十自述》、鲁迅的《朝花夕拾》等。无论是以回忆录，还是以自传的称谓出现，这类作品只是记述作者本人的某一段生活经历，写出人生的某一片段。自传作者往往是文化圈的名人或准名人，这从一个特定的方面规定着自传文学往往联结着社会和各个阶层的人物，也决定了自传文学的自我叙写的主观化和个性化特征。20世纪初，梁启超等人有如《三十自述》的自传作品，20年代则有鲁迅的《朝花夕拾》等作品。《朝花夕拾》以少年至青年时期的个人生活经历展现了江南乡村的风景风俗画，描绘了清末民初中国社会的面影。鲁迅融记叙文、杂文及小说笔法于一体，在写人状物、叙事描绘、议论抒情等方面，表现出了回忆性作品的灵活和鲁迅式的练达。

30年代，第一出版社推出"自传丛书"，1933年出版《从文自传》，1934年出版《巴金自传》《钦文自传》《庐隐自传》《资平自传》。这些作家的自传作品，文体风格不一，艺术成就不一。多种不同风格的自传文学同时出现在30年代文坛上，不仅使读者通过自传了解到作家的生活和内心，而且也丰富了现代文学散文创作的园地。

郭沫若在大革命失败后流亡日本，写出了《我的童年》《反正前后》《黑猫》《初出夔门》《创造十年》《创造十年续编》《北伐途次》等自传作品，这些作品记述个人独特的人生经历，加之体现着其诗人气质，涌动着"五四"的激情和恢宏雄伟的艺术气概，充溢着奇异的情思与浪漫的诗味。他借鉴古代传记文学的史传特点，又融入杂体传记的艺术传统，将个人生活的叙写与社会发展的重大事件联系在一起，将生活场景的具体描述与时代大势的壮阔场面融为一体。郭沫若的自传，可以说是时代和社会的镜子，是现代中国社会历史发展的重大事件的忠实记录。

1934年到1936年间，郁达夫在《人间世》《宇宙风》等杂志上发表《悲剧的出生》《我的梦，我的青春！》《书塾与学堂》《水样的春愁》《远一程，再远一程！》《孤独者》《大风圈外》《海上》《雪夜》等自传作品，这些自传将自己的人生分为若干时段，书写记忆中的个人生活片段，更注重运用充满抒情意味的细腻笔触，真切地描绘内心感觉与情愫，不惮于将内心世界的一切暴露于世人面前。较之郭沫若，郁达夫的传记更具诗意化，也具有纤细的个人抒情特点。

沈从文的自传，是要写出他在故乡"这地面上二十年所过的日子，所见的人物，所听的声音，所嗅的气味，也就是说我真真实实所受的人生教育"①。在沈从文看来，学校教育只是"一本小书"，而社会人生才是一部真正的大书，所以"读用人事写成的大书"成为《从文自传》的中心命题。较之郁达夫，沈从文的《从文自传》情感内敛，注重以讲故事的方式，将作者个人的生活经历与人生体验联系在一起，试图通过自己的生活道路而看到人生的整体。作者本人的每一重要生活经历，总是体现着一位湘西子民对人生的认识，对各种生命形式的体察，对湘西风景风俗的诗意描述和对人性美的不断体验。《我所生长的地方》《我的家庭》《我读一本小书同时又读一本大书》《辛亥革命的一课》《一个老战兵》《辰州》《清乡所见》《姓文的秘书》等，具有"小说的故事性与抒情性的特点"②。与《从文自传》相比，巴金的自传也显示着真诚和坦率，他的《忆》以及《短简》中收的《我的幼年》《我的几个先生》等共同组成了巴金童年到青年

---

① 沈从文：《从文自传》，《自传集》，重庆大学出版社2001年版，第3页。
② 谢昭新：《论三十年代传记文学理念与自传写作热》，《中国现代文学研究丛刊》2005年第5期。

时代的"自传",比较完整地表现出作者的生活道路。巴金的语言总是充满了激情,充满了对生活的诚挚的热爱之情。

40年代以后,自传文学已很少见。郭沫若的《洪波曲》、臧克家的《我的诗生活》、王亚平的《永远结不成的果实》、胡山源的《我的写作生涯》等自传,或回顾自己的生活道路,或回顾自身的创作生活,具有一定的艺术魅力。但与30年代的自传相比,不仅数量少,艺术影响力也稍逊一筹。

人物记的产生与发展是在"五四"小品散文逐渐兴盛,散记小品逐渐成为散文体式的主体之后。由于人物记属于"记"的范畴,所以跟以抒情、议论为主的小品文不同,它倾向于叙述和记事。人物记是现代散文创作中较常见的一种文体,它包括一般的人物记和悼念文章。人物记属于散文中"记"的体式与传记的合体,兼具"记"和"传"两方面的体式特点。这类作品部分源于古代文学中的小传、行状、墓志铭、诔文等,但却不再对已逝人物作盖棺定论式的评价,无固定程式和套路,也少谀美之词,而主要叙述作者与传主的友谊和感情,或对传主做概括性的叙述描写,文体趋于简约精练,自然而富感情色彩。另一部分源于以写人物为主的散记,人物记不同于怀人文章,它往往只就人物的某一突出之处作详尽描写,行文带强烈的感情色彩,一般不对人的一生作全面评述,而只表现与作者密切相关的生活片段,写法较随意灵活。伤悼怀念散文,是人物记中较为常见的一类。20年代,周作人的《有岛武郎》《若子》是悼念亡友、亡女之作。前者叙述有岛武郎生平事迹,谈他的死,谈他的情感与作品。文章短小,却较全面地表现了人物的生活与生平,作为短小的人物记,其体式是较规范的。后者是一篇较典型的悼亡文章,通过对爱女若子治病的过程,写自己内心痛苦,表达对爱女的深切情感。其他的如朱自清的《哀韦杰三君》《白采》《给亡妇》《悼闻一多先生》《悼何一公君》,徐志摩的《伤双括老人》,朱湘的《梦苇的死》等回忆性的哀悼性作品,继承了古代传记中行状一类的艺术传统,成为现代悼亡怀念的佳作。

鲁迅《朝花夕拾》中的《阿长与〈山海经〉》《父亲的病》《琐

记》《藤野先生》《范爱农》等是20年代的优秀人物记作品。它们大多从一个方面出发，以纪实笔法生动具体地描述亲友的形象。与一般的人物记不同，《朝花夕拾》不对人物进行定评，而主要是将人物放到生活情景中，突现其传神之处。作品也往往不写人物外部形象，而较多地对人物的感情、性格作精确的分析、描述。《藤野先生》没有过多地去写作者与老师间的友情，而是用简洁的笔墨记述几件藤野先生的教学和批改作业的事情，其中深蕴着藤野先生对学生的爱护和关心，也表现了先生的独特性格。这种人物描写在《朝花夕拾》的其他篇章中也常见，几乎是鲁迅式写人的专用手法。30年代，鲁迅创作了《为了忘却的记念》《忆韦素园君》《忆刘半农君》《关于太炎先生二三事》《我的第一个师父》等一批悼念亡友、怀念师友的散文名篇。它们往往选取作者自己感受最深的某些侧面，表现人物的精神状态，叙写人物的生活事迹，表示自己与人物间的友情，抒发对亲友亡故的悼念怀念之情。这些作品以回忆记叙为主，主旨并不在为人物立传，而是以平常而不平静的心理，重新感受所忆人物的音容笑貌，在看似零散无序的叙述描写中，写出人物的生平事迹，写出人物的主要性格特点和情感世界。

郁达夫除创作自传体作品外，也创作了一批回忆友人的人物记作品，如《打听诗人的消息》《志摩在回忆里》《光慈的晚年》《追怀洪雪帆先生》《怀四十岁的徐志摩》《回忆鲁迅》《悼胞兄曼陀》《敬悼许地山先生》等篇章，写法多样，不拘一格，体现了人物记体式的灵活。它们显示了30年代郁达夫散文老练、娴熟的艺术功力，无论悼念亡友还是记叙人物，在淡淡的叙述中寄寓着深情，在朴素的语言里写出人物的灵魂与性格。《志摩在回忆里》寄托了对亡友的痛念，文章以托友人陈紫荷代作代写一副悼徐志摩的挽联作为线索，围绕挽词对志摩作多方面的评价。这种写法并不是传记的写法，却更能深入人物的性格世界和情感世界，表达出对亡友的怀念。

徐志摩遇难和鲁迅先生逝世后，大量作家亲友及文学界名人，纷纷撰文来表达他们对这两位文学大师的沉痛悼念和缅怀之情。在大量的纪念文章中，不乏人物记的优秀之作，如前述郁达夫的《志摩在回忆里》《回忆鲁迅》已成此类文章的名作。其中，悼念和回忆鲁迅的文章以许寿裳的《怀亡友鲁迅》、周作人的《关于鲁迅》、孙伏园的《哭鲁迅先生》、鲁彦的《活在人类心里》、许广平的《片断的回忆》、萧红的《回忆鲁迅先生》最见真情。这些文章不但提供了大量有价值的鲁迅生平资料，而且在回忆悼念式的人物记的撰写方面，也提供了可资借鉴的艺术经验。悼念和回忆徐志摩的文章则以胡适的《追悼志摩》、梁实秋的《谈徐志摩》、沈从文的《三年前的十一月二十二日》、苏雪林的《北风》、陈梦家的《纪念志摩》、林徽因的《纪念志摩去世四周年》、梁遇春的《吻火》等作品为上乘。这些作品在悼念、回忆徐志摩，记叙其为人处世和人格风范等方面，都有独特之处。

1936年，李广田的散文集《银狐集》出版。这是一部诗意盎然的散文集子，除少数散记作品外，其他如《五车楼》《花鸟舅爷》《过失》《老渡船》《银狐》《上马石》《柳叶桃》《看坡人》等作品都是典型的人物记。作者出于对人物的爱，所以写人不仅是写人物的生活与性格，而是写其生命体验，写其喜怒哀乐，进入其感情世界，尽情表现他们的内心世界。李广田所记的人物不是"名人"，而是生活中常见的平凡人物，但它所具有的浓郁诗意，以及它独特的表现手段，使这类人物记与读者有一种亲近感。

40年代的人物记有了长足进展，作家对这一体式的认识渐趋成熟，在形象刻画、叙述方式等艺术手法上，显示出作家的艺术功力。一些作品不再简单地叙述人物的事迹，而更多地深入到人物的心灵深处，探寻人物的情感世界，表现其个性特征。聂绀弩的《圣母》《怀曹白》《东平琐记》《在西安》《迎骆宾基》等人物记，所记皆为自己朋友，那种回忆中的感情和思念清晰地写在作品中，聂绀弩的艺术笔法和抒情性的语言特征，带来其人物记的诗意效果。巴金的《怀念集》也颇具代表性，他将对友人的深切思念注入作品，自然地呈现每位人物的主要特点，对其高尚品质，巴金总是毫不掩饰地予以赞美。这些作品往往第一人称和第二人称交替使用，人称的变化和叙述语气的变化，以及主观性极强的语言运用，共同构成作品的抒情方式。

第四节　散文诗

　　散文诗，也称"诗化散文""诗的散文"，它是一种兼有诗与散文特点的现代抒情文学样式。它以散行文字、散文体式来表现诗意题材。"从本质上看，它属于诗，有诗的情绪和幻想，给读者美感和想象，但内容上保留了有诗意的散文性细节；从形式上看，它有散文的外观，不象诗歌那样分行和押韵，但不乏内存的音乐美和节奏感。"[①]"散文诗是一种近代文体，是适应近、现代社会人们敏感多思、复杂缜密等心理特征发展起来的。"[②]

　　在19世纪中叶以后，散文诗才作为一种文学样式流行起来。它首先形成于法国，现代散文诗的奠基人、法国象征主义诗人波德莱尔在其论文《论色彩·一八四六年的沙龙》等文章和诗集中，认为散文诗"足以适应灵魂的抒情诗的动荡，梦幻的波动和灵魂的惊跳"。波德莱尔的创作思想和主张为现代散文诗奠定了坚实的理论基础。

　　"在中国新文学中，散文诗是一个引进的文学品种。"[③]刘半农在其《我之文学改良观》中，提倡"增多诗体"，并首次介绍了英国有"不限音节不限押韵的散文诗"。1918年《新青年》杂志第四卷第五期上，发表了他的译作《我行雪中》，文末所附的说明指出它是一篇"结撰精密之散文诗"。"散文诗"这一名称始在中国报刊上出现。对于它的性质和特点，《文学周刊》在1922年曾有过理论探讨，西谛（郑振铎）、滕固、王平陵等人都发表了意见。西谛的《论散文诗》论述了诗的特质，诗与散文的区别及散文诗的特质，指出"有诗的本质——诗的情绪与诗的想象——而用散文来表现的是'诗'；没有诗的本质，而用韵文来表现的，决不是诗"。这就打破了韵与诗的必然关系。所以"只管他有没有诗的情绪与情的想象，不必管他用什么形

[①] 《中国大百科全书·中国文学（Ⅱ）》，大百科全书出版社1986年版，第87页。
[②] 同上。
[③] 同上。

式来表现"①。这就指出了诗的本质不在于其外在形式,而在其内在本质——诗的情绪和诗的想象。据之事实,作者认为:"散文诗的成绩也已足证明散文并非不能为表现诗的情绪与情的想象的工具。""诗的要素,在于诗的情绪与诗的想象的有无,而决不在于韵的有无。"② 归根结底,作者认为:"诗之所以为诗,与形式的韵毫无关系了。"③ 西谛不仅充分证明了散文诗作为一种文学体式存在的合理性,而且肯定了用散文来表现诗也许"比韵文还活泼,还完全"。

之后,滕固发表了一篇《论散文诗》,认为:"散文诗这个名词,我国没有的;是散文与诗两体,拼为诗中的一体;犹之诗剧两体,拼为诗剧……诗化的散文,诗的内容亘于散文的行间,刹那间感情的冲动,不为向来的韵律所束缚;毫无顾忌的喷吐,舒适的发展;而自成格调。这便是作散文诗的态度。"④ 滕固强调散文诗是由"散文与诗两体","拼为诗中的一体",也即散文诗兼具有"散文"与"诗"两种艺术特性和文类功能。西谛和滕固的两篇文章,对后来中国散文诗的理论探索和创作实践起了不可低估的推进作用。

中国散文诗的发展经历了从翻译到创作的过程。早在"五四"新文学革命之前,《中华小说界》1915年第2卷第7期就在"小说"栏刊登了刘半农翻译的屠格涅夫的四章散文诗。1918年第4卷第5号《新青年》又发表了其译作《我行雪中》。周作人对于散文诗的译介表现出浓厚的兴趣,1920年10月2日他在《晨报副刊》上发表了所译拉脱维亚诗人库拉台尔的散文诗《你为什么爱我》,保加利亚诗人遏林沛林的散文诗《鹰的羽毛》;1921年11月20日他在《晨报副刊》上发表了波德莱尔的《散文小诗》。此外,《小说周报》《晨报副刊》也陆续译载了泰戈尔、波德莱尔等作家的散文诗作品,促进了中

---

① 西谛:《论散文诗》,郑振铎编选:《中国新文学大系·文学论争集》,上海良友图书印刷公司1935年版,第298页。

② 同上书,第299页。

③ 同上书,第301页。

④ 滕固:《论散文诗》,郑振铎编选:《中国新文学大系·文学论争集》,上海良友图书印刷公司1935年版,第305—306页。

国散文诗的发展。从史料记载来看，中国最早的散文诗应为沈尹默发表于《新青年》1918年4卷1号上的《月夜》。《新青年》1918年5卷2号上又刊登了刘半农的散文诗《晓》。此外，沈尹默的《人力车夫》、刘半农的《相隔一层纸》、周作人的《小河》等都是早期的散文诗作。沈尹默的《人力车夫》《三弦》等散文诗皆用白描手法来表现生活，诗意蕴藉，语言质朴而有韵味，节奏自然却含不尽韵致，显示出初期散文诗作较为成熟。刘半农的《老牛》《晓》都含有言外之意，味外之旨，具有浓厚的象征意味。郭沫若的《路畔的蔷薇》以路旁一束被人遗弃的蔷薇为寄托，表达对被遗弃者的同情，具有一种人情和人性的感召力。朱自清的《春》《匆匆》语言自由舒缓，富有内在的节奏和韵律，包含了更为丰富的人生内容、哲理内容和情感内容。《春》写了春风、细雨、天地、山河、花草、树木、孩子、人家，将万事万物人格化，流露出作者对春天的诗意的感受，文字自然流畅，节奏轻盈欢快。

  散文诗文体独立的自觉性，促进了散文诗创作的进一步完善和发展。20世纪20年代中后期，鲁迅、许地山、冰心、朱自清、焦菊隐、高长虹等都创作了大批优秀的散文诗作，并出版了散文诗集。1925年出版的焦菊隐的《夜哭》是现代文学史上第一部散文诗集。1926年高长虹出版了散文诗与诗的合集《心的探险》。1927年鲁迅《野草》的问世，更标志着散文诗的创作进入了其高峰期。散文诗完全从初期的白话诗中独立出来，其思想容量更为宽广恢宏，表现方式更加丰富多姿，文体形态更为鲜明独立。

  许地山倾心于佛教，其散文诗常通过哲理的体悟来感受生活和获取诗意，对现实生活进行审美观照。其《空山灵雨》于1925年6月由商务印书馆初版，被列为文学研究会丛书之一。内收《春底林野》《补破衣的老妇人》《落花生》《爱流汐涨》《海》《蛇》等散文诗45篇。《春底林野》写万山环抱的桃林中，万物都在领略着美妙的春光，一群爱闹的小孩子在玩"结婚"的游戏。作者反复描写万山环抱中的春光，渲染充满生机和活力的春的林野。描写细腻，文字清新。《落花生》在不过五百字的篇幅中，写出了劳动中的生趣、生机和家庭中的醇厚温良的人情，质朴自然地表现了作者淡远的人生理想。"……要像花生，因为它是有用的，不是伟大的、好看的东西。"《海》以朋友间的对话，昭示出两种人生态度，而作者的结论是："在一切的海里，遇着这样的光荣，谁也没有带着主意下来，谁也脱不了在上面游来游去。我们尽管划吧。"什么自由啊，希望啊，都是无所谓的。这传达出人生茫然、顺其自然的宗教哲学。许地山的这些散文诗往往是作者体悟哲理的凭借和结果，蕴含着作者对人生世相的体察和感悟，形象新颖独特。其中也有因过分强调主题的传达，而流于简单说教。

冰心的散文诗以行文流水的文字，说自己要说的，倾诉自己的真情。她"心中要说的话"，简言之就是"爱的哲学"，即宣扬母爱、儿童爱、自然爱。其中有探索人生的怅惘，有对祖国、故乡、家人、大海的眷恋，也有基督教义和泰戈尔哲学融汇其间。《闲情》是她1922年6月间创作的一篇散文诗。它一开篇就将读者带到一种温馨的氛围中，手足间的亲情跃然纸上。作品充满着对童心、对大自然的讴歌。作家向往着天真烂漫的人类童年，在她看来童年是人痛苦的一生中的黄金时代，然而对于她来说，这一时代已不可复得了，她便只有追慕一切的孩子，回忆自己的童年。除了对童心的歌颂外，《闲情》中还可见作者陶醉于自然界的一切现象。在赞叹宇宙、自然的同时，她感到于世界之外还存在一种不可测度的神秘力量，"花影树声，都含妙理"，这使她努力去追求精神边界，于是"这时世上的一切，都已抛弃隔绝，一室便是宇宙"。《往事（一）·七》细腻地描写了两缸荷花在雨中的变化及作者的心情，当看到红莲花在大雨中受大荷叶的庇护时，作者自然地升华到母爱的主题。冰心的散文诗大多叙写自己刹那间涌现出的感触和自然风景，传达的是一段挚情，或一缕幽思，温婉缠绵，空灵而澄澈。

散文诗是美文，意象创造的方法又使它更好地获得诗的美质。焦菊隐的散文诗就特别善于营造情景交融的意象，将自己的情绪、感受渗透在对客观事物的展现中，将它情感化、人性化、诗意化，含蓄而朦胧地传达出作者的意绪、感受，使作品更加深沉复杂、丰富蕴藉。作为中国文学史上第一部散文诗集，其《夜哭》中出现了诸多丰富复杂的意象，标志着现代散文诗的成熟和散文诗文体的独立。《夜的舞蹈》《银夜》《槐香》《寂月》《蛙声》等散文诗佳作，都以带着浓重情感和意绪的物象，构成繁复幽深的意象。《夜的舞蹈》本身就是一个意象。它将夜这个无影无形的事物情感化、拟人化，化为一个翩翩起舞的姑娘，并由这个大意象幻化为诸多小意象："当她在左顾右盼，一丝丝的柳条轻轻地落入池中了，一朵朵的花儿偷偷地穿过了竹篱了，但在她未看而不看的地方仍是黑暗的沉寂；当她在抖弄衣裳，一阵阵的轻风送她袖中裙里的香气，到百合身上，荷花身上，和夜香花的腋里，更布满了园里林间；当她在斟酌脚步，夜莺奏着美丽的歌声，能言的鸟在旁喃喃地讲说她跳得怎样的和谐的符节……"在对夜的描写中，处处蕴蓄着饱满的感情；情感的投射使自然物象变得鲜活而有灵气，从而成为超越现实物象的情感性事物——意象。

1919年8月至9月初，鲁迅创作了一组散文诗《自言自语》，连载于《国民公报》"新文艺"栏。这一诗组并未写完，因为在第七篇文后，发表时鲁迅自己注明"未完"。也就是说，这组诗原来计划还要继续写下去的，可惜没有成为事实。在这组"诗"中，第一、二节发表于8月19日，第三节发表于20日，21日发表了第四节，9月7日发表了第五节，9日第六、七节，署名均为"神飞"。这七节分别是《冰的火》《古城》《螃蟹》《波儿》《我的父亲》《我的兄弟》，再加写在第一节的《序》。

从文体来看，《自言自语》的七节小文充分体现了鲁迅作品中"跨文体"的显著特征。《自言自语》既有着散文与诗结合的"散文诗"，也有散文与杂文结合的"杂感"，甚至还有小说与诗交织的"寓言"，还可见出"五四"作家对于"童话"的偏爱，众多文体文风、叙事方法、主题内蕴等的交织，一方面看出鲁迅创作的信手拈来不受拘束的文学潜力，另一方面也能看出鲁迅思想上的丰富性和复杂性。七篇短文虽然是"形式"上的"一组"，然而，《序》《波儿》《我的父亲》和《我的兄弟》这四篇，都含着些"故事"的成分。《序》先极简单地白描出"陶老头子"的形象，然后是"我"一系列的动作和想法，夹叙夹议；《波儿》以"波儿"这个小孩子为线，以对话形式写出小故事、小波折，末了也有着感慨议论的几句，不过诗意化了；《我的父亲》和《我的兄弟》都是带有些回忆色彩的文章，从风格上讲，有点类似于《故乡》的补充，《我的兄弟》还有些小说《兄弟》的风味，两篇文章在情节上可当作《朝花夕拾·父亲的病》和《野草·风筝》的骨架。《冰的火》中，"火的冰"或者说"冰的火""死火"是带诡谲色彩的鲁迅的代表性意象，此作篇幅极短，通篇共十一行，看作是诗不算过分，语言之晦涩，句法之曲奇，颇有象征派意味。《古城》开篇便是——"你以为那是一片平地么？不是的。"娓娓道来的悬念感，小说的故事性和寓言的包孕性非常饱满，沙要吞城，代表着过去、现在、未来的三个形象——老人、少年、孩子，在顷刻间的选择。无疑是保守和革命的矛盾，其中"未喊出的两句"在后来会详细论到。《螃蟹》也是如此，以寓言的风格内含"吃人"的感慨。

从思想内质上说，《自言自语》与鲁迅的小说、杂文、散文诗《野草》等有着内在的密切关联。第一节《序》写出了一个人在简而精的段落里，在自己凝练的文字里不断地自我挣扎抗争，以求得到安宁与休憩。第二篇《冰的火》中的矛盾不再体现在句法上的反复推驳，当然，之前已经谈及鲁迅思想的自我割裂和矛盾，在此我们看意象的象征含义。火的冰，既热也冷；外层黑，接着是绿白，接着是火红的心。"好是好呵，可惜拿了药烫手。""可惜拿了要火烫一般的冰手。"联系《野草·死火》，第一个层面可以理解为鲁迅的自喻。看起来是黑色的、阴郁的、冰冷的，可是穿过冰样的外层进入最里的地域，才发现内心是炙热的、真诚的、热情的。这是鲁迅。第二层面上来说，像"冰的火"这样的意象，衍生出来的除了死火、过客，还有与此相类同的一系列形象。《故事新编·铸剑》里的宴之敖者，以及《非攻》里黑衣的墨翟等，都是冰的火，又或死的火，都包含着这样的特质。第三篇《古城》，说是小小说或者寓言亦可，三个人，黄沙吞城。"古城"就是当下的中国，老头子显示着国人的秉性。除了这种批判意识，《古城》中还有一层关键的内涵：救救孩子！可与作于1919年10月的《我们现在怎样做父亲》相对照。两篇文章，一个是寓言，一个是杂文或者杂感，均是对于父权等旧思想、旧习惯的荼毒的痛恨，更是为了新的生命的永恒的延续的小孩子的怜爱。这也是《狂人日记》的中心，更是日后鲁迅不论杂文还是古体诗抑或小说中的核心内质之一。《螃蟹》写的关乎"吃人"，这里的"吃"除了封建礼教（如《狂人日记》所表现的）之外，还有"人心"的险恶。"向来是不惮以最坏的恶意来推测中国人"的鲁迅，并没有说错什么。《故事新编·理水》和《奔月》，不就是"放冷箭"者的自窥么？《波儿》的故事在某些程度上讲是关于《死火》的又一种演化。最后两篇是《我的父亲》和《我的兄弟》。篇幅短小，叙述为主。鲁迅童年的生活对他一生的影响很大。《父亲的病》里我们可以看到他为何立志学医，若非如此也不会去了仙台，又受到了心灵的震惊，转而医治人的灵魂。而小时候把弟弟的风筝弄坏，让这个做哥哥的内心一直以来愧疚不安。无疑鲁迅是非常爱自己的弟弟周作人的，以至于为何后来兄弟失和能给他如此大的打击，也是"长兄如父"地照顾弟弟、关爱弟弟这么多年，突然至此心里自然太难接受。周作人和周树人相比，因为年龄稍小，属于不用操心也比较晚熟的类型，他对于兄弟之间的手足之情似乎非常淡漠，这让人感到遗憾。父亲的死让年少的鲁迅第一次对于死亡有了真切的感受，宛如进入大荒，但求一个安宁。而把兄弟的玩具折坏，在《野草·风筝》里更是写出了无地忏悔、无可救赎的"不原谅"。

1927 年，鲁迅的散文诗集《野草》由北新书局出版，这标志着散文诗的成熟，也显示了散文诗体式创造的多种可能性和它所具有的巨大表现力。"可以说《野草》是心灵的炼狱中熔铸的鲁迅诗，是从'孤独的个体'的存在体验中升华出来的鲁迅哲学"[①]。鲁迅创作《野草》的 20 年代中期，正是他在苦闷与孤寂中探索的日子。作家对黑暗现实的强烈愤懑，对奴性痼弊的痛切针砭，对未来光明的不懈求索，对"无物之阵"的战斗苦闷，对生的严峻拷问，对死的大彻大悟，都化成了独特的意象，在作品中进行了热烈的表达。《野草·题辞》一开篇便是富有哲理的生命思考和深沉的情感抒发。接着便派生出饱蕴情思的野草意象。它将野草与生命

[①] 钱理群、温儒敏、吴福辉：《中国现代文学三十年》（修订本），北京大学出版社 1998 年版，第 52 页。

情感交糅抒写，传达出极其热烈的情感。作品以抒情为主，辅以哲理性议论，意象作为形象表达的一部分充溢其间。《秋夜》以象征的手法，借景抒情，托物言志，揭露恶的压迫力量，赞颂抗击黑暗、追求光明的战士。它设置了一个独特的意境，它冷静而深邃。"奇怪而高"的天空，眨着冷眼的星星，洒在野花草上的繁霜，夜游的恶鸟，猩红的栀子，苍翠而可爱的小青虫……共同构成了一个清冷肃杀而又富含深意的意境。在其中贯穿着作者既孤独又悲壮、既彷徨又执着、既虚幻又清醒的复杂而矛盾的心绪。种种意象，无不浸透着作家的情感，无不默默传达着作者的心声。这浓烈的感情与心声，和那高远、冷漠、深邃的秋夜糅合、呼应，既相互协调又互为映衬，造成了具有复合之美的丰满、立体的美学效果。《影的告别》以奇特的构思、讲述了一个奇诡的故事，传达出作者内心冲突、身心分裂的种种痛苦。"影"的充满矛盾的声音，深刻展示了鲁迅所处的时代和生活环境中内心深处所有的黑暗与虚无的一个方面，同时也展示了一个先驱者在矛盾四伏中进行"绝望的反抗"的悲凉色彩。《求乞者》和《立论》给我们描绘了象征性很强的社会现实生活图景。前者传达出鲁迅蔑视与反对生命存在中的奴隶性，反对托尔斯泰式人道主义说教的生命哲学。后者用朴素的写实笔法讲述了一个编造的"故事"。这个非常简单的寓言性的故事，包含着鲁迅多年思考并坚决反对的一种中庸处世的人生哲学。《这样的战士》中"这样的战士"是一个象征，但他把鲁迅心目中无论胜利失败，不管他人议论，执着顽强地与一切腐朽精神文化现象进行战斗的悲剧性战士形象，表现得崇高而热烈。生命本身就是一出战斗者的悲剧，它由生到死，都在嚼味这人生的悲剧中战斗着。研究者将《这样的战士》与《过客》《墓碣文》《聪明人和傻子和奴才》等归为"人物象征"型的散文诗体式形态，并指出"在塑造这种象征性人物形象时，如果以对话表现人物的思想性格，那就成了戏剧对话体，以非诗非剧非诗剧形式表现了鲁迅在文体方面的大胆创新精神"①。论者进而从体式上将《野草》各篇分为故事体散文诗（《求乞者》《颓败线的颤动》等）、

---

① 冯光廉主编：《中国近百年文学体式流变史》（上），人民文学出版社1999年版，第451—452页。

对话体散文诗（《立论》《狗的驳诘》等）、戏剧体散文诗（《过客》）、杂文体散文诗（《希望》《淡淡的血痕中》等）、情境体散文诗（《秋夜》《雪》等）、抒情体散文诗（《题辞》《死火》等），并指出："这多种实验都为此后散文诗的发展开辟了广阔的道路。"①鲁迅的《野草》是现代散文诗写作的一个总结，也是散文诗体式独立的一个标志。它在中国现代散文诗的发展史上树立了一个光辉的丰碑。

30年代中期，何其芳、李广田、丽尼、陆蠡等一些年轻作家显示了散文诗创作的实绩。何其芳1936年出版的《画梦录》是一本带有现代主义倾向的散文诗。其中有《独语》《梦后》《黄昏》《秋海棠》等委婉、柔美的散文诗。

《黄昏》的作者似乎并不在向读者传达他的什么思想，而只是随意宣泄自己的情绪。在飘忽不定的语句中可以捕捉到作者心灵深处激荡着的现实与幻想的情感冲突，以及寻觅不到出路的痛苦心境。作者善于在寥寥数笔中，勾画一种场面，创造一种意境，营构一种诗意的氛围。《独语》以人的脚步声作为意象展开了心灵的"独语"。"黑色的门紧闭着：一个期待的灵魂死在门内，一个找寻的灵魂死在门外。每一个灵魂是一个世界，没有窗户。而可爱的灵魂都是独语者"。作者追寻着灵魂的足迹漫游，进行散点透视，创造出一个怪诞变形的世界。作品有强烈的内倾化色调，注重心灵深处灵魂的展现。

李广田在1939年出版的《雀蓑集》中也有一些篇什属于散文诗。《井》写他梦中走到井台边，去聆听辘轳的水斗下落的声音，从而产生了人生感悟："泉啊，人们天天从你这儿汲取生命的浆液，谁曾听到过你寂寞的歌唱呢？"梦中对"秘密"的"发掘"实际就是对生活的发现。这种对生活的发现，与何其芳侧重于描写孤独的内心的幻象相比，更偏向于现实主义的外向视角，写现实世界的感悟。

三四十年代散文诗创作向现实主义倾斜，是由时代内容和创作题材决定的。陆蠡、丽尼的创作显露出这种趋势。他们由重个人抒发而

---

① 冯光廉主编：《中国近百年文学体式流变史》（上），人民文学出版社1999年版，第451—452页。

转到了外向视界。陆蠡出版有散文诗集《海星》《竹刀》《囚绿记》等。《海星》里短小隽永的散文诗篇章，显示了纯净透明的诗的意境。作者流连于往昔温馨的回忆，创造出一个爱与美的世界。《榕树》以一个孩子与榕树老人的对话，表达出对和平、安宁生活的向往；《光》和《松明》是作者人生态度的一种表白，写得宛转曲折，富于理趣。陆蠡的散文诗有浓郁的乡野气息、秀美的山川风光和哀婉动人的故事，其描写看似淡雅、平实，其实蕴含着深沉的思想容量，其语言平实亲切，虽有象征意蕴却不晦涩难懂，虽有想象世界但又真实可感。丽尼的散文诗篇幅较长，更近于散文，但由于它具有强烈的情感抒发性，所以它又是诗，是散文体的散文诗。《黎明》写一个孩子跟随着爸爸逃难，跋涉于荒凉的沙漠。作品中，黑暗而冰冷的沙漠及孩子在苦难中初步萌发的反抗意识都具有象征意义。作者的目光转向现实，在现实情境中讲述了这个故事，格调热烈明朗。"在黎明以前的时候，我们的拳头又在血液中挥举了。"这个立意正是民族危亡时刻人民真实情绪的具象表现。《红夜》以三条狗在占领者的炮火中三度吠叫，发出了"没有抵抗，我已经没有祖国"的强烈而痛切的呼声。丽尼的散文诗多用写实的手法赋予形象以象征意义，意境幽深却意蕴明朗；再加上结构的复沓、递进，语言的质朴、洗练，多用白描，这都使其散文诗具有了更多的现实主义因素。

第五章

现代杂文的艺术流变

第一节 现代杂文与思想启蒙

作为散文中的一种议论性文体，现代杂文以议论为主而又具文学意味，是一种文艺性的社会议论。跟一般非文学的论说文的根本不同之处，在于杂文虽以议论为题旨和灵魂，以说理为本质，但其议论却不或主要不采用一般议论文惯用的逻辑推理方式，而是采用叙议结合的方式，以叙事作为说理的手段，议论大多隐含在所叙故事、事物和现象中。在叙事的基础上，以画龙点睛之笔点明题旨，或巧妙地将作者的意图和主张暗示给读者，以引起其思考、联想和回味。且其叙事、说理大都应是艺术化的、形象化的，故瞿秋白以"诗与政论的结合"来概括杂文的性质和特点。

作为中国社会大变革的产物和思想革命斗争的有力武器，杂文的基本性质是战斗的和批判的，这正如鲁迅所指出的，杂文承担的主要任务是"社会批评和文明批评"。现代杂文也歌颂光明、歌颂民族的优良传统，呼唤并期待未来的光明社会，但其主要任务却是对旧社会、旧思想、旧道德、旧文化进行无情揭露和批判。所以，杂文的基调是批判的。这一性质不但决定了现代杂文的艺术倾向，也决定了杂文的基本文学倾向是喜剧的。马克思指出："历史是认真地行动着的，经过许多阶段才把陈旧的生活方式送进坟墓,世界历史形式的最后一个阶段就是它的喜剧。……历史为什么是这样的呢?这是为了人类能够愉快地和自己的过去诀别。"① 在中国延续了数千年的封建社会尽管根深蒂固,但到晚清末年,这种陈旧的生活方式已经走近了它的坟墓。对于这样一个既反动又虚弱的社会,作家的主要情感是愤怒,主要手段是揭露。鲁迅曾说:"喜剧将那无价值的撕破给人看。"② 对封建主义的批判,正是把这种公然存在着但却是不合理的无价值的东西撕破、揭露给人看。所以,杂文主要采取那些属于喜剧范畴的诸如讽刺、幽默、反语、夸张等艺术手法。作家写作时的基本心态,也是愤怒和轻蔑,嬉笑怒骂,皆成文章。杂文的艺术魅力,所谓杂文味,也主要表现于此。喜剧品格,是杂文的基本品格,这从人们往往将杂文与讽刺喜剧、漫画、相声等相提并论,可以看出人们所认同的"杂文味",也就是它所具有的喜剧味。

杂文的第二个重要特征是迅速反映当前事变的直接性和尖锐性。现代杂文以报刊为主要载体,这使它吸收了某些新闻的因子。最突出的表现是,它对社会事变所做出的敏锐而迅速的反应,正如鲁迅所说:"对于有害的事物,立即给予反响和抗争,是感应的神经,攻守的手足。"③ 正是现代报刊事业的发展,才为这种反映的迅捷提供了可能性。首先是报刊提供的大量信息资料为杂文提供了评说对象,其次是杂文可以借助报刊迅速与读者见面。杂文创作与新闻传媒的结合,不但大大丰富了杂文的思想内容,扩大了杂文容量,而且使杂文艺术、杂文的样式也变得更为丰富复杂。有些杂文体式,若无报刊的存在,是无法产生的。如"五四"时期胡适在《新青年》开辟的"什么话"和鲁迅晚年所写的《立此存照》,都是对报纸上的言论与事件

---

① 马克思:《〈黑格尔法哲学批判〉导言》,《马克思恩格斯选集》第1卷,人民出版社1972年版,第5页。

② 鲁迅:《再论雷峰塔的倒掉》,《鲁迅全集》第1卷,人民文学出版社1981年版,第193页。

③ 鲁迅:《〈且介亭杂文〉序言》,《且介亭杂文》,人民文学出版社2006年12月第3版,第1页。

的选辑，有的稍加评论，有的只加题目，便达到了讽刺和针砭的目的。报刊事业的发展，不仅使现代杂文变得贴近现实，更具现实性，而且使它在文体风格上更便捷敏锐，形成了它那种投枪匕首式的风格。

现代杂文的第三个重要特征是大处着眼，小处落笔，从细微的生活现象入手，以小见大，深入剖析带普遍意义的社会、思想和文化问题。中国传统封建思想在作为中国社会基础的农民身上，并不以宗教哲学或神学的形式存在，而是更多地体现于其生活、行动、思维方式和行为规范中，贯穿于其日常生活的细节中。这就决定了中国反封建思想斗争的主要形式和当务之急，首先并非进行系统的理论批判，而应注重对人们日常生活和具体行为中表现出的封建意识，进行深入剖析，以唤醒其觉悟。现代杂文，正是适应了中国反封建思想革命的这一特点，形成了从细微生活现象入手，对带有普遍意义的社会思想进行深入剖析的特征。鲁迅曾说："不错，比起高大的天文台来，'杂文'有时确很像一种小小的显微镜的工作，也照秽水，也看浓汁，有时研究淋菌，有时解剖苍蝇。从高超的学者看来，是渺小、污秽，甚而至于可恶的，但在劳作者自己，却也是一种严肃的工作，和人生有关，并且也不十分容易做。"[①] 正形象地说明了杂文的这一特征。

正如学者所认为的那样："无论现代散文的文类多么繁复杂乱，无论有多少作家可以写作散文，我认为，只有杂文是属于现代传媒属于现代知识分子的一种文体。……我之所以说这些杂文文体属于知识分子，主要是指这一文体是现代传媒选择的结果之一，而且最能体现知识分子精神。"[②] 中国现代杂文是在"五四"新文化运动的召唤下，由现代报刊培育出来的一种崭新文体。这两个因素，既是杂文产生的现代条件，又规定了杂文的现代性特征。

---

① 鲁迅：《做"杂文"也不易》，《集外集拾遗补编》，人民文学出版社2006年12月第2版，第416页。

② 周海波：《传媒时代的文学》，人民文学出版社2007年版，第273页。

第二节 《新青年》与周氏兄弟

　　《新青年》既是"五四"文化革命和文学革命的重要阵地，也是培育现代杂文的摇篮。在创刊之初，它就十分注重发表议论性散文。虽以严谨正规的政论文居多，但亦有些近乎杂文的篇什，如陈独秀的《袁世凯复活》《偶像破坏论》，李大钊的《青春》《今》，刘半农的《作揖主义》等。从总体上说，在"随感录"之前，《新青年》刊登的议论性散文中，尽管已有《作揖主义》那样的杂文产生，并出现了一些具杂文因素的近乎杂文的文章，但它们尚未脱出政论文的樊篱。现代杂文尚处初步酝酿阶段。

　　1918年《新青年》四卷四号辟"随感录"专栏，刊登了陈独秀、刘半农、陶孟和所写的一组十则"随感录"。这是新文化运动的倡导者为适应启蒙宣传而创造的一种文体。与此后成熟的杂文相比，虽不免有些粗疏、稚嫩，只能算是杂文的雏形，但现代杂文初具规模和造成声势，确是从"随感录"开始的。现代杂文的著名作家，也大多是从"随感录"走上杂文创作道路的。现代杂文经由"随感录"走向繁荣和成熟。所以说《新青年》"随感录"专栏的开辟，是现代杂文诞生的标志。综观1918年间发表的"随感录"，其形式虽丰富多彩，但大体上都还属于一种新闻性、政论性较强的短小的时事评论，一般写得较质直浅露，与后来成熟的杂文相比，既不合含蓄蕴藉之旨，亦无曲折委婉之致。如李大钊的《宰猪场式的政治》和《中日亲善》。前者以生动形象的比喻，揭露了北洋军阀的黑暗政治。后者用确凿的事实揭穿了"中日亲善"的虚伪本质。文章写得畅快淋漓，但前者主要以两个几乎完全相同的判断句式构成，后者则是一连串排比句的组合，在写法上显得过于直露和单调，文气也太过急促。与李大钊相比，钱玄同的作品显示出一种学者特有的从容细密的风格。《随感录二九》和《随感录四四》把要说的道理讲得明白透彻、细密周详，但其基本写法仍不出论说文的格套，缺少"杂文味"。作为现代杂文开拓者的鲁迅，也是"随感录"的积极创作者，他发表"随感录"二十七篇，这些学者兼作家型的"随感录"有其独具的特点，即文学性的加强，也就是使"随感录"及与之相似的时评、短评文学化、艺术化，或曰杂文化。杂文这种介于政论与文学间的边缘文体，唯其脱离了纯议论状态而具有了相当的文学性后，才能称其为杂文。鲁迅此时的"随感录"写得旗帜鲜明、尖锐泼辣，充分体现了"五四"时代精神。其思想性与艺术性，堪称"随感录"之上品，代表了此类作品的最高水平。从严格的文体意义上讲，包括鲁迅所写的"随感录"在内，与其后成熟的杂文相比，都不免粗糙、质直，杂文味不足。

但这些初级形态的杂文逐步使这种短小的评论从纯论说类文章中分化出来，增添了为成熟杂文所继承的一些重要的杂文要素：一是时事性、批判性；二是选题的具体性和随感漫议、纵意而谈的议论方法；三是文学性，包括：①文学语言和文学修辞手段的运用；②形象化的描绘；③作者思想情绪的表达；④作者个性的流露等。这都大大加强了文学性，淡化了逻辑推理的色彩，推动了议论方式的散漫化而更重视文理思路的内在逻辑。如鲁迅的《随感录三十九》中讽刺顽固守旧的国粹派时写道："那时候，只要从来如此，便是宝贝。即使无名肿毒，倘若生在中国人身上，也便'红肿之处，艳若桃花；溃烂之时，美如乳酪'。国粹所在，妙不可言。"此外鲁迅的"随感录"在杂文体式多样化探索方面做出了贡献。他的许多杂文取材于古代典籍或稗官野史，以古喻今，借古喻今。如《随感录五十八·人心很古》《随感录五十九·"圣武"》是历史题材散文中最早的优秀篇章。二是读书札记体，《随感录六十三·"与幼者"》。三是语录体，如《无花的蔷薇》等。此外，还有"通信"式，如《渡河与引路》。①

"五四"新文化运动高潮过后，杂文作者对初期杂文创作进行反思，努力探索杂文文学化道路，开始了规范化杂文的创作活动。最早以自觉的文体意识倡导杂文的是周作人。他1921年发表的《美文》，

---

① 冯光廉主编：《中国近百年文学体式流变史》（下），人民文学出版社1999年版，第56—59页。

是现代杂文理论史上的开山之作，标志着现代杂文意识的觉醒。

　　本时期鲁迅在现代杂文理论方面也做出了自己的贡献。首先，他认为现代杂文是适应社会变革需要而产生的战斗性文体，其崇高使命就是要进行"文明批评"和"社会批评"，以促进中国的社会变革。其次，为更好地发挥杂文的批判功能和战斗作用，鲁迅十分重视和讲究杂文的写作方法和技巧。他主张，杂文不但在体制要短小精悍，而且要犀利沉重，能以寸铁杀人。他指出，杂文要"正对'论敌'之要害，仅以一击给予致命的重伤"。为增强论辩效果，"造语还须曲折，否，即容易引起反感"。① 在行文中还要注意"夹杂些笑语闲谈，使文章增添活气，读者感到格外的兴趣，不易于疲倦"。② 最后，他认为，杂文不仅要表达自己的见解和主张，而且要借此抒发自己的情感，传达自己的情绪。鲁迅说他在杂文中要表达的，大都是自己"悲苦愤激"的情绪。另外，在《〈热风〉题记》中，他还提出了"无情的冷嘲和有情的讽刺相去本不及一张纸"的命题，这对现代杂文的发展有重要意义。在较为明确的文体意识影响下，杂文创作有了较自觉的艺术追求。周作人在发表《美文》的同时，发表了《碰伤》等杂文作品。《碰伤》没有对北洋军阀镇压请愿的师生这一事件本身展开全面叙述和评论，而是从侧面入题，针对报纸上为军阀开脱罪责的报道所用的"碰伤"一词展开议论，更有力地揭露和抨击当政者的残暴以及反动报界的虚伪荒唐。这体现了杂文在选题立意上的特点。在结构布局上，作品一洗"随感录"的简单粗率的作风，精心组织安排，呈现出委婉曲折舒展大方的风姿。在话语形式上，它形成了一种杂文笔调，其语言从容舒缓，飘逸洒脱。夹叙夹议，叙议结合。无论叙述还是评论，都能娓娓道来，轻松自如。这种随感议论式的文章笔调，就是所谓杂文笔调。作品成功运用反语和暗示，较之金刚怒目式的抨击，更为有力。它在现代杂文规范化、文学化的探索中具有重要意

---

　　① 鲁迅：《两地书·三二》，《鲁迅全集》第11卷，人民文学出版社1981年版，第97页。

　　② 鲁迅：《忽然想到·二》，《鲁迅全集》第3卷，人民文学出版社1981年版，第15页。

义。20年代初，周作人一洗"五四"时的奋笔直书、一泻无余的单调质朴的作风，注重杂文的艺术性，力求以丰富多彩的艺术手段表达自己的思想见解。《卖药》《天足》《先进国之妇女》等显示出其为杂文艺术化、规范化所作的努力，并初步形成其平和冲淡、含蓄深沉的艺术风格。

鲁迅在此阶段的论文收入《热风》。它们在艺术风格上既保留了"随感录"正对敌人要害，一击致敌死命的战斗锋芒，又增添了浓厚的讽刺味，如《估〈学衡〉》。此阶段，其杂文初步形成了尖锐沉重、犀利深刻和无情剥脱式的辛辣讽刺风格，艺术形式和艺术风格丰富多彩。除了《估〈学衡〉》这类战斗性强的杂文外，尚有如《事实胜于雄辩》《为"俄国歌剧团"》《即小见大》等批评落后国民性的篇章和《知识即罪恶》那样的荒诞形式的杂文。无论周作人还是鲁迅，写于1921年至1923年的散文，能成为现代杂文史上名篇的佳作并不多。他们，尤其是其他一些杂文家此时的作品，还存留着"随感录"和时事短论那种质朴简率的作风。杂文文体的真正独立和初步繁荣，尚待更多优秀杂文家和杂文作品的支撑。

第三节　杂文文体规范的确立

从1924年到30年代杂文创作高潮出现前的时间，是现代杂文文体规范确立并初步繁荣的时期。1924年11月，现代文坛第一个主要发表小品文字的《语丝》创刊。随之，《京报副刊》《现代评论》《莽原》《创造月刊》《北新》等刊物相继问世，使杂文园地大为拓展，为杂文的繁荣创造了良好条件。现代杂文的文体规范也由此得之确立。这一阶段杂文发展繁荣的主要标志是：大家名作的产生和杂文艺术的完善；杂文体式的增多；风格流派的形成。

鲁迅此阶段的散文编入《坟》《华盖集》《华盖集续编》《而已集》《三闲集》中，可称为语丝时期的杂文。它们以深厚的思想内涵、完美的艺术形式、迷人的艺术魅力，显示了鲁迅作为现代杂文经典作家的风范。鲁迅本时期在创作上的主要贡献，首先是创作了一批规范化的散文。这是指那些单独成篇的具有一定格局和较为完整的结构形态，按照杂文创作的艺术规律（如大中取小、因小见大的选题角度和表现方法；叙议结合，随感漫议式的议论方式；含蓄委婉、隐晦曲折的杂文风格，讽刺、幽默、夸张、比拟等杂文笔法，等等）创作出来的进行文明批评和社会批评的议论性散文。

《坟》是现代杂文文体规范确立和现代杂文艺术成熟的标志。鲁迅在这些杂文中对他所批评的中国历史、文化和社会痼弊进行了深入的开掘、剖析和前无古人的概括，使其散文具有了诗史的伟大品格和巨大的艺术魅力。在每篇杂文中，他都力求将自己对历史和现实的观察、体验、思考所得到的属于自己的独特认识，用生动、形象、巧妙的方式和富有力度的语言给予精当的表达。《坟》中杂文的又一突出特色是从容潇洒、舒卷自如的章法。这也是杂文文体成熟的重要标志。《春末闲谈》等作品，往往于生动形象的叙述描写外，加之以细密的分析和透辟的说理，写得复杂、细密而不板滞、淤塞，灵活自在，舒展大方。《论照相之类》《杂忆》把一些极其散乱琐碎的生活细节以"漫谈""杂忆"的形式出之，看似互不联属，实则匠心独运，能以恰当的方式将其组织串联起来。杂文笔法的趋于完善，也是本时期杂文文体规范确立和艺术成熟的重要标志。鲁迅杂文成功塑造了一系列成功的杂文艺术形象。他把自己对历史和现实的斗争所进行的精警而深刻的概括，都熔铸在生动、传神的漫画式的杂文艺术形象中："落水狗""叭儿狗""苍蝇""蚊子""细腰蜂"等。这些形象取自社会上具典型意义的人和事物，是"泛论"而非"实指"；重片段的局部的勾勒，而不求其完整与全面，以收到由小见大、以小总多的艺术效果。

鲁迅此时期在杂文创作上的第二大贡献是，创作了各种体式的杂文，丰富了现代散文体式。包括论战性杂文，比如《并非闲话》《"醉眼"中的朦胧》《新月社批评家的任务》等，它们往往抓住与论争有关的一些小问题，从侧面入手，揭露对方，给予重创；哲理性杂文，如《战士与苍蝇》《夏三虫》《导师》等，篇幅更短小，语言更洗练，于简净的叙述描写后，更侧重于从中概括、提炼出诗意和哲理；借谈学术谈历史以影射现实的杂文，如《魏晋风度及文章与药及酒之关系》；系列化杂文，如《咬文嚼字（一至三）》《并非闲话（一至三)》等。在规范化杂文体式以外，还出现了杂文的变体：书信体，如通讯、日记体，如《马上日记》《马上支日记》；序跋体，如《华盖记·题记》《三闲集·序言》《叶永蓁作〈小小十年〉小引》《柔石作〈二月〉小引》等；语录体或格言体，如《无花的蔷薇》《小杂感》等。

语丝时期周作人杂文收入《雨天的书》《自己的园地》（修订版）、《谈龙集》《谈虎集》《泽泻集》《永日集》及后来出版的《看云集》。在"叛徒"或"流氓"精神即反封建主义的民主革命精神的支配下，周作人就写直接进行社会批评和文明批评的战斗杂文，文章呈现出犀利深刻、踔厉风发的风格；在"绅士"或"隐士"的软弱消极态度支配下，他就写一些软性杂文、闲适小品，表现出一种冲淡平和，潇洒雍容的风度。而且往往在一种文章中，呈现出多重面貌：本应剑拔弩张的战斗的杂文，却以平和的语调出之，一些貌似闲适的小品，却透露出斗争的锋芒。这样，周作人不但以其首倡独创的软性杂文、闲适小品别创杂文的一种体式，而且其直面社会人生的硬性杂文，也以冲淡含蓄、雍容潇洒的笔致，呈现与鲁迅那种犀利深刻、泼辣尖锐的投枪匕首式杂文不同的风格，在现代杂文史上产生巨大影响。周作人杂文具"戚而能谐""婉而多讽"的总体风格。这使其杂文文体表现出如下特点。

首先，平和冲淡的表达方式，无论抒情、议论还是叙述、描写，他总是经过艺术的淡化处理，使蕴蓄胸中的愤激之情，有节制地、从容纡徐、含而不露地表达出来，收到一种淡泊自然、深沉含蓄的艺术效果。

其次，行云流水式的结构和舒徐自在的笔致，是周作人杂文文体的重要特征，也是构成其平和冲淡之风的重要因素。其杂文结构，可以说冲破了一切传统的结构格式，不受任何文章义法的束缚，达到了大解放、大自由的境地。由于在情意表达上追求冲淡含蓄，其文章几乎没有大波大澜的起伏，平静而舒缓。写于1929年的杂文《娼女礼赞》《哑巴礼赞》《麻醉礼赞》,以恬淡闲适的态度、平静和缓的语气,表达心中郁积的愤激之情,体现了周作人成熟时期杂文既追求和平冲淡而又不能忘怀世事的本色,别具一种隽永含蓄的艺术魅力,其结构和笔致都不拘一格,不落俗套,不露人工雕琢的痕迹,行云流水,浑然天成,是其本人也是现代规范化杂文高度成熟的标本。周作人杂文语言趋向朴实、直白、口语化,笔调也形成了舒徐自如、轻松自然的风致。他欢喜用极其朴直、近乎口语的语言,形成一种家常的絮语笔调,传达其冲淡闲适的心境。有时为增加一点耐读的青果式的涩味,他又往往在口语中加上一点欧化和古文的成分。

再次,熔幽默、讽刺、婉曲于一炉的反语的运用。周作人不仅以反语为其杂文创作最基本的手法,他还把其他手法如幽默、讽刺、婉曲的方法巧妙融入反语中,"婉而趣"地表达自己的思想情感。

最后,旁征博引。他将语言文学、哲学、历史、地理、民俗学、生物学、民族学、心理学、文化人类学直至神话传说、野史笔记、歌谣俚语等知识和见解,纳入其杂文创作,使其杂文具浓厚的文化底蕴,表现出一种大家风度。对其杂文来说,这已非一般手法的运用,而是影响着整个文体的一种带有根本性质的方法。其杂文之上下古今无不贯通的开阔思路,从容舒徐、摇笔即来的潇洒文笔,令人折服的平正通达的说理,无不得力于渊博的知识储备与贴切灵活的征引。

鲁迅、周作人之外,《语丝》周围的作家还有林语堂、钱玄同、刘半农、许寿裳、孙伏园、江绍原、孙福熙、蒲伯英等,他们也创作出一些具较高的思想价值和艺术水平的杂文。在当时及以后的杂文界影响较大。

在杂文文体创造上有较大贡献的还有梁遇春。在当时被称为中国的"伊利亚"的梁遇春,以其收入《春醪集》和《泪与笑》的五十篇杂文,别创一种不同于鲁迅、周作人的独特风格而自成一家。其杂文风格的突出之点,是唐弢所概括的那种"快谈纵谈放谈"式的真率坦诚的表情达意方式。其随笔向读者敞开心扉,将自我毫无保留地袒露出来,把自己对人生的观察、体验和思索,痛快淋漓地倾吐出来。其文笔富赡,语言畅达而有文采。富赡的文笔,不但使其文章含更多的信息量和更高的知识密度,且大大增强了"快谈纵谈放谈"的文章气势。他不但能以生动形象富于感情的方法说理,且能以精彩的议论使所描绘的事物更加具体可感。

本时期的杂文流派中,还有与"语丝派"对立的"现代评论派",主要作者有胡适、陈源、高一涵、张奚若、丁西林、唐有壬、杨振声、沈从文、陶孟和等。其杂文创作追求平正的思想内容和温和的行文格调。他们效仿英国随笔(Essay),以心平气和、闲适幽默的态度,从容舒徐、轻松自如的笔调侃侃而谈,形成一种雍容典雅、委婉含蓄的风格。陈源作为此派杂文的代表作家,在文章写作上,追求开明的绅士风度、雍容大度、典雅华贵的风格。《西滢闲话》论题广泛,析理细密,以英国随笔的"闲话"式话语和轻松幽默的笔调,娓娓而谈,进行文明批评和社会批评。《行路难》《中国的精神文明》《多数》等是其杂文代表作。

第四节 杂文文体的审美自觉

总体来看,30年代前期杂文风格更加清晰、稳定,追求文辞的畅达、精确,同时,议论性增强,为追求观点表达的明确性,很少掺杂与论题无关或影响逻辑推演的内容。30年代中后期,外部社会环境的日益严峻,也促使杂文改变原先直接、清晰、明了的表意方式,多运用曲折、隐晦、委婉的修辞手段、表达技巧和语言文字,这无疑促进了杂文的艺术化、审美化,增强了杂文的美感。这样,杂文的艺术表现力和思想说服力得到了相应加强。如鲁迅的《揩油》《观斗》《变戏法》等,较之此前杂文,因其含蓄、曲折及表述的凝练性与隐喻性,便具有了更多理趣和诗的美学因素。也因此,鲁迅30年代中后期杂文被称为"诗"[①],"诗与政论凝结于一起"[②]。

[①] 朱自清:《鲁迅先生的杂感》,《朱自清全集》第3卷,江苏教育出版社1990年版,第314页。

[②] 冯雪峰:《鲁迅与中国民族及文学上的鲁迅主义》,《文艺阵地》第5卷第2期,1940年8月1日。

李长之在论鲁迅杂文的进展时，曾进行如下概括："先是平铺直叙，虽然思想是早有些。此后便转入曲折，细微和刻画，仿佛骨骼是有了，但不丰盈，再后则进而为通畅，有了活力。最后则这两种优长，兼而有之，就是含蓄了，凝整了，换言之，便是，不光有骨头，不光有血肉，而具有了精神。"作者进一步结合鲁迅思想、精神的发展，分析其杂文艺术和语言的嬗递："和他的精神进展的阶段相当：在他第一个阶段里，一如他的启蒙思想还没形成，他也还没有什末新的白话文字；所谓平铺直叙的时期，就是《热风》（一九一八——一九二四）的时期，是他的精神进展的第二个阶段，他的思想空洞些，所以文字也单纯；曲折，细微而刻画的时期，是《华盖集》（一九二五），《华盖集续编》（一九二六）的时期，他这时的思想是攻击到古文明国的人情世故了，事情是琐小，而有种待人扬发的意味，所以文字也便出之以尖酸，中间有一个次一阶段的酝酿期，文字上大体是沿上一时期的余绪的，便是《而已集》（一九二七），《三闲集》（一九二七——一九二九）的时期，在精神进展上乃是他的第四个阶段；新的思想的成熟，是在他的精神进展的第五个阶段，文字上就是《二心集》（一九三〇——一九三一）的时期，健康，深厚，而有活力，是那一期文字和思想的共同点；到了他精神进展的第六个阶段，便是《南腔北调集》（一九三二——一九三三）的时期，在思想上是由理论而入了应用的时期了，文字就含蓄，而凝整，但是同时他的精神生活似乎停滞在某一个地点了，文字就又有了《伪自由书》《准风月谈》中所偶尔流露的困乏。也许有新进展的吧，文字上也一定会不同起来。"应该说，这一概括、分析是符合鲁迅杂文实际的，颇有说服力。而其谈到鲁迅杂文之长："他的杂感文的长处，是在常有所激动，思想常快而有趣，比喻每随手即来，话往往比常人深一层，又多是因小见大，随路攻击，加之以清晰的记忆，寂寞的哀感，浓烈的热情，所以文章就越发可爱了。"又论及鲁迅杂文之短："有时他的杂感文却也失败，其原故之一，就是因为他执笔于情感太盛之际，遂一无含蓄……太生气了，便破坏了文字的美。不知道为什末，他有些文字在结尾时松下去，甚而模糊起来"①，皆为有眼光、有见地之论。

　　李长之对鲁迅杂文进展及价值的概括与梳理，可以视为现代杂文文体从 20 年代到 30 年代发展的一个缩影。

　　自创生之日起，现代杂文被看作一种"'社会论文'——战斗的阜利通"（feuilleton）"②，当时的评论家也缺乏明确的"杂文"意识。1923 年，郑振铎明确将所谓"教训文""讽刺文"等归为杂类③。在整个 20 年代，杂文以说理、论辩为主导潮流，缺乏文体意识的自觉，尤其是 1927 年之后，杂文的政治气息和说理议论色彩明显增强，正如瞿秋白所指出的："急遽的剧烈的社会斗争，使作家不能够从容的把他的思想和情感熔铸到创作里去，表现在具体的形象和典型里；同时，残酷的强暴的压力，又不容许作家的言论采取通常的形式。作家的幽默才能，就帮助他用艺术的形式来表现他的政治立场，他的深刻的对于社会的观察，他的热烈的对于民众斗争的同情。不但这样，这里反映着'五四'以来中国的思想斗争的历史。杂感这种文体，将要因为鲁迅而变成文艺性的论文（阜利通——feuilleton）的代名词。自然，这不能够代替创作，然而它的特点是更直接的更迅速的反应社会上的日常事变。"④一方面，杂文逐渐成为现代文学里的一种重要的新型文体和不可忽视的存在；另一方面，由于要对种种社会现实、现象、观点、理论做出及时的反应、评论，众多杂文也往往对所评论、所批判的对象未及进行深入的思考和细致的解剖，手法、技巧、语言大多也较单一、匮乏。

　　直到 30 年代中期，这种情况才有所改观。1935 年，鲁迅谈道："近一两年，作短文的较多了，就又有人来削'杂文'。"从这句话

---

　　① 李长之：《鲁迅批判》，北京出版社 2003 年版，第 129—131 页。
　　② 瞿秋白：《〈鲁迅杂感选集〉序言》，俞元桂主编：《中国现代散文理论》，广西人民出版社 1984 年版，第 180 页。
　　③ 郑振铎：《文学的分类》，《郑振铎文集》第 4 卷，人民文学出版社 1985 年版，第 355—362 页。
　　④ 瞿秋白：《〈鲁迅杂感选集〉序言》，俞元桂主编：《中国现代散文理论》，广西人民出版社 1984 年版，第 180 页。

中，可以看出当时关于杂文的两种基本情况：其一，30年代中期杂文创作较之此前有所发展；其二，尽管如此，杂文并未被看作"文学"，恰恰相反，创作杂文被视为"作者的堕落的表现"。实际情况正如鲁迅所指出的："其实，近一两年来，杂文集的出版，数量并不及诗歌，更其赶不上小说，慨叹于杂文的泛滥，还是一种胡说八道。只是作杂文的人比先前多几个，却是真的，虽然多几个，在四万万人口里面，算得什么，却就要谁来疾首蹙额？"可见，杂文之所以被非议和批评，根本原因在于它未能进入文学、审美的殿堂："我们试去查一通美国的'文学概论'或中国什么大学的讲义，的确，总不能发见一种叫作Tsa-wen的东西。这真要使有志于成为伟大的文学家的青年，见杂文而心灰意懒：原来这并不是爬进高尚的文学楼台去的梯子。""既非诗歌小说，又非戏剧，所以不入文艺之林"①。同样，对于杂文的意义和前景，鲁迅也寄予很大的期望："杂文发展起来，倘不赶紧削，大约也未必没有扰乱文苑的危险……我还更乐观于杂文的开展，日见其斑斓。第一是使中国的著作界热闹，活泼；第二是使不是东西之流缩头；第三是使所谓'为艺术而艺术'的作品，在相形之下，立刻显出不死不活相。"②

　　置诸文学史视野来看，杂文的兴起与审美意识的增强，促使现代散文的内涵和形态、笔法发生了转变，"小品文"不再专指优美的抒情文字或"美文"，其中的论辩成分和抗争因素渐趋增多。鲁迅在《小品文的危机》中，不仅从宋唐至明清的小品文中看到了其"挣扎和战斗的"品格和"有不平，有讽刺，有攻击，有破坏"的作风，而且着重在历史语境中"还原"了小品文特质的历史性品格："到五四运动的时候，才又来了一个展开，散文小品的成功，几乎在小说戏曲和诗歌之上。这之中，自然含着挣扎和战斗，但因为常常取法于英国的随笔（Essay），所以也带一点幽默和雍容；写法也有漂亮和缜密的，这是为了对于旧文学的示威，在表示旧文学之自以为特长者，白

---

① 鲁迅：《徐懋庸作〈打杂集〉序》，《且介亭杂文二集》，人民文学出版社2006年12月第3版，第79—81页。

② 同上书，第81—82页。

话文学也并非做不到。以后的路，本来明明是更分明的挣扎和战斗，因为这原是萌芽于'文学革命'以至'思想革命'的。但现在的趋势，却在特别提倡那和旧文章相合之点，雍容，漂亮，缜密，就是要它成为'小摆设'，供雅人的摩挲……"而"生存的小品文，必须是匕首，是投枪，能和读者一同杀出一条生存的血路的东西"。①伯韩提出以"俗人小品"替代"雅人小品"，用"生活的小品文"取代"消遣的小品文"："如果现代中国的小品文，全部都是这种无聊消遣的作品，如果小品文根本就是仅仅适合于消闲的东西，那么，我们为大多数民众着想，不但是不要提倡小品文，而且要拿起大禹王一样的雄心，把当前小品文的洪水消导下去。"②唐弢认为："我的所谓小品文，其实就是现在一般人所浑称的杂文。"③在郑伯奇看来，低回流连于个人趣味的小品文尽可存在，但可以创造出"新的小品文"，在他列举的"新的小品文"中包括社会性的小品文、科学小品、历史小品，甚至"报告文学性的小品文"。④

1935年，阿英编选了一本意在反映、总结"五四"新文学运动以来散文创作成就的集子《现代十六家小品》，内收鲁迅、周作人、朱自清、谢冰心、茅盾、郭沫若等十六位作家的抒情散文、游记、杂感、序跋等各类小品文字，共计104篇。编选者在序中，较系统地回顾了"五四"新文学运动至30年代中期小品文的发展趋势。其中引述了朱自清的看法，"新文学的成绩，第一是小品文字，含讽刺的，分析心理的，写自然的，往往着墨不多，而余韵曲包"。从此论述可以看出，"五四"新文学运动时期，所谓新散文并非仅具单一的内涵与构成，"美文""小品文""杂感"等显示着这一现代形态的新散文

---

① 鲁迅：《小品文的危机》，《现代》第3卷第6期，1933年10月1日。
② 伯韩：《由雅人小品到俗人小品》，俞元桂主编：《中国现代散文理论》，广西人民出版社1984年版，第98页。
③ 唐弢：《小品文拉杂谈》，《唐弢文集》第1卷，社会科学文献出版社1995年版，第154页。
④ 郑伯奇：《小品文问答》，俞元桂主编：《中国现代散文理论》，广西人民出版社1984年版，第95页。

的多元构成性和多元共生性。事实上,阿英也是认同朱自清这一看法的。在谈到新文学运动初期的小品文时,他认为这种小品文"是和其他的论文、小说、诗歌等一样的,是一种战斗的、反封建的工具","是一种短小精悍的敏锐的袭击",其产生,"在新文学的初期,并非是由于要做漂亮、紧凑、缜密的文章,是由于战斗的需要,是由于有关于社会改造的话要说。既不能成大块文章,也必得随便说说,这是当时小品文所以发展的原因"。这无疑是从现代杂文的历史源头上追溯其"质"。阿英在建构现代小品的本质论和发展论时,运用的是马克思主义的历史唯物主义观点和方法。据此,他认为在小品文发展的第二期(即从1925年五卅运动到1931年的九一八事变),其本质仍是个人主义的,但却开始分化,"一方面是更进一步的风花雪月,一方面却转向革命"。在他看来,趣味主义的小品文"可以说是中国小品文的一个反动的阶段"。阿英认为,第三期(即从九一八事变开始)的小品文"短小精悍的体制也更有力量",原因是"在这紧急的时期,是随时需要强有力的短小的明快的文学作品,来帮助作战的"。正因为小品文的战斗性、工具性的突出,因此,"小品文是更加强悍,更加有力,在质量双方,都有很大的开展";同时也因为"社会的原因,而不是由于作家个人的原因",小品文"所能采用的说话的方式,一般的是和以前不同了……是没有以前的坦白,在文字上,总是弯弯曲曲,越弄越晦涩"[1]。透过论者的带有意识形态色彩的评判,可以看出,阿英对"五四"以后近20年小品文嬗变的总结,是颇能给人启发的合宜之论。类似观点,亦可从朱自清那里看到:"小品文之后有杂文。杂文可以说是继承'随感录'的,但从它的短小篇幅看,也可以说是小品文的演变。小品散文因应时代的需要,从抒情转到批评和说明上。"[2] 而阿英所说的30年代小品文"没有以前的坦白,在文字上,总是弯弯曲曲,越弄越晦涩",既是特定历史情境下批评和说理

---

[1] 阿英:《〈现代十六家小品〉序》,俞元桂主编:《中国现代散文理论》,广西人民出版社1984年版,第411—415页。需要说明的是,阿英所引朱自清文字与原文略有出入。

[2] 朱自清:《什么是文学》,《朱自清全集》第3卷,江苏教育出版社1990年版,第161页。

的需要，又是杂文文学性、审美性自觉和增强的一种症候。20年代和30年代前期，杂文除却时评性外，其立场往往是鲜明的，观点的表达往往是直接的，即使鲁迅也未能避免此类缺失。

自"五四"以后的长时间内，以抒情言志为主的小品文逐渐成为现代散文的主要艺术样式，并建立起以此样式为基准的现代散文的文体规定性。而正如以上所述，这一以"美文"为核心理念的文体／审美规定性在30年代中期以后，从社会性、现实性面向和文学性、审美性建构两个方面遭遇了杂文的挑战，其结果是"使我们的文学意念，近于宋以来的古文家而远于南朝"。① 从散文文体的视角来看，游记、通讯、历史小品、科学小品等兴起，出现了报告文学这一新的散文文体。在这转换之间包含着以下意味，一是对现代散文历史发展的反思，和对散文未来发展方向的规划、设计；二是显示着散文作家和评论家们在文化态度、文学观念和文体美学等问题上的分歧。

其中，有时代、历史与现实的因素起作用于现代散文观念、文体艺术的建构，也有散文（文学）自身的原因作为内在的牵引。"五四"新文学革命之后，白话取代文言成为散文的载体和表述工具，但白话散文并未像小说、诗歌、戏剧一样形成独特、稳定的文体规范和形式特征。面对文化保守主义者对现代散文粗鄙无味、浅显稚嫩等责难，新文学倡导者试图通过重构"文学性"的方式来建立起现代白话散文的合法性。胡适认为："语言文字都是人类达意表情的工具：达意达的好，表情表的妙，便是文学。但是怎样才是'好'与'妙'呢？这就很难说了。我曾用最浅近的话说明如下：'文学有三个要件：第一要明白清楚，第二要有力能动人，第三要美。'""美就是'懂得性'（明白）与'逼人性'（有力）二者加起来自然发生的结果。"在胡适看来："因为文学不过是最能尽职的语言文字，因为文学的基本作用（职务）还是'达意表情'，故第一个条件是要把情或意，明白

---

① 朱自清：《什么是文学》，《朱自清全集》第3卷，江苏教育出版社1990年版，第162页。

清楚的表出达出，使人懂得，使人容易懂得，使人决不会误解。"① 可以说，建立在语言工具论基础上的"懂得性""明白清楚"，是"五四"一代对现代散文之"文学性"的最初建构。接下来，周作人在《美文》中从"纯文学"的意义上，将"记述的""艺术性"的文章称作"美文"，而将"批评的""学术性的"排除在外。不过，在谈到如何做"美文"时，他也只是说："他的条件，同一切文学作品一样，只是真实简明便好。"② 由此，原先按胡适的"文学性"观念被划归为散文的《随感录》杂感被排除出了散文之外。此后，为着打破"美文不能用白话"的迷信，周作人进一步反省"五四"初期白话散文观念和创作，不断提出自己的意见。1926年，他发文认为，国语应该有两种语体，"一是口语，一是文章语，口语是普通说话用的，为一般人民所共喻；文章语是写文章用的，须得有相当教养的人才能了解，这当然全以口语为基本，但是用字更丰富，组织更精密，使其适于表现复杂的思想感情之用。这在一般的日用口语是不胜任的"③。这就对一般日常用语与知识分子表达思想情感的文章用语进行了必要的区隔并提出不同的要求，对于现代散文的建设与发展有着建设性意义。接下来，周作人提出了现代散文语言必须兼容并蓄的观点，认为在"口语"基础上，"杂调糅和"古文、方言和欧化语，从而提高白话语言的表现力，使之"造出有雅致的俗语文来"。④ 林语堂的小品文理论以抒情言志为小品文文体规范的核心，接续的实为周作人一脉。30年代鲁迅在《小品文的危机》中倡导以挣扎与战斗的"力美""壮美"来取代"雍容""漂亮"的"优美"，重构现代散文的社会性、现实性和时代性维度。这实际上是打破现代散文之固化的、封闭

---

① 胡适：《什么是文学——答钱玄同》，胡适编选：《中国新文学大系·建设理论集》，上海良友图书印刷公司1935年版，第214—215页。

② 周作人：《美文》，俞元桂主编：《中国现代散文理论》，广西人民出版社1984年版，第3页。

③ 周作人：《国语文学谈》，杨扬编：《周作人批评文集》，珠海出版社1998年版，第130页。

④ 周作人：《杂拌儿跋》，《永日集》，北新书局1929年版，第179页。

性的"纯文学"观,而将其进行历史化阐释。从此后现代散文的发展来看,鲁迅"力美""壮美"的散文(杂文)理论成了一条主脉,从现代散文文体建设来说,"优美"传统则有着不可忽视的艺术互补和文体矫正作用。

《语丝》停刊到鲁迅逝世前的六七年间,是现代杂文史上空前绝后的繁荣期和高潮期。"语丝派"解体后,30年代的杂文界分化重组,形成了新的创作态势和格局。周作人在北平创办《骆驼草》,后林语堂在沪创办《论语》《人间世》《宇宙风》,语丝社大部分成员追随二人集合在这些刊物周围,形成"论语派",提倡幽默,创作"以自我为中心,以闲适为格调"的小品文。原新月派成员来沪创办《新月》杂志,形成以梁实秋为骨干的"自由派"杂文作家群。在鲁迅旗帜下,集合了大批左翼及其外围作家,他们在左联刊物《北斗》《十字街头》等刊物上发表投枪匕首式的革命战斗杂文,继承"五四"以来杂文的战斗传统,成为本期杂文创作的主流,为杂文的革命化、文学化做出重要贡献,将现代杂文创作推向艺术高峰。

鲁迅在30年代基本停止了其他体裁而潜心于杂文创作。1935年他在为徐懋庸的《打杂集》作序时,除继续强调杂文的社会作用,杂文应"于大家有益",应"对于有害的事物,立刻给以反响或抗争,是感应的神经,攻守的手足"外,还特别指出:"杂文这东西,我却恐怕要侵入高尚的文学楼台去的。"① 这句话说明,在此之前,杂文并未被作为"文学"门类而接受,而在这里,鲁迅理直气壮地将杂文抬进了高尚的文学楼台,并特别强调杂文的移情作用,将其划入"文学"的家族。针对"论语派"的林语堂等人鼓吹写"以自我为中心,以闲适为格调"的小品文的倾向,他撰写了《小品文的危机》《小品文的生机》《杂谈小品文》等一系列文章,捍卫了杂文的战斗传统。在本时期,鲁迅还发表了《什么是"讽刺?"》《论讽刺》等文章,对讽刺艺术进行了深刻论述,奠定了现代杂文现实主义讽刺理论的

---

① 鲁迅:《徐懋庸作〈打杂集〉序》,《且介亭杂文二集》,人民文学出版社2006年12月第3版,第80—81页。

基石。

进入 30 年代以后，鲁迅全力投入杂文文学化艺术工程的营造。他在许多文章中阐释了自己在杂文形象创造方面的主张。鲁迅指出，杂文应通过"具象的实写"，勾下人们"嘴脸的轮廓"，反映人们的灵魂。"论时事不留面子，砭锢弊常取类型"是他对杂文形象典型化原则的精当表述。他认为杂文进行典型概括的方法有两种，一是专用一人做模特，二是"杂取种种人，合成一个"。他的许多杂文直面现实生活，运用典型化方法，塑造生动、深刻的杂文形象，如《上海的少女》《上海的儿童》《世故三昧》《捣鬼心传》《二丑艺术》《帮闲法发隐》《登龙术拾遗》等。30 年代，鲁迅塑造杂文形象的方法，也充分体现了杂文的特点。首先是抓住隐藏在某种性格行为后的心理特点，以显示描写对象灵魂深处的东西。其次，杂文形象的创造不以叙述、描写为主要手段，而是以分析和议论为主。最后，十分注重对某种性格、心理所赖以形成的典型环境的描写和渲染。

运用杂文"无所顾忌，任意而谈"，写出自己的真实性情，是鲁迅一开始便非常明确自觉的艺术追求。其后期杂文，在抒情写性的形式上可分为直抒胸臆和借助某种情景、人事间接抒写两大类型。前者大多用直接发表自己的意见和表达自己的爱憎好恶的感情，在表达方式上，放笔直书，不求含蓄蕴藉，一任感情激流的倾泻，痛快淋漓，激昂慷慨，具有极强的感染力。如《中国无产阶级革命文学和前驱者的血》《"友邦惊诧"论》等。后者，或以情写景状物，或借写景状物以抒情，作者的情感在作品中呈现为具体可感、鲜明生动的形象和情景，如《夜颂》。

鲁迅杂文在议论的文学化方面也取得了巨大成功。其杂文的艺术构思活动，总是将情感与理性紧密地联系在一起，使二者相互渗透、相互作用。其杂文的艺术表达方式，不但恰如其分地强化描写和抒情的成分，且力求将严密的逻辑论证掩藏、融合在生动具体的叙述和描写中，强烈的憎爱之情流贯全文，使文章充满生气和活力。

鲁迅杂文语言的文学化，不仅表现在善于提炼、锻造简练而富哲理味的语言上，更重要的是使语言充分形象化、情感化和个性化。

鲁迅后期杂文，在体裁样式上也更丰富多彩，有系列性杂文，如《看书琐记》（一至三）、《玩笑》（一至三）、《"题未定"草》（一至九）等；辑录式杂文，如《立此存照》七篇；后记式杂文，如《伪自由书·后记》《准风月谈·后记》等；文艺短论杂文，如《小品文的危机》《论讽刺》《漫谈漫画》等。

30年代，"论语派"的代表人物林语堂提倡幽默理论。他认为幽默"是一种人生观"，"是一种人生态度"，要"提倡幽默，必先提倡解脱性灵，盖欲由性灵之解脱，由道理之参透，而求得幽默也"。什么是性灵？"性灵就是自我。"可见，幽默理论的核心，是强调自我和个性，强调情意的真挚，强调心灵和文体的解放。在此理论影响下产生了一批具幽默风格的杂文作品，丰富了杂文的体式，林语堂的散文有较充实的思想内容，且颇具幽默感，如《有驴无人骑》《吾家主席》《奉旨不哭不笑》《脸与法治》《谈言论自由》等。由于对幽默风格的追求，其语言更轻松自由、生动活泼，章法也不拘格套，自然洒脱。其次，杂文创作更贴近日常生活，注重表达个体内心感受，具有更多浓重的个人色彩，如林语堂的《说避暑之益》《论躺在床上》《我的戒烟》《论西装》等。

"新月派"杂文的代表作家是梁实秋。他发表在《时事新报》"青光"栏中的杂文47篇后结集为《骂人的艺术》，是其前期散文的上乘之作，也是"新月派"杂文的扛鼎之作。它们大多取材于都市生活的片段，借以抨击时弊，批判传统文化心理，可列入社会批评和文化批评范畴。《骂人的艺术》在艺术上已初露梁实秋杂文诙谐幽默的特点，但有些不免流于油滑肤浅，艺术格调不高。真正奠定其散文大家地位的是从1939年开始写的《雅舍小品》。他漫长复杂的人生经历和深厚的中西文化功底，使其杂文具有丰富的思想和艺术内涵，形成独特的艺术风格，将中国传统散文的典雅、含蓄、飘逸与西方散文中的机智、幽默、富有哲理的作风熔铸成有机整体。

梁实秋杂文在现代杂文文体史上的意义，首先在于它使杂文的题材彻底日常生活化了。从其《男人》《女人》《喝茶》《饮酒》《吸烟》《手杖》《请客》《送礼》等杂文可以看出，男女老少、吃喝穿戴，举凡与日常生活有关的事体，无不可入文，而且都能写出情趣，显出意义，都能化为艺术。他在欣赏、玩味人生，也在针砭和批判人生。他对杂文文体发展的第二个贡献，是通过自己的创作，为现代杂文增添了一种典雅的风格。其家庭出身、生活经历和艺术趣味，其对于中国古代和西方文化的修养，其艺术造诣，都足以使他创造出具雍容典雅风格的作品。他又选择了散文这种在中国文学史上以典雅为主导风格的文体，从而使现代杂文史上拥有了这种温柔敦厚、雍容典雅的作品与风格。其杂文，在修辞炼句上，比较注意融汇文言词语，并适当选用一些文言句法，将其与文体巧妙地组织成一种简洁、凝练、流畅的语言，且征引丰富、文采斐然。在结构上，也表现出严谨整饬的古典主义作派。这些内外因素结合起来，遂成雍容典雅的艺术风格。

第六章

现代报告文学的艺术流变

第一节 报告文学文体的现代建构

报告文学是一种新闻与文学相结合的文体。巴克认为："报告文学的物质基础就是报纸。它的存在是为了要给读者以新闻（news），读者在他早餐的时候需要有一个世界动态记录的日志，他要知道发生了些什么事，为何发生和如何发生等。"① 它脱胎于新闻报道，是文艺通讯、特写、速写的统称。报告文学允许一定的艺术加工，但却要求在作品中占主体的人与事必须真实。它直接取材于现实生活中的真人真事，并及时而迅速地加以表现。它强调新闻性，艺术加工只是为了增强新闻的艺术性，提高其传播和接受的艺术效果。

作为近现代报业的产物，报告文学孕育于近代报章文体的通讯、见闻记等叙事性文章。中国现代报刊产生于 19 世纪初，到 19 世纪末，先后创办的中文报刊有 170 余种，在促进中国近代文化的发展中起了重要作用。及时、准确地报道社会新闻、民间逸事，是报纸的主要任务，而报道中务求详尽、具体、生动，使新闻可读、耐读，则是

---

① ［日］川口浩：《报告文学论》，沈端先译，《北斗》第 2 卷第 1 期，1932 年 1 月 20 日。

报纸读者的阅读期待。因此报纸的通讯报道在其发展过程中文学性的不断加强，催生了报告文学的最初萌芽。

鸦片战争后，报纸上出现了一些具有时效性、时代性、真实性和一定文学性的新闻通讯，如《记营口失陷详情》《三元里打仗日记》等，这些报章作品已大不同于一般的通讯报道，其中孕育着报告文学的萌芽。

以人物描写为主的文学性通讯，在19世纪末20世纪初的报刊中也间或出现。如1907年秋瑾遇害后，一些报纸竞相发表文章，为烈士立传，如陈去病的《鉴湖女侠秋瑾传》等。梁启超、黄远生等作家、记者也创作了具有报告文学特点的纪游、记人式的作品，但从其创作动机和作品的基本性质来说，还只能说是报告文学的萌芽。

"五四"新文化运动的发生和发展，在客观上为报告文学的产生提供了必要的条件。首先，在新文化运动中出现的大量报刊，如《新青年》《新潮》《少年中国》《申报》《晨报》《京报》《时事新报》等，为报告文学的产生提供了物质条件。其次，"五四"运动及其他政治运动，是促成报告文学产生的时代条件。这个时代所发生的重大事件，是其他文学体裁所难以及时消化和容纳的，单纯的新闻手段也不可能真正反映出这个时代的风云变幻。因此，文学色彩较浓的通讯和带有通讯特征的报告文学就应运而生。最后，报界对文学的参与，加速了新闻与文学的融合，促进了新闻通讯与现代散文的结合。1919年，"五四"运动刚刚爆发，《每周评论》就发表长篇通讯《一周中北京公民大活动》，对"五四"运动做了真实、详尽而具文学性的报道。它不是一篇纯新闻式的通讯，而是带有鲜明文学特征的通讯报道，是从报章文体发展过来的报告文学的雏形。与其体式性质相似的还有《唐山煤矿工人大惨剧》《湖南煤矿水工惨状》及周恩来的《旅欧通讯》等。在严格意义上，这些并不能算现代报告文学，但它们以其对现实社会反映的新闻性和文学性的初步结合，为中国现代报告文学的产生做了积极的体式上的准备和努力。在现代报告文学的产生过程中，作家们的参与也是重要的，他们使新闻体的"报告"更趋向"文学"。冰心于1919年8月25日《晨报》上发表的《二十一日听审的感想》就是作家参与报告文学创作的最初实践。之后,叶圣陶、郑振铎在其创作中也对散文创作的真实性和时效性问题做了有益探索,对作家参与报告文学创作提供了一定的艺术经验。

瞿秋白的《饿乡纪程》《赤都心史》的发表,标志着中国报告文学作为一种文学体式的基本成型。

1920年10月16日,瞿秋白受北京《晨报》和上海《时事新报》的委派,与俞颂华、李宗武一同作为两报的特派驻外记者,到苏俄进行采访考察。他在《饿乡纪程》的绪言中说,他通过对苏俄的实地考察和研究,要"求一个中国问题的解决"。在谈到这两部作品时,瞿秋白明确表示了他对这一特殊文学品种的理解。瞿秋白认为《饿乡纪程》所叙的是"自中国至俄国"的"路程中的见闻经过"以及"心程中的变迁起伏",《赤都心史》叙述的是在莫斯科的"所见所闻所思所感",两部均是"文学式作品"。

源于新闻通讯的《饿乡纪程》和《赤都心史》在体式构成上首先忠实于真实性和时代性的原则。从其所叙内容来看,是对苏俄社会主义革命的"报告"。作为一名新闻记者,瞿秋白重视作品的新闻特质,尽可能发掘苏俄社会中有新闻价值的题材,报告了世界第一个社会主义新国的社会"画像"。同时,瞿秋白比较清晰的文体意识也在这两部作品中初步显露出来,他努力在新闻通讯的基础上,进行文学创作。因此,文学性是作者创作过程中的主要目标。文学性不仅仅是作者使用了形象、生动的细节描写,心理描写及其他一些文学手法,而主要是指作者的文体意识。

"五四"新文化运动以前的一些新闻通讯,虽也常用文学手法,但却非报告文学,而只是一些运用了文学手法的新闻通讯。《饿乡纪程》中的第七、八两节,就有片段的场面和人物对话的描写,这些描写虽较简单,带有明显的通讯味,但却突出了作品的文学意识,对哈尔滨的日本帝国主义取代旧俄侵略势力、中国各阶级的生活状况等重大社会现象的表现,都形象生动,作者的亲历性和叙述描写的真实性,使作品能清晰地再现哈尔滨"中俄日三国的复彩版画"的特殊景象。从创作方法的角度来讲,两部作品都以事件叙述和人物形象的塑造融合一体的方法为主,描写、议论、抒情等手法增强了作品的艺术效果,而"杂记,散文诗,'逸事',读书录,参观游记"等体裁又增强了作品的文体功能。《赤都心史》中较多地以人物形象的刻画表现作者对苏俄社会的感想和认识,作品多次写到列宁的形象,突出表现了这位革命导师的风采、气质。这种描写已超越了新闻通讯的文体范畴而具有了文学的体式意义,但它又不同于文学作品中的描写,它比较概括、简要,对人物形象的描写也不如小说那样全面深入,而只是取其重点,加以渲染式的侧面描写。作为"心史",作品融入了较多作者个人的主观感受和理解,要显示出作者的个性特征。作者在叙述描写访苏过程时,更多地将自己的感想和感慨融入作品中,使作品不仅具有充分的哲理性议论,而且也加强了抒情力量。瞿秋白的记者(报人)、政治(评论)家、文学家身份,从另一侧面恰对应了报告文学之融新闻性、政论性、文学性于一体的文体特征。

第二节 报告文学的"文学化"与理论建构

20年代后期,谢冰莹的《从军日记》和郭沫若的《请看今日之蒋介石》的发表,使报告文学朝着文学化方向发展,改变了仅由新闻记者创作的单一局面,报告文学在体式上趋向于规范化,完成了雏形阶段的报告文学的构造。《从军日记》是谢冰莹参加北伐战争的体验和记录,以从军女兵的眼光和艺术之笔叙写了北伐进程中的部分生活和斗争场景。作品没有固定的形式,有日记、书信,也有叙事和抒情散文,但组成一体却是一部长篇报告文学。作品集亲历性、时代性、真实性于一体。饱含作者的热情,体现出时代的报告所具有的艺术感染力和震撼力。较之《饿乡纪程》等作品,《从军日记》更具文学特征,也更具报告文学的文体特征。作品有脱胎于新闻通讯的痕迹,以叙事为主,其叙事也多为新闻报道式的,但它在叙事中运用了描摹、议论、抒情等艺术手法,也运用了形象思维,因而《从军日记》的语言是通讯语言和散文语言的合体,而其篇章结构则显示出脱胎于散文的特点。作者以文学的笔法向人们及时报告着北伐途中的故事。所谓文学笔法,主要是指其作品中饱含着激烈的感情,叙述方式则有形象性和文学意味。

郭沫若的《请看今日之蒋介石》不仅及时迅速地对蒋介石叛变革命进行了报道,成为大革命时期的重要文献,而且由于其犀利深刻的议论、酣畅淋漓的叙事以及绘情绘景的形象描写,而成为中国初期报告文学的佳作。郭沫若不是以记者的身份,而是以大革命的参与者身份和作家身份,以报告的形式完成了这篇报告文学作品的。所谓报告的形式,意指郭沫若赋予这篇作品的外形特征。他将重大的现实题材披露出来,其本身具有强烈的现实性,也具有比较充分的新闻时效性。《请看今日之蒋介石》对蒋介石的揭露和控拆是在对蒋介石具体实在的描写和艺术形象塑造的基础上进行的。作品充分发挥报告文学直接面对人物,可以真实地描写人物语言、行为的特点,对人物进行画像式的描写。作者在逼真地描摹人物语言、行为的同时,又对其进行一定的形象化艺术处理,在对人物和事件进行"报告"的同时,又着意于文学修饰和艺术创造。

20 年代的报告文学只是一个雏形,从总体而言,还没形成规范化的体式,从个体创作而言,无论是报告文学的结构还是语言,都离报告文学的特点有一定距离。到 30 年代,基于时代的需求和理论上的准备,报告文学开始向体式的完备和丰富的方式迅速发展。

芦焚在《中国新文学大系·报告文学卷》(1927—1937) 的序言中明确地指认:"报告文学由左联的号召而兴起。"[1] 这是合乎文学史事实的。进入 30 年代以后,在"左联"的积极倡导与努力实践下,报告文学得到正名。正如以群所言:"一九三二年以后,在中国革命的文学团体底有计划的推进之下,报告文学与文艺通讯员运动相结合,它底作者范围及于专门文艺工作者以外的各类人物,从而使这一时期的作品更真实、更深刻、更动人地写出了中国人民大众生活底惨

---

[1] 芦焚:《〈中国新文学大系·报告文学卷〉序》,上海文艺出版社 1985 年版。

重与艰辛，同时也说明了中国报告文学底进一步跃进。"①

　　1930年2月10日出版的《拓荒者》第1卷第2期发表了冯宪益翻译的日本作家川口浩写的《德国的新兴文学》。同年3月1日出版的《大众文艺》第2卷第3期，发表了陶晶孙译的日本作家中野重治的《德国新兴文学》，都特别提到了"报告文学"这一概念。这标志着人们报告文学文体意识的觉醒，由朦胧的写作实验状态，进入明晰的理论认识状态。1930年8月4日左联执委会通过的《无产阶级文学运动新的情势及我们的任务》，号召开展"工农兵通信运动"，"创造我们的报告文学（Reportage）"。在这样的背景下，30年代的报告文学在理论上和实践上都有一个较大的飞跃性发展。从理论上说，文学最终接纳了报告文学这一体式成为其家庭一员。30年代初期开始，《文艺新闻》《文学》《中流》等刊物相继发表有关报告文学的理论文章，探讨报告文学的功能特征和文体特征，讨论报告文学的写作等有关问题。袁殊的《报告文学论》、阿英的《从上海事变到报告文学》、周立波的《谈报告文学》、茅盾的《关于"报告文学"》、胡风的《论战争期的一个战斗的文艺形式》等，都提出了一些重要的理论问题，对报告文学文体意识的确立和创作的发展，起了积极的推动作用。但不能否认的是，这些文章也有其粗疏和认识上的模糊。

　　1935年2月，胡风发表《关于速写》，这是一篇报告文学理论由译介转述走向独立研究的标志性论文。在这篇论文中，作者并未大量引述国外报告文学理论，而是集中阐发自己对这一文体的独特理解。不仅如此，胡风并未突出报告文学的政治化立场，而是从文学本体的角度论析了报告文学的体性。通过与诗歌、散文、杂文、小说等文体的比较，胡风阐述了报告文学文体的杂交性文体特征：新闻性、文学性和论评性。他认为："'速写'，就是这种杂文底姊妹。"这里的"速写"，也即报告文学。他强调"速写"应"更生动更迅速地反映并批判社会上变动不息的日常事故"，应由"形象的侧面来传达或暗

---

① 以群：《抗战以来的中国报告文学》，《中苏文化》第9卷第1期，1941年7月25日。

示对于社会现象的批判"。①胡风对报告文学"批判"功能的关注，具有十分重要的理论意义。胡风在抗战期间创办《七月》等刊物大力倡导报告文学，积极扶持丘东平、曹白、阿垅等报告文学作者，使他们成为现代重要的作家。

　　40年代，报告文学的文体意识进一步强化，作家、理论家对报告文学的认识形成多元化复杂化的局面。曹聚仁在其《现代中国报告文学选》中指出，报告文学或"新闻文艺"的最重要的一点就是作者要有"新闻眼"，这种"新闻眼"就是："一个新闻记者，他就首先要脱去以'自我'为中心的世界观，学习着观察这个客观的社会和世界。"在报告文学的撰写上，曹聚仁认为，材料处理和"特写"的艺术笔触是其主要的方面，"一切艺术的笔触，都有诱导的意味，所谓引人入胜；但新闻中的特写，当以完成诱导作用为限度，过了这个限度，即失了作'特写'的本意"。②胡仲持则坚持报告文学的文学特性，认为报告文学就是"报导性的文学作品"③。何其芳认为报告文学是"记叙当前发生的事情之记事文也"④。这些不同的认识，已深入到报告文学的写作与文体层面，带有40年代报告文学理论发展的前沿性特征。正是从这些基本认识出发，报告文学在战争年代特定的环境中获得了较大发展。

　　首先，创作文体的重新确认。40年代的报告文学作家已很难再区分记者型或作家型。周立波、沙汀、丁玲、周而复等作家，也曾有过做新闻记者的经历，他们主要是以作家的眼光看取现实生活，以作家的艺术手段表现生活，但创作中又总是具有记者式的敏锐与深刻。他们以深厚的文学修养进入报告文学创作中，给报告文学带来了新气象

---

　　① 胡风：《关于速写》，《文学》第4卷第2号，1935年2月。
　　② 曹聚仁：《报告文学论》，俞元桂主编：《中国现代散文理论》，广西人民出版社1984年版，第356、361页。
　　③ 胡仲持：《论报告文学》，俞元桂主编：《中国现代散文理论》，广西人民出版社1984年版，第370页。
　　④ 何其芳：《报告文学纵横谈》，俞元桂主编：《中国现代散文理论》，广西人民出版社1984年版，第367页。

和特征。黄钢、萧乾等是记者出身，但却也有过创作文学作品的成功经验，尤其是萧乾，他因发表小说而走上文坛，随即又担任《大公报·文艺》的主编兼记者。对他来说，既熟悉文学界的情况，又了解新闻界的动向，有着作家与记者的双重修养。因此，40年代的报告文学已开始向集合体发展，体式上更接近于现代意义上的报告文学。所谓集合体报告文学是指那些不仅仅描写一人一事一物一场面的报告文学作品，而是融人物、事件、场面于一体，大跨度大场面的报告文学作品，在创作方法上超越了一般性的新闻报道或文学描写手法的作品，如周立波的《晋察冀边区印象记》《战地日记》《南下记》、沙汀的《随军散记》等。从报告文学的体式类型上说，既有以前那种以事件描写和社会生活现象叙述为主的作品，如萧乾的《银风筝下的伦敦》、华山的《英雄的十月》、刘白羽的《英雄的四平街保卫战》等，也有以人物为主的人物报告文学，如周而复的《诺尔曼·白求恩断片》、黄钢的《开麦拉之前的汪精卫》、赵超构的《毛泽东先生访问记》、陈荒煤的《刘伯承将军会见记》等。

其次，以人物为主要表现对象的报告文学，是报告文学体式趋向成熟的标志。报告文学写人物，塑造艺术形象，是对以事件叙述为主的报告文学模式的冲击，也是对报告文学体式的重新认识，是向作为"人学"的文学的迈进。周而复的《诺尔曼·白求恩断片》真实地再现了一位热情、豪爽、坦率，毫不利己专门利人，为了中国人民的解放事业献出自己的生命的国际主义战士白求恩的艺术形象。作品在情节设置、人物活动场景的描写等方面，具有较强的艺术性，进行了合理的不违背真实的艺术处理。作家调动一切文学手段刻画人物性格，展示人物的心灵世界和精神世界。黄钢的表现历史反面人物的《开麦拉之前的汪精卫》，以电影蒙太奇、摄影师的独白和录音师的插话等艺术手法，将一个叛国投敌、狡诈怯懦的形象暴露在读者面前。作品所采用的手法更适合于表现人物的心理，挖掘人物的本质特征。

40年代的人物报告文学主要集中于战争时期的英雄人物和共产党的高级将领身上，如杨朔的《毛泽东特写》、何其芳的《朱总司令》、刘白羽的《八路军七将领》、穆欣的《记王震将军》，等等。从报告文学的时代性角度来说，选取这些人物作为报告文学的主人公，能准确把握时代脉搏，展示社会的广阔画面。从艺术创造的角度来说，这些人物大多具有鲜明的个性特征，比较易于把握并进行艺术表现。从读者接受的角度来说，这些人物多带有一定的传奇色彩，为群众所熟知，突出其传奇经历，表现其高尚情操，能够在战争年代的特定条件下唤起人们的崇高感、正义感，在审美愉悦中获得历史与人生的启示。

40年代人物报告文学存在的一个普遍问题，是往往流于平面化、模式化。作者往往怀着对英雄人物和高级将领的崇拜心情来表现人物，缺少理性的精神和超越人物局限的艺术把握。因此，人物报告文学数量虽较多，但能经得住时间淘洗的却并不多。

第三节 报告文学的诸种体式

无论理论家是如何认识报告文学的，30年代的报告文学都以迅猛之势向前发展。《一个伟大的印象》《一九三六年春在太原》《中国的西北角》以及群众参与的《中国的一日》等佳作不断问世，取得了较大丰收。综观这一时期的报告文学创作，其体式基本上是沿着记者型的文学性报告和作家型的报告性文学两个创作方向发展的。

作家参与报告文学的写作，是从柔石的《一个伟大的印象》开始的。作家创作的报告文学侧重于"文学"，讲求作品的艺术创造性，新闻真实性只是构成报告文学的一个基本要素。在《一个伟大的印象》中，读者感受到的主要是蕴于其中的艺术力量，是一位作家艺术创造的审美愉悦。作品真实地报道了亲身参加的全国苏区大会，写出了会议的盛况。作为文学作品，作者着重于通过不同人物形象的速写式塑造，表现出苏区大会庄严的气氛。人物形象和对话的描写，都是艺术化的。

如果说柔石的《一个伟大的印象》尚显稚嫩和单薄的话，1936年夏衍的《包身工》和宋之的的《一九三六年春在太原》的发表则显示出报告文学在体式上向着文学性的发展已趋于成熟和完整,标志着报告文学规范化体式的确立。这一文体由此进入发展的鼎盛阶段。

首先,这两部作品在坚持新闻真实性的基础上,文学性有着全方位的整体性突破。夏衍不仅深入社会底层,掌握了大量材料,而且让事实在作品中说话。一般报告文学多囿于新闻材料的叙述,不能充分展开进行艺术表现。《包身工》则属于对所叙述的事件和人物展开来写,对选取的题材进行深入开掘和多方面的艺术表现。作品以包身工一天的生活劳动为线索,采用了戏剧和电影的某些手法,对包身工的生活和劳动场景进行重新切割和组合,分解为一组组镜头,集中展示了包身工的悲惨生活。作品不像小说那样注重事件的连续性和以情节的发展创造艺术形象,而是通过几组劳动场面和生活起居场面的片断描写,运用文学手法进行艺术表现。因此,这里的描写较之新闻通讯更为形象,人物形象和生活画面成为活的动态。为强化现实感和生活感,作者对现实场景进行电影镜头式的组合,真实生动地再现了包身工的非人的生活,揭示出包身工制度的黑暗与邪恶。《包身工》和《一九三六年春在太原》都重视塑造典型的艺术形象。《包身工》突出描写了"芦柴棒"的形象。作品在对"芦柴棒"这个真实人物进行生活还原的基础上重点表现,以强大的艺术力量深刻揭示出包身工的悲惨命运。作品选取"芦柴棒"的出身来历、生病、挨打、工钱等几个生活片断的细节,写出了她的独特之处和代表性意义。在作品中,"芦柴棒"是作为包身工的代表人物出现的,其不幸遭遇是无数包身工的遭遇和不幸,是那个典型环境中的具有典型意义的艺术形象。《一九三六年春在太原》采用"新闻集纳"的手法,突出了作品的新闻效果,重点刻画了"我的厨子"这个"一等好人"的标本。通过对这一人物形象的刻画,批判了那些战乱时期精神麻木、奴性十足的人物。作品对人物的塑造采取了人物自己"现身说法"的方法,让人物用自己的话说出自己的心理活动,表现其性格特征。作品塑造的这个艺术形象,讽刺了那些带有小市民习气而又庸俗愚昧的人物,在战乱年代具有较典型的社会意义。

其次,加强了报告文学的理性精神。《包身工》对包身工这一社会现象的揭露和批判，充满了作者强烈的情感和对社会的深刻认识。作品的成功之处就在于它不是一般性地描写叙述包身工的社会现象，而是对它进行深入思考，提出发人深思的问题。《一九三六年春在太原》围绕"春"大做文章，既写出了"春"被军阀阎锡山积极反共、消极抗日的行为关在门外，也表达了人们对春的渴望。作品中少有大段议论，但却处处感到作者的感情倾向和现实批判意识。

最后，报告文学语言正在形成。报告文学脱胎于新闻通讯和报章文学的特点，使其语言首先是新闻式的，报道性、叙述性、议论性的语言成为报告文学的首要语言。随着作家参与报告文学创作，一种形象化、情感化、描述性的语言渐渐占据上风。夏衍在《包身工》中运用了迥异于新闻通讯式的文学语言，这种语言以形象化特点为主，通过联想、比喻、拟人等艺术手法强化叙述语言和描写语言的艺术感染力。《一九三六年春在太原》也运用了形象化的语言。这种文学化的语言不是依靠几个形容词、副词就可以形成的，而是一种形象思维，一种文学创作的语言呈现。它对人物形态的摹写，对现实生活的艺术概括以及对于现实的再现，都具有艺术语言的生动性和丰富性。应该说，《包身工》和《一九三六年春在太原》在报告文学的文学化方向发展过程中做出了突出贡献，从此产生了真正文学意义上的报告文学作品。此外，芦焚的《请愿正篇》、丁玲的《多事之秋》、王统照的《被检察的"小学教员"》、丘东平的《第七连》、碧野的《北方的原野》、陈荒煤的《记十二月二十四日南京路》等作品，也从不同侧面丰富和发展了报告文学的体式，使之在文学化的道路上迈出了坚实的步伐。

相对于作家创作的报告文学来说，新闻记者创作的报告文学，体现了新闻性、纪实性的特点，更具"报告"味，文学性只是作为创作的一种手段而构成作品不可分割的一部分。30年代和40年代初，这类由新闻记者创作的报告文学占相当多的数量，在文学史上也发挥了重要作用。

邹韬奋和范长江都是杰出的新闻工作者，都具有丰富的新闻报刊的编辑经验和新闻采写经验。新闻记者的敏锐感受力和深刻的认识能力，使其报告文学写作在传达社会信息、分析社会现实方面独具特色。记者型的报告文学，在其创作过程中已形成了明晰、确定的创作思想，叙述的内容、需要解决的问题，甚至作品的社会价值等，都已经充分考虑，或已经布置好了。因此，《萍踪寄语》《中国的西北角》和《塞上行》等作品的价值，首先在于其新闻价值，在于它们所报告的不同的社会现象，提出的不同的社会问题。邹韬奋的《萍踪寄语》初集、二集、三集和《萍踪忆语》以纪游的形式生动地记录了欧美各国人情风物和生活现象。作者不仅写出了西方社会各种人物，如政府首脑、国会议员、工人、商贩、失业者、小偷等，而且也指出了西方社会存在的诸多问题，诸如战争问题、种族问题、民主问题等。其中《物质文明与大众享用》《世界上最富城市的解剖》《利润和工资》等章节，都是对西方社会进行科学分析研究的精彩文字。范长江的《中国的西北角》和《塞上行》把地理考察、历史追踪和对现实生活的观察、描写及个人所感所思、抒情与议论熔于一炉，揭露了军阀统治的腐败、暴虐，谴责了国民党政府执行的民族倾轧、民族压迫的政策，也写出了日本帝国主义全面分化的危机，公开报道了红军长征的情况，披露了"西安事变"的真相。

与夏衍等作家的创作不同，记者型报告文学创作不是运用形象思维，而主要是通过一定的形象描写、抒情文字，以增强作品的艺术效果。从体式外形特征上来看，这些作品多为记游体，并融以调查报告、新闻记事的体式；从语言上看，作品以新闻性语言为主，多用新闻式的叙述性、议论性语言；从体式结构上看，它们大多为片断的组合，一部作品可分为若干个独立的部分，而不能构成一个系统的完整的首尾贯通的整体。因此，两人的作品以纪事、报告见长，文学创造在作品中转化为一种艺术手段。

抗战爆发后，报告文学获得了较为充分的发展条件，一批以战地生活为题材的报告文学成为30年代末40年代初报告文学创作的主流。丘东平、碧野、萧乾、骆宾基、曹白等作家是战地报告文学的代表性作家，周立波、沙汀的出现则为战地报告文学走向成熟做出了贡献。

战地报告文学由于特定的创作条件和读者的阅读期待,大多采用速写体,即人物速写、战争场面速写等简单明了的体式。碧野的《滹沱河夜战》是对一场战斗的速写,它没有完整地描写这场夜战,而是采取了几个有代表性的战斗场面进行粗线条勾勒。作品中每一个场面描写就是一个以空行表示的独立段落,而每一个场面的描写也显得过于匆忙,对人物语言的摹写,对战斗场景的摹写,都需要读者在阅读的过程中通过想象来补充。以群的《台儿庄战场散记》不对战场做直接描写,而是通过战后自己对战地的采访叙述了战斗场面。骆宾基的《救护车里的血》《在夜的交通线上》等作品都是人物与事件的速写,人物不多,场面简单,大多以人物的对话和动作构成速写线条,并映衬出一个事件的过程或人物的面貌。速写是既具有新闻特征又具有文学特征的一种艺术手段。

战场报告文学没有既成的固定结构模式,一般是一些片断的组合。周立波的《战场三记》和沙汀的《随军散记》是此类作品的典型。30 年代末到 40 年代,周立波创作了《战场三记》(包括《晋察冀边区印象记》《战地日记》和《南下记》),它在事件的叙述和人物的描写方面,体现了报告文学特有的体式功能。作者对抗战全局形势的描绘,主要是通过局部的战场描写和富有典型意义的人物形象的塑造来完成。这里的人物形象,不仅有叱咤风云的徐海东、王震等英雄,也有普普通通的人民群众。这些人物形象的塑造,是为了更集中地突出时代风云的变幻,使生活场景和战争过程化为具体可感的形象。整个作品是这些人物与场面的排列组合,每个人物或场面都可以是独立成篇的作品,如《徐海东将军》《敌兵的忧郁》等都可以作为一部完整的独立的作品来阅读。与周立波以事件为中心进而塑造人物形象的报告文学不同,沙汀的《随军散记》直接以人物为中心线索,作品围绕贺龙这一中心人物展开故事,各种人物与事件都从不同的侧面展示出来,每个人都有各自存在的意义,其事件的描写和叙述也具有新闻价值。萧乾旅欧美后写成的报告文学是一组题材、手法都比较新鲜的作品。这里没有中心人物,也没有集中的事件,一切都是按照作者所见所闻叙述、描写,既带有明显的记者型文学报告的特点,也具有新闻报道基础上的文学创作的特点，较之这一时期的一些速写性作品更为丰富生动，较之人物报告文学也更富有理性精神。

报告文学的语言是集新闻通讯语言、文学语言于一体的语言，但它的语言却往往缺乏文学语言的艺术张力。作家采用速写体式的同时，实际上也在自觉不自觉地向着报告文学的新闻化方向靠拢。这时期的战地报告文学作家，大多是新闻记者出身，他们对新闻材料有特殊的敏感性，也比较善于运用新闻语言来表现他们眼中的战斗场景。周立波的《晋察冀边区印象记》采用了与小说创作不同的新闻语言，这种语言以介绍性和叙述性为主，而较少出现描写和抒情性语言。这种速写式语言追求的不是人物形象的"神似"和细致，而主要追求对人物形象叙述的准确和形似。因此，速写体报告文学在其文体内部构成上，并不像小说那样精雕细琢，而只是将大体的人物轮廓和事件过程叙述出来。

30年代，还出现了由报刊编辑组织发起的集体创作报告文学的现象。1932年4月，在上海事变结束不到一个月，阿英选编的《上海事变与报告文学》就由南强书局在上海出版。1936年4月，经邹韬奋倡议，由茅盾主编，以"上海文学社"的名义向全国发出征文启事，以1936年5月21日这一天发生于中国范围内的"大小事故和现象"为题材，撰写报告文学。1936年9月，选编498篇，总字数80万字的《中国的一日》由上海生活书店出版。1938年7月23日，《华美》周报发起《上海一日》征文活动。后经朱作同、梅益主编，以华美出版公司的名义于1939年出版了以报告文学形式为主的《上海一日》。群众参与撰写的三部报告文学集，从一个侧面反映出报告文学体式易于为群众所接受的事实，也反映了这一体式的多样化特征。从这三部作品集的作品构成来看，日记、信札、游记、速写、印象记及其他报道形式是其主要的样式。就某位作者的某篇作品来说，还很难说是完整的报告文学作品，有的甚至还不具备报告文学的基本体式特征，但经由编辑们的精心编选、加工、编排，这些不同风格、不同样式的作品，就构成了一部比较完整的具有一定体式样式的报告文学作品集。由于三部作品都围绕一个比较集中的事件或以某一天发生的事件做文章,所以它实际上已经具备了通过不同写作者共同构造一部作品的某些条件。这些出自不同职业、不同年龄作者之手的作品汇集一处,使得《中国的一日》"这本书的材料不单调,而展示了中国一日人生之多种的面目"(茅盾《关于编辑〈中国的一日〉的经过》)。

下 编

传媒论

第七章

《晨报副刊》与现代散文文体理论及创作

第一节 《晨报副刊》与现代散文空间的开拓

《晨报》的前身是进步党的《晨钟报》。1916年8月15日《晨钟报》创刊,其第五版是文艺副刊。作为政党报纸的《晨钟报》创刊后,副刊版带有明显的政治模式色彩。其内容尽管也突出趣味性,但它倡导的主要是自居知识精英的旧式文人的趣味和观念,它所营构的是这些文人展示其闲情逸致的空间。他们编辑副刊的出发点并不是满足大众的要求和趣味,而是为了展示自己认同的趣味和观念。主要刊载林纾的小说,林长民、陈石遗的旧体诗,有着浓厚的旧式文人的闲情雅趣。

1918年底,《晨钟》报重组为《晨报》出版,副刊在第七版。《晨报副刊》的发展一般分为三个阶段:李大钊时期(1919年初—1920年7月)、孙伏园时期(1920年7月—1924年底)、徐志摩时期(1925年10月以后)。其中前两个时期是《晨报副刊》发展最复杂影响力也最大的阶段。李大钊时期,《晨报副刊》的特点是政治性、思想性;孙伏园时期,在坚守社会责任的同时凸显了文学性和趣味性;而徐志摩时期《晨报副刊》则成了他个人创作的艺术作品。相比较而言，孙伏园时期是把报纸副刊的本质特点与自己的理想追求结合得较为完美的阶段，《晨报副刊》因此在那个特定的历史境况中充分发挥了自己的作用。

1919年初，李大钊开始了对《晨报副刊》的改革，把社会批评和新思潮的传播引入副刊，这一改革逐渐取消了副刊的趣味性，而以更强烈的政治特色掌控副刊空间。1920年7月，孙伏园加入《晨报副刊》，展现出与李大钊不同的思路，他更多地考虑大众的趣味和要求，《晨报副刊》经济模式的运行特点开始显现。1921年10月12日《晨报副刊》从《晨报》独立出来，定名为《晨报副镌》后，第七版改出四版单张，孙伏园的思路得以更多地贯彻。以孙伏园、鲁迅、周作人为核心，包括文学研究会众成员及有关人物，及广大文学青年，占据了《晨报副镌》的"小说""杂感""浪漫谈""诗""歌谣""游记""文艺谈""开心话""儿童世界"等文学性栏目。

《晨报副刊》尤其是《晨报副镌》，无论在现代散文译介与创作实践、现代散文理论建设，还是现代散文作家培养、现代散文发展方向的引导、确立等方面，都显示出极大的影响力，为现代散文提供了展示空间，培养了作家作品，传播了信息资讯，扩大了影响。

孙伏园任《晨报副刊》主编期间，鲁迅是该刊的重要撰稿人和支持者，其小说《一件小事》《不周山》《阿Q正传》均发表在该刊，该刊还从《新青年》转载小说《故乡》；副刊刊发的鲁迅作品，尚有杂文25篇，正误、通信各1篇，译作、附记等29篇。其中，关于现代散文译介方面，译厨川白村《苦闷的象征》无疑是一件值得大书特书的事件。1924年10月1日，《晨报副刊》发表其《译〈苦闷的象征〉后三日序》，并开始连载《苦闷的象征》。10月26日，发表《苦闷的象征》第二章《鉴赏论》中第二节《自己发现的喜欢》，《〈自己发现的喜欢〉一节之后译者附记》；28日，发表第二章《鉴赏论》中第四节《有限中的无限》，及《〈有限中的无限〉译者附记》；30日，发表第二章《鉴赏论》中第五节《文艺鉴赏的四阶段》，及《〈文艺鉴赏的四阶段〉一节之后的译者附记》。至31日载讫。

鲁迅对其他散文作家作品的译介，首推爱罗先珂。1921年9月

10日译爱罗先珂童话《池边》迄,并作《译后附记》;24日,发表译作《池边》及《译后附记》;25日,续载《池边》;26日,载讫。《池边》是鲁迅最早翻译的爱罗先珂童话,在《译后附记》中,鲁迅写道,"五月初,日本为治安起见",驱逐了盲诗人,但他的童话"含有美的情感与纯朴的心","看不出什么危险思想来。他不像宣传家,煽动家;他只是梦幻,纯白,而有大心……这大约便是被逐的原因"。[①] 1921年10月14日,鲁迅译爱罗先珂童话《春夜的梦》讫,作《译后附记》。22日,发表《春夜的梦》及《译后附记》,同日发表译作《盲诗人最近时的踪迹》及《译后附记》;1923年1月3日,发表译作爱罗先珂所著《观北京大学学生演剧和燕京女校学生演剧的记》等;另译有爱罗先珂童话《时光老人》刊载于1922年12月1日《〈晨报〉四周年纪念增刊》。

散文译作之外,鲁迅尚在《晨报副刊》发表大量杂文,如《智识即罪恶》(1921年10月23日)、《事实胜于雄辩》(1921年11月4日)、《估〈学衡〉》(1922年2月9日)、《为"俄国歌剧团"》(1922年4月9日)、《无题》(1922年4月12日)、《"以震其艰深"》(1922年9月20日)、《所谓"国学"》(1922年10月4日)、《儿歌的"反动"》(1922年10月9日)、《"一是之学说"》(1922年11月3日)、《不懂的音译》(1922年11月4日、6日)、《对于批评家的希望》(1922年11月9日)、《反对"含泪"的批评家》(1922年11月17日)、《即小见大》(1922年11月18日)、《"两个桃子杀了三个读书人"》(1923年9月14日)、《对于"笑话"的笑话》(1924年1月17日)、《奇怪的日历》(1924年1月27日)、《望勿"纠正"》(1924年1月28日)、《又是"古已有之"》(1924年9月28日)、《文学救国法》(1924年10月2日),等等。

周作人亦有大量散文译作刊发于《晨报副刊》。举其要者,首先,从罗马帝国时代的希腊语讽刺作家路吉阿诺斯的《路吉阿诺斯对话集》中选译《大言》《兵士》《魔术》《情歌》《割稻的人》《苦甜》

---

① 鲁迅:《〈池边〉译后附记》,《晨报副刊》1921年9月24日。

等篇什刊发于 1921 年 10 月 28 日至 1921 年 12 月 11 日《晨报副刊》。其次，翻译域外童话精品如《稻草与煤与蚕豆》《乡间老鼠与京都的老鼠》《蜂与蚁》《上古人》《蜘蛛的毒》《蚂蚁的客》《蝙蝠与癞蛤蟆》《老鼠的会议》等，刊发于 1923 年 7 月 24 日至 1924 年 1 月 17 日《晨报副刊》。内容涉及伊索寓言、格林童话、汤姆生的《自然史研究》，以及被周作人称为"科学的诗人"[①] 法布耳的《昆虫记》等。最后，其他方面的重要译介，如拉脱维亚诗人库拉台尔的散文诗《你为什么爱我》，保加利亚诗人遏林沛林的散文诗《鹰的翅膀》，波德来尔的《散文小诗》，斯威夫特的《育婴刍议》，爱罗先珂的《春天与其力量》《女子与其使命》《霭里斯的话》等，译介如《法布耳〈昆虫记〉》《自己的园地七〈阿丽思漫游奇境记〉》《自己的园地十〈王尔德通话〉》等。

除了周作人，林兰女士也是《晨报副刊》的重要译者，其翻译领域，一为童话，如安徒生《小人鱼》《旅伴》等；二为科学小品，如连载于 1924 年 8 月 7 日—31 日的《蜘蛛的电线》《剪叶蜂》《采棉蜂及取胶蜂》《黄蜂和蟋蟀》等，皆为法布耳《昆虫记》中的篇什。其他还有很多，如泰戈尔《大阪妇女欢迎会讲词》（徐志摩译），法郎士小品集《享乐园》（金满成译），霭里斯《接吻发凡》（夏斧心译），屠格涅甫散文诗《鸽》《施与》（艾译）等。

《晨报副刊》对新诗、小说的建设的积极贡献固然不可忽视，但其对促进现代散文的繁荣，亦自代表着《晨报副刊》的特点，尤其在现代"美文""纯散文""幽默"理论倡导及杂文创作等方面，对新文学有着独特而重要的贡献。

第二节 《晨报副刊》与艺术散文本体的理论建构

"五四"是一个解构的时代，也是一个建构的时代。就散文而

[①] 周作人：《法布耳〈昆虫记〉》，《晨报副镌》1923 年 1 月 26 日。

言,"五四"知识分子面临的一个首要问题就是要建构一种不同于古典的现代散文话语系统。这一新型散文话语体系的建构,谈何容易,正如曹聚仁谈及"五四"散文所说:"我们回看'五四'时代的散文,在当时觉得很有意义,写得很起劲,看得很痛快。其实,所布的都是堂堂正正之阵,所谈的都是冠冕堂皇的大问题;说得好,都是些不着边际的大议论;说得坏,便是千篇一律的宣传八股,久而久之,大家都有些厌倦起来。文坛的风气,着重文艺的,大都走到小说戏曲路上去;写散文的,向往产生一种新的体裁。"[1] 这里的"新的体裁"可理解为一种新的散文文体或独立的现代散文话语系统。这一新型文体或话语系统的建构,自然脱离不开西方文化知识背景。关于这个方面,早在20世纪20年代朱自清就卓有远见地指出:"现代散文所受的直接的影响,还是外国的影响。"[2] 30年代,鲁迅指出"五四"后小品散文的成功,也是得益于"常常取法于英国的随笔(Essay)"。[3] 周作人也说:"我相信新散文的发达成功有两重的因缘,一是外援,一是内应。外援即是西洋的科学哲学与文学上的新思想之影响,内应即是历史的言志派文艺运动之复兴。假如没有历史的基础,这成功不会这样容易,但假如没有外来思想的加入,即使成功了也没有新生命,不会站得住。"[4] "美文""纯散文""幽默"等各种有关散文的新术语,体现着"五四"一代文化人对现代散文属性的体认,建构了现代散文的基本艺术话语。

"美文"是周作人提出的一个重要散文概念。1921年6月8日,他署名子严在《晨报副刊》发表了一篇不足500字的《美文》。这篇短文,却被视为中国现代散文理论建设的奠基之作。同许多现代文论一样,这篇短文,并非一篇建立在严谨的逻辑演绎基础上的论文,而

---

[1] 曹聚仁:《小品散文》,《文坛五十年》,东方出版中心1997年版,第159页。

[2] 朱自清:《论现代中国的小品散文》,俞元桂主编:《中国现代散文理论》,广西人民出版社1984年版,第407页。

[3] 鲁迅:《小品文的危机》,《现代》第3卷第6期,1933年10月1日。

[4] 周作人:《〈中国新文学大系·散文一集〉导言》,周作人编选:《中国新文学大系·散文一集》,上海良友图书印刷公司1935年版,第10页。

是一篇包含着作者新见的随笔性文章。在文章中，周作人对"美文"的体征与内质做出了概略的界定。在他看来，美文并不是一种新的体式，"中国古文里的序、记与说等，也可以说是美文的一类"。而"这种美文似乎在英语国民里最为发达"。因此，周作人将"美文"的渊源联系到了外国文学之中："外国文学里有一种所谓论文，其中大约可以分作两类。一批评的，是学术性的。二记述的，是艺术性的，又称作美文。""外国的"界定了它的非中国自身的取向，吻合现代散文之现代性诉求和文化取向上的"现代"趋势——也即"反传统"精神。他明确表示，中国新文学散文需以中国所熟知的英语文学家爱迭生、兰姆、欧文、霍桑、高尔斯威西、吉欣、契斯透顿等人的美文为"模范"和进行创造性学习的原型。

周作人提出"美文"的原因，一则是他认为"在现代的国语文学里，还不曾见有这类文章（美文，引按）"；二则是因为他看到"《晨报》上的浪漫谈，以前有几篇倒有点相近，但是后来（恕我直说）落了窠臼，用上多少自然现象的字面，衰弱的感伤的口气，不大有生命了"。因此，他希望"大家卷土重来，给新文学开辟出一块新的土地来"，"让新文学的人""试试"这种"美文"文体。从现实和散文发展的长远来看，周作人的这一看法，也是其源有自。就现代散文的发生学考察，白话散文的生成与发展，无法脱离思想革命的动力、需求和资源。故此，新文化运动初期，以"随感录""杂感"为名目的议论性散文，得到了长足发展，成为散文文类中的主要形式。陈独秀是"随感录"的主要作者，周作人本人也大量地写作杂感。议论散文是一种新的载道之文，对"五四"思想文化运动的推进具有重要的思想史意义。但从散文文体本身而言，以论议作为散文主导型文类，会导致散文内部文体生态的偏枯，不利于现代散文的成长和长远发展。作为文学家的周作人对此有所忧虑，自在情理之中。另外，从文化人的精神需求和精神生存、从文学本体上看，叙事、抒情类的散文也应成为散文的重要文类。更遑论此时的周作人已以"隐士"自居，书写草木虫鱼以求自适。

周作人从多方面对"美文"进行了界说。首先，表达方式上，他认为美文是"记述的,是艺术性的……这里边又可以分出叙事与抒情,但也很多两者夹杂的"。读好的美文"如读散文诗,因为他实在是诗与散文中间的桥"。在这里,周作人对美文与杂感的话语方式进行了区分:杂感出之论议臧否,美文出之叙事抒情,前者倾向于表现现实,后者侧重于表现自我。所谓"散文诗",即以刻画描绘融合主观情感为重的文学形态。因此,美文是相对于论议散文的一种存在形态,是作为边缘文体的散文走近文学的一种体式,可谓"文学散文"的别称。周氏"美文"体式的倡导,可视为现代散文家文学诉求的表现,也为此诉求的实现寻得了一种合适的路径。现代散文由杂感而至杂感与美文并存再至"美文",昭显着现代散文家文学意识的逐渐自觉的过程。

其次,关于"美文",周作人尤其凸显需尊"我"、求异。周作人认为美文的"条件,同一切文学作品一样,只是真实简明便好"。"简明"是由美文的格局体制所决定了的,因此,美文考究语言的表现力,以简明求取丰富。周作人这里所说的"真实",有其特定蕴涵:"我们可以看了外国的模范做去,但是须用自己的文句与思想,不可去模仿他们。""自己的"和"不模仿",是将"个性"的追求作为写作的前提,并处在"艺术性的"即文学性的提领之下。因此,周作人的所谓"真实",意指美文要凸显"真我"。美文是关于"我"的文学,它的魅力在于有"我",语言、思想、性情等一切"须用自己的"。"自己的"美文,亦即张扬个性的散文。这是现代散文之现代性生成与现代性蕴涵的最重要的特质。周作人将"自己的"这一品质规定置于美文的"文句与思想"之前,表明了他对美文文体品性有着得体的理解。对于美文来说,"自己的"方为不可或缺的特质。

1923年11月10日,《晨报副镌》刊发了周作人数日前写就的《〈雨天的书〉自序》,文章集中谈到他对"随笔"写作的体悟和认识:

> 今年冬天特别的多雨,因为是冬天了,究竟不好意思倾盆的下,只是蜘蛛丝似的一缕缕的洒下来。雨虽然细得望去都看不

见，天色却非常阴沉，使人十分气闷。在这样的时候，常引起一种空想，觉得如在江村小屋里，靠玻璃窗，烘着白炭火钵，喝清茶，同友人谈闲话，那是颇愉快的事。不过这些空想当然没有实现的希望，再看天色，也就愈觉得阴沉。想要做点正经的工作，心思散漫，好像是出了气的烧酒，一点味道都没有，只好随便写一两行，并无别的意思，聊以对付这雨天的气闷光阴罢了。

冬雨是不常有的，日后不晴也将变成雪霰了。但是在晴雪明朗的时候，人们的心里也会有雨天，而且阴沉的期间或者更长久些，因此我这雨天的随笔也就常有续写的机会了。①

这段简短的文字，颇让人想起厨川白村关于 Essay 的论述②，内中包含着周作人对"随笔"这一现代散文文类的认知。首先，与"正经的工作"相对的"非正经"性质。其次，"空想""心思散漫""随便写"凸显的是随笔写作心态的自由性自由度、超越现实的非功利性。这种非功利性，恰如周氏刊于《晨报副镌》上的其他文字，"我们——只想缓缓的走着，看沿路景色，听人家的谈论，尽量的享受这些应得的苦和乐……"③ "我们于日用必需的东西以外，必须还有一点无用的游戏与享乐，生活才觉得有意思。我们看夕阳，看秋河，看花，听雨，闻香，喝不求解渴的酒，吃不求饱的点心，都是生活上必要的——虽然是无用的装点，而且是愈精炼愈好。"④ 最后，在江村小屋与好友"谈闲话"的话语风格和心灵境界。

应该看到，在这种感性化体验和表达之中，蕴含着周作人对随笔的根本性认识，这构成其此后从中国传统散文和域外（日本和西方）散文资源中汲取资源、营养，建构起自身独特而完善的散文观的根基。

---

① 槐寿（周作人）：《〈雨天的书〉自序》，《晨报副镌》1923 年 11 月 10 日。
② 参看［日］厨川白村：《出了象牙之塔》，鲁迅译，人民文学出版社 2007 年版，第 6 页。
③ 周作人：《寻路的人——赠徐玉诺君》，《晨报副镌》1923 年 8 月 1 日。
④ 陶然（周作人）：《北京的茶食》，《晨报副镌》1924 年 3 月 18 日。

在周作人"美文"发表两年后，1923年6月21日，王统照在《晨报副刊·文学旬刊》第3号上发表了《纯散文》一文。王统照之"纯散文"颇类于周作人之"美文"。无论名之"纯"抑或"美"，其意旨皆为"艺术"，二者之提出，盖彼时此类写作佳作颇少之故。在王统照看来，新文学中，"小说、诗，就比较上说都有一点成就，虽然不能说是很完善"，而"独有纯散文（Pure prose）的佳者，却不多见"。"用白话作纯散文的，不要说怎样的好，就是修词上风格上讲究一点，使人看了易于感动而不倦的，在今日的作者中，你们可以找得出几个来？"

王统照强调"纯散文"，要使读者"阅之自生美感"。在王统照看来，有无"美感"，是"纯散文"区别于其他散文文类的关键，而要使散文增强"美感"，那么就"总不免带有点文学的成分在内"。与周作人相比，王统照更直接地强调散文的"纯化"，强调散文中文学元素的充盈与灌注，强调散文的艺术生成与美感形式。这表明王统照有着比周作人更为自觉、清晰的文学意识。应该说，这体现着当时文坛的基本倾向。

王统照此文主旨在界说"纯散文"这一散文文类的特征，但其言说却采取比较排除法："纯散文没有诗歌那样的神趣，没有短篇小说那样的风格与事实，又缺少戏剧的结构。"文章通过与诗歌、短篇小说、戏剧的比较，来显示"纯散文"的特征，从"纯散文"之"无"说起，让读者思考"无"中之"有"：纯散文在整体上无由诗语造就诗境、诗情、诗意所得的"神趣"，它也不追求写实，不追求叙事的完整性，它更没有以戏剧的矛盾冲突组织剧情的结构。在分析纯散文为什么"难作"的原因时，王统照列举了四条："我想（1）思想没有确切的根据。（2）辞技及各种语势不得有灵活的用法。（3）太偏重理智的知识，没有文学上的趣味。（4）以新文学的趋势，没有对纯散文加以提倡。"在这四条中，除第四条外，从前三条的否定句式表述中，我们可以推导出纯散文应具之要素，即需言之有物（"有确切的根据"）；表述力戒机械呆板，讲求率性灵活；内容上不诉诸智性而诉诸感悟，讲究"文学上的趣味"的求取。

林语堂是现代散文史上力主将"幽默"引入现代散文创作和人们实际生活中的代表性散文作家和理论家。早在1924年5月23日，他就在《晨报副刊》发表《征译散文并提倡"幽默"》一文，打出了"幽默"的旗号。这是他最早提倡"幽默"的宣言，也是现代散文史上最早倡导"幽默"的文章。

林语堂在《征译散文并提倡"幽默"》中首次提到了西方散文中一项很重要的艺术元素——Humour。他认为"幽默"或作"诙摹"略近德法文音。"中国人虽素来富于'诙摹'，而于文学上不知道来运用他及欣赏他。于是'正经话'与'笑话'遂截然分径而走：正经话太正经，不正经话太无体统。不是很庄重的讲什么道德仁义治国平天下的道理（这个毛病在中国很古的，所以诗有毛序、韩序、申培诗说，而《左传》文中便出了一位道学先生——刘歆），便是完全反过来讲什么妖异淫秽不堪的话（这个毛病在中国也是很古的，所以有《杂事秘辛》《飞燕外传》《汉武帝内传》等等屈指不可胜数的杰作）。"因此，林语堂觉得"我们应该提倡，在高谈学理的书中或是大主笔的社论中，不妨夹些不关紧要的玩意儿的话，以免生活太干燥无聊。这句话懂的人（识者）一读便懂，不懂的人打一百下手心也还是不知其所言为何物"[①]。其目的很明确：祛除正经俨然、"寒气迫人"的八股腔，使文章生动活泼，有幽默感，给读者一种精神愉悦或"最高尚的精神消遣"。

半月后，林语堂又在《晨报副刊》发表《幽默杂话》一文，对"幽默"进行了进一步阐释："幽默二字原为纯粹译音，行文间一时所想到，并非有十分计较考量然后选定，或是藏何奥义。Humour既不能译为'笑话'，又不尽同'诙谐''滑稽'，若必译其意，或可作'风趣''谐趣''诙谐风格'，Humour实多只是指一种作者或作品的风格……凡善于幽默的人，其谐趣必愈幽隐，而善于鉴赏幽默的人，其欣赏尤在于内心静默的理会，大有不可与外人道之滋味，与粗鄙显露的笑话不同。幽默愈幽愈默而愈妙。"在林语堂看来，"幽默"不仅

[①] 林玉堂（林语堂）：《征译散文并提倡"幽默"》，《晨报副刊》1924年5月23日。

是一种文学风格，更是一种人生观，"幽默的人生观是真实的，宽容的，同情的人生观"。所谓"真实的"，即为"与假冒的相对"；所谓"宽容的"，即为"不严于责人轻于责己"；对所谓"同情"，林语堂将"幽默"与"讽刺"等进行了较为详尽的区分，"幽默之同情，这是幽默与爱伦尼（暗讽）之所以不同"，"幽默决不是板起面孔（Pull a long face）来专门挑剔人家，专门说俏皮，奚落，挖苦，刻薄人家的话。……幽默简直是厌恶此种刻薄讥讽的架子。幽默看见这可怜不完备的社会挣扎过活，有多少的弱点，多少的偏见，多少的迷蒙，多少的俗欲，因其可笑，觉得其可怜，而其可怜又觉得其可爱……故谓幽默之人生观为我佛慈悲之人生观，也无不可。幽默如此做法实能帮助人类之同情使略有同舟共济之念"。这也是林氏"热心提倡幽默而不很热心提倡爱伦尼之缘故"[①]。从林氏关于幽默的阐发中，我们可以清晰看到其中隐含着"五四"时代现实主义和人道主义的现代思想文化观念。

置诸语境，林语堂这两篇倡导"幽默"的文章，一则因此时国人对"幽默"尚显陌生，尚不知"幽默"为何物，持怀疑甚至反对态度者大有人在，二则林语堂本人初登文坛，未享盛名，故影响不大，然其独具慧眼，适时推介，多番阐发，从中西语境中"讲中国文学史上及今日文学界的一个最大缺憾"，突出强调了作家与读者建立幽默感和幽默人生观的倡议，尤其是在语言和风格方面的具体落实，不啻于在现代中国文学中撒播了最早的"幽默"种子。林语堂试图将其植根于中国人的生活与中国文化土壤的用心清晰可见，有其独特的意义与价值。而且，林语堂的"幽默"与周作人的"闲话"在文学主张与人生态度上亦有异曲同工之妙，进而为20世纪30年代创构"以闲适为格调"的散文理论体系做了重要的理论准备，奠定了最早的坚实基础。

[①] 林玉堂（林语堂）：《幽默杂话》，《晨报副刊》1924年6月9日。

第三节 《晨报副刊》与"五四"杂文

茅盾曾说:"中国现代文学史有一个既不同于世界各国文学史、也不同于中国历代文学史的特点,这就是杂文的重大作用。"这是说杂文在中国现代文学史上有着极为特殊也极为重要的地位。

自 1918 年《新青年》上开设"随感录"这一栏目后,当时几乎所有有影响的文学报刊都设置了有关杂文的栏目,越来越多的人从事杂文的写作,杂文在创作上显现出令人惊异的繁荣,并产生了颇受瞩目的影响。鲁迅在《小品文的危机》一文中说:"到五四运动的时候,才又来了一个展开,散文小品的成功,几乎在小说戏曲和诗歌之上。"孙伏园也曾在《晨报副刊》上提到:"近几年中国青年思想界稍呈一点活力的现象,也无非是杂感一类文字的功劳。"[①]

作为当时在北方影响最大的报纸北京《晨报》的副刊,《晨报副刊》对于"五四"时期杂文发展的影响显然不可低估。周作人在《〈中国新文学大系·散文一集〉导言》中表达过这样的意思:当时报纸成为发表杂感的主要园地,而比较起来,《晨报》要比其他刊物影响更大。《晨报副刊》先后设立的有关杂文的较为专门的栏目主要有"杂感""浪漫谈""杂谈""星期讲坛"等,其他还有像"论坛""文艺谈""开心话""剧谈""卫生谈"等栏目,也有杂文性质的文章发表。粗略地统计,从 1918 年到 1924 年间,《晨报副刊》上共发表了 1000 篇左右的杂文,这是其他文学样式无法相比的。

为何"五四"时期杂文能够出现井喷式的繁荣,产生令人瞩目的影响和成就?

究其原因,其一,与杂文文体自身对社会生活的直接参与、介入性有关。一方面,杂文的繁荣是其自身的特点从根本上适应了时代要求的结果。杂文是一种短小精悍、谈吐随意、直接陈说事理的文学样

[①] 孙伏园:《杂感第一集》,《晨报副镌》1923 年 4 月 5 日。

式，与其他文学体裁相比，它的表达更为自由、直接、明白。在杂文中，想象和思想、感性和理性比较容易达到平衡，不像小说、戏剧等文学样式对于形象和感性的要求较高。因此，它能够使作者直接地抒情或说理，让读者不必经过形象感知等阅读的中介，直接接触到表达内容的本质，迅速把握现实生活。杂文的这些特点正好适应了"五四"时代整个社会处于剧变状态之中的人们的精神需求，因此能够得到迅速发展。

其二，时代也为杂文的繁荣创造了相应的条件。比如，"五四"时期较为宽容、相对自由的社会氛围，新闻出版事业的发展壮大，时代的氛围造成读者特定的阅读趣味和阅读要求等。

但问题在于，对于杂文特性的分析，虽然解释了为什么同样都是时代需要的表达，杂文的发展却能够在众多文学样式中独树一帜的原因，但是，中国现代杂文的文体特性为什么会在"五四"时期得到如此鲜明的放大呢？而且事实上正是这种文体特征非同一般的被放大，才使它有了异乎寻常的繁荣。那么又是什么放大了杂文的这种文体特征？中国古代文学中也不缺少杂文的传统，虽然古代的议论散文在语言形式和表达内容上与现代杂文有着质的区别，可作为杂文的一般文体特征并没有太大的质的分别，但是为什么现代杂文一出现它的文体特征就被凸显出来？杂文与时代之间为何及如何建立起如此密切的关系？

事实上，报刊的涌现，新闻事业的发展，不只为杂文的繁荣提供了物质基础。作为"五四"时期最主要的文学传播媒介，报纸副刊以其独特的性质和功能对于杂文而不是其他文学体裁产生了独特的影响。这就牵涉到很关键的一个方面。

其三，杂文的风行与现代传媒发达后"发布的迅速及其形式的便利"[①]有直接关系。在世界范围内，杂文的兴起也离不开现代传媒的语境与载体作用。这一点，早在1924年王统照发表于《晨报副刊·

[①] 王统照：《散文的分类》，俞元桂主编：《中国现代散文理论》，广西人民出版社1984年版，第12页。

文学旬刊》的文章中，即有明确认识："时代的散文是指随时发表于杂志报纸之文字而具有文学的趣味者……在英国此类散文的起始由于丹福（De Foe）的时候，那时各种报纸，周报，月报，年报等皆已发达，故此类散文应运而生。"① 高频率、讲时效的出版方式决定了报纸能比其他传播媒介更有效地参与现实生活，这就与杂文直接参与现实生活的特性有了结合点，而副刊本身对于表达的特殊要求则更使得杂文如鱼得水。第一，副刊篇幅有限，要在有限的空间里传达尽量多的信息，必然要求篇幅短小，内容充实。第二，副刊的主要目的并非传播新闻消息，而主要以文学为传播内容，因此它必然要求文章须有一定的文艺性。第三，为让更多的人接受和消费，副刊虽强调文章的文艺性，但其语言文字仍求浅易晓畅，通俗易懂。第四，副刊还有一种娱乐消遣性质，因此，文章的风格不拘一格，可庄可谐，追求多样化。第五，每日出版的高频率出版方式使报刊对文章的数量的需求非常大，相应地在质量上的要求也有较大的弹性。毕竟它不可能只发表名人的文章，这就为普通人的参与提供了条件。第六，副刊虽然不同于传播新闻的报纸对时效性的严格要求，但也有一定的时效限制，因此，副刊上的文章必须紧跟现实生活的变化，有极强的现实参与性。第七，由此，副刊还具有时事性特征。那些反映时事，随感而发，且以深刻的思想给现实以批判和引导的文章更受欢迎。

可以说，较之其他文学体裁，杂文似乎与报纸副刊有着更高的契合度。正是报纸副刊独特的性质和功能，直接刺激了"五四"时期杂文的发展。报纸副刊的不断涌现，使得副刊对杂文的需求量越来越大，同时也刺激了更多的人参与杂文的创作，从而带来了杂文的繁荣。如此，也就不难理解为何"五四"时代杂文的文体特征得到如此得放大和凸显。

这一点在《晨报副刊》上体现得非常明显。刊载其上的杂文数量逐年增加，围绕《晨报副刊》还形成了一个杂文作家群体，主要作家有鲁迅、周作人、孙伏园、甘蛰仙、江绍原、陈大悲、蒲伯英、吴稚

---

① 王统照：《散文的分类》，《晨报副刊·文学旬刊》1924年2月21日、3月1日。

晖、张友鸾等。《晨报副刊》上的杂文紧跟时代的变化，随时反映现实生活中出现的变化和问题，对社会文化一直保持着清醒的批判态度，成为青年知识者所推崇的思想和智慧的传播者。同时，它的杂文追求不同风格的尝试，比如"开心话"栏目里的文章就具有充满戏谑色彩的讽刺批判效果。透过《晨报副刊》，我们可以看得到杂文的繁荣，也能找到作为传播媒介的报纸副刊是如何造成并推动了这一繁荣的原因。

"五四"新文学初期，杂文之繁荣恰如孙伏园所言："副刊上的文字，就其入人最深一点而论，宜莫过于杂感了，即再推广些论，近几年中国青年思想界稍呈一点活力的现象，也无非是杂感一类文字的功劳。"① 但这段话的实际意思是指杂感的功劳在于对现代思想的传播，并没有提到杂文作为一种文学样式，在"五四"文学初期在艺术上有何建树。鲁迅先生所说："五四"运动的时候，散文小品的成功在小说戏曲和诗歌之上。这话的意思也侧重于说明杂文的繁荣在于其思想传播方面所引发的写作与购读热潮。

王统照在《散文的分类》中依据散文的性质及其趋向，将散文分为五类：历史类的散文，描写的散文，演说类的散文，教训类的散文和时代的散文。按今天的观点来看，这种分类无疑有其不合理之处，但其所论杂文之特点，是很有见地的。后来所谓杂文，概属"时代的散文"："时代的散文是指发表于杂志报纸之文字而具有文学的趣味者，并非纯粹指以时代隔离的散文。……时代的散文亦可名之为杂散文（Miscellaneous Prose）。"王统照认为，这种"杂散文""不易作得成功"，他提出了几点"救济的方法"：" '范围虽广大须有要领'；'提示得虽多须有趣味'，此外更须有'逻辑上的联合'及'逻辑上的宽容力量'，方能减少松懈，乱杂等等的弊病。"文章最后说："散文之在近代应用尤广，而力量愈为宏大，中国的新文坛上对于散文的研究与著作实属少极；其实作纯散文的天才上是与小说家诗人一样的

---

① 孙伏园：《杂感第一集》，《晨报副镌》1923年4月5日。

难得。"①

事实也正如王统照所说，从《晨报副刊》所刊杂文来看，"五四"新文学初期，杂文尚缺乏一种文体的自觉。也就是说，当时很少有人真正把杂文当作文学来写，只是把它看成一种传达自己思想观点的工具。只有极少数人，尤其是传统文学功底深厚的文化人如鲁迅、周作人等，写下的杂文才有篇章结构、艺术技巧可言。我们可以把这种状况看成是启蒙时代传播现代思想观念必然的牺牲，也可以认为这是传媒对杂文发展的负面制约，我们不能回避在繁荣的表面背后，杂文作为一种文学样式初期发展存在的问题和缺陷。《晨报副刊》上的很多杂文虽然逻辑关系清楚，但少讲究文章结构，无充分的艺术技巧，偏于直陈观点阐述事理。因此多数文章缺乏个性，体式结构单调，语言表达枯燥，颇有千篇一律之感。

为达到宣传目的和启蒙效果，追求语言上的通俗化和大众化，自有其合理之处。但语言的过分直白，也会造成艺术感染力的流失。而且，在思想传播中，由于篇幅和作者认识能力、表达能力所限，特别是对杂文文体意识的欠缺，一些杂文在传达观点的过程中存在着"大事化小""繁而简之"的思想化约的现象，有时一个复杂的思想体系可能被化约为对某一侧面某一部分的过分强化，而得出较为片面的结论；有时一种丰富而深刻的思想认识，可能会被化约为一句浅薄而情绪化的宣言口号。

第四节 《晨报副刊》与冰心散文

冰心回忆说："我开始写作，是一九一九年，五四运动以后。——那时我在协和女大，后来并入燕京大学，称为燕大女校。——五四运动起时，我正陪着二弟，住在德国医院养病，被女校的学生会，叫回来当文书。同时又选上女学界联合会的宣传股。联合

---

① 王统照：《散文的分类》，《晨报副刊·文学旬刊》1924年2月21日、3月1日。

会还叫我们将宣传的文字，除了会刊外，再找报纸去发表。我找到《晨报副刊》，因为我的表兄刘放园先生，是《晨报》的编辑。那时我才正式用白话试作，用的是我的学名谢婉莹，发表的是职务内应作的宣传的文字。"[①] 冰心是在《晨报副刊》培养、提携和扶持下取得的成功。《晨报副刊》成就了冰心。冰心的表兄刘放园即是《晨报》的经理兼编辑刘道铿，她发表在《晨报副刊》上的第一篇文章就是1919年8月25日第七版"自由论坛"栏目中的《二十一日听审的感想》，作者自陈这是"职务内应作的宣传的文字"。

9月4日，《晨报》第七版又登载了冰心的另一篇文章《破坏与建设时代的女学生》。随后，她的小说创作一发而不可收。"我酝酿了些时，写了一篇小说《两个家庭》，很羞怯的交给放园表兄。用冰心为笔名，一来是因为冰心两字，笔画简单好写，而且是莹字的含义。二来是我太胆小，怕人家笑话批评；冰心这两个字，是新的，人家看到的时候，不会想到这两字和谢婉莹有什么关系。稿子寄去后，我连问他们要不要的勇气都没有！三天之后，居然登出了。在报纸上看到自己的创作，觉得有说不出的高兴。放园表兄，又竭力的鼓励我再作。我一口气又做了下去，那时几乎每星期有出品，而且多半是问题小说，如《斯人独憔悴》，《去国》，《庄鸿的姊姊》之类。"[②]

在12月1日的《晨报》创刊一周年纪念号上，这个18岁女孩的文章《晨报—学生—劳动者》已经有资格与蔡元培、李大钊、鲁迅、陈独秀、蒋梦麟等人的文章一起排入这个具有重要意义的纪念专号上了。此时距离她发表第一篇文章刚刚三个月。如果说在平常的《晨报》上发表文章并不算多么特别，但在《晨报》创刊纪念号上发表文章就得另当别论。能受邀在纪念专号上占据一席之地，必定要具备一定的地位、资格和能力，这自然是一般作者不敢奢望的。冰心受到的这番厚遇显然让她在短时间内产生了巨大的影响。与《晨报》经理的亲戚关系确实让冰心受益匪浅，《晨报副刊》的有意扶持是显而易见

[①] 冰心：《我的文学生活》，卓如编：《冰心全集》第三卷，海峡文艺出版社1994年版。

[②] 同上。

的。此后冰心几乎所有创作都能及时在《晨报副刊》上与读者见面。

除了小说、诗歌,冰心文学创作的另一个主要内容是杂文与散文(通信)。共发表作品 76 部(篇)。其中小说 19 篇,诗歌 28 部(首),杂文 22 篇(文艺性和时论),通信 6 次。其主要创作内容是小说、诗歌和寄小读者。小说创作集中在 1919 年 9 月到 1920 年底,诗歌创作集中在 1921 年底到 1922 年底,寄小读者创作主要在 1923 年下半年。

冰心从 1919 年 8 月的第一篇散文到 1924 年在《晨报副镌》上发表的散文作品,约略统计如下[①]:

时间	栏目	篇名
1919.2.7—1921.10.10	《晨报》第七版	
1919.8.25	自由论坛	21 日听审的感想
9.4	自由论坛	破坏与建设时代的女学生
12.1	晨报创刊纪念	晨报—学生—劳动者
1920.8.28	杂感、浪漫谈	一只小鸟
1921.5.13	杂感、浪漫谈	石像
6.23	杂感、浪漫谈	宇宙的爱
6.25	杂感、浪漫谈	山中杂感
6.29	杂感、浪漫谈	青年的烦恼
7.5	杂感、浪漫谈	图画
7.22	杂感、浪漫谈	回忆
7.27	杂感、浪漫谈	问答词
8.4—8.15	杂感、浪漫谈	非完全则宁无
8.26	杂感、浪漫谈	一朵白蔷薇、冰神(2 篇)
9.6	杂感、浪漫谈	蓄道德能文章
1919.11.11	文艺谈、艺术谈	我做小说,何曾悲观呢
1921.10.21—1922.12.31	《晨报副镌》	

---

① 据《晨报》第七版和《晨报副镌》分类目录整理,《五四时期期刊介绍》第一集下册,中共中央马克思恩格斯列宁斯大林著作编译局研究室编,三联书店 1978 年版。

第七章 《晨报副刊》与现代散文文体理论及创作   173

续表

时间	栏目	篇名
1921.12.1	晨报创刊纪念	一个不重要的兵丁
1921.10.19	论坛	介绍一位艺术家
1922.1.10	杂感、浪漫谈	除夕
1922.3.3	杂感、浪漫谈	十字架的园里
1923	《晨报副镌》	
1923.6.15	杂感	闲情
1923.7.29	儿童世界	给儿童世界的小读者
1923.8.2—29	儿童世界	寄儿童世界的小读者
1923.11.23—28	儿童世界	寄儿童世界小读者序
1924	《晨报副镌》	
1924.1.26	通信	寄给父亲的一封信
9.7—9.29	通信	寄儿童世界的小读者
8.8—8.10	杂感	山中杂记十则
2.11—8.24	儿童世界	寄儿童世界小读者

　　《寄小读者》是冰心为《晨报副镌》为她开辟的专栏"儿童世界"而写。《晨报副镌·儿童世界》的"记者按语"："冰心女士提议过好几回，本刊上应该加添一栏儿童的读物。记者是非常赞成的，因为没有人，所以这件事搁到今日。"① 第二天，冰心就写下了《寄儿童世界的小读者·通讯一》："似曾相识的小朋友们：我以抱病又将远行之身，此三两月内，已和文学绝缘；因为昨天看见《晨报副镌》上已特辟了《儿童世界》一栏，欣喜之下，便借着软弱的手腕，生疏的笔墨，来和可爱的小朋友，作第一次的通讯。"此后陆续写下了29篇旅美通讯，结集为《寄小读者》，成为中国现代文学史上影响最深广的儿童文学之一。

---

　　① 《晨报副镌·儿童世界》1923年7月24日。

第五节　科学小品与"五四"精神

知识分子普遍关注政治、国家、民族、社会、思想、文化、科学、民主、启蒙等重大的时代话题,《晨报副刊》践行的是把这些重大问题落实到具体的生活细节和个人体验中,让这些大问题、大命题变得细腻可感从而产生良好而持久的效果。

以科学为例。翻开《晨报副刊》,首先看到的常常是关于自然科学的长文连载。这些内容一般被安排在一版第一栏,并且往往占据着很大的篇幅。《晨报副刊》从1919年至1924年,先后设立科学方面的栏目是"科学新谈""科学世界"和"科学谈",还有专门设立的"卫生谈""卫生浅说"等,名称相对固定。内容涉及广泛:物理、化学、生物、医学、卫生、地理、地质、天文、人类学等,另外还有科学史以及其他涉及科学内容的稿件。《晨报副刊》记者在介绍译作《科学大纲》时指出:学习西方科学,不仅只在于知识的获得,更在于科学头脑的培养,但是"我所深恨的是全国大多数人连一点儿科学的常识都没有"。所以,他希望:"通俗科学的著述,第一是专门的色彩越淡越好,第二是文字越明畅越浅显越好,第三是如果能够引入一点的趣味的材料那便更好。"① 但这一点当时很难做到,《晨报副刊》上的文章也尚未达到如此要求。不仅《晨报副刊》没做到,"关于中国的通俗科学书,我也与当代几个科学家谈及,算来算去总不过十余年前吴稚晖先生做的《上下古今谈》一部书。虽然中国科学社也每月出《科学杂志》,北京大学学生也出《科学常识》,都于科学的普及上不无贡献,不过要说到影响,那实在都不能算大……就是吴先生的《上下古今谈》,这样受科学家的推崇,他的销数也远远不及那些油光纸的小说"。他认为,这是因为"中国人的头脑,原来是与科学不相近的",这就使得"灌输科学知识,不是仅仅灌输科学知识就够了,

---

① 《晨报副镌》特载栏,1923年2月8日。

还要首先有一步功夫，使一般人对于科学有兴味"。尽管如此，他们仍然继续着自己的努力。他们在普及常识的同时将人文思想注入科学，更多的作者开始把科学作为文化批判的工具，利用科学来进行文化批判。比如自1921年12月14日起，《晨报副刊》在杂著栏开始连载蓝公武以《病》为题的感想录，这一系列文章往往从病的生理机制谈起，比如体质体格或者病的原因症状等，重心却是东西方人的文化差异、心理差异。梁启超也在《晨报副刊》上发表《科学精神与东西文化》①《美术与科学》②。其他借助科学进行文化批判的小文章更多，比如《科学与吃饭》《星期日的短旅行》《说卫生》《游戏的重要》《体操的解释》等。他们往往以科学反迷信反愚昧的角度切入对传统文化的批判。以日常生活小事或某种生活习惯入手，而颇具文化意味，科学的启蒙因此变得生动而深刻。

《晨报副刊》还常有大篇幅的自然科学、哲学、文学等方面长文的连载，这让有些读者兴味索然。"有许多读者，一看见'续'与'未完'两字那便题目无论如何动人，也没有看他的勇气了。"但《晨报副刊》并未因此改变自己的办报原则。相反，孙伏园在"编余闲话"一栏里曾不止一次为自己辩护，声明虽然尊重读者的意见，但他自有道理："讨论学理的文章，即问题极其狭小，也不能用数百字乃至千数字便说得圆满。""如果希望著作者把文中意义说得格外丰富圆满，自非让他多作长篇不可"。因此他反而提醒读者"何妨稍微耐点性子，一天天的往下看去"③。而对那些认识能力浅陋的读者的指责，孙伏园更是毫不留情地以醒目的标题讽刺——《浅陋的读者》，"只配看浅陋的讽刺，较深的讽刺便看不懂了，这将怎么好呢？"

孙伏园深知："日报的副刊，照中外报纸的通例，本以趣味为先。"④ 在1922年4月9日《晨报》记者谈星期日副镌时也说："当初计划（星期日副镌）的时候，是含着两个意义的。一是力求通俗，

---

① 《晨报副镌》1922年8月24—25日。
② 《晨报副镌》1922年4月23日。
③ 孙伏园：《编余闲话》，《晨报副镌》1922年11月11日。
④ 同上。

务使大多数人都能了解，所以这一日凡属高谈学理的东西都摒弃了；一是偏重文艺，务使大多数人得到精神上的享乐，所以这一日凡属艰深枯燥的东西又都摒弃了。"虽然《晨报副刊》并不认为如此举措绝对合理，但它仍然坚持自己的认识。"在中国今日的特殊情形——教育不发达，一般人没有常识，没有研究学问的兴味——之下，日报的副刊如本刊及学灯与觉悟，要兼谈哲学科学，自是决不可少。"至于计划的星期日副镌，"说来固然很好听，但在事实上，这其中的意义是很含混的。我们无论如何力求通俗，其范围决不能及于不通文理的人们，而在这通晓文理的小范围当中，就算文字上都依照了北京的土话，这样做一篇或者也无大损害，但是思想上我们肯学《群强报》的样子，处处去牵就社会所好吗？"由《晨报副刊》不盲从大众趣味的坚定态度，可一窥其强烈的社会责任感。

　　《晨报副刊》倡导自由，尊重个人主张，却力求成为引导意见的报纸。它以最大的包容性让各种撰稿人传播他们自己的意见和主张，它对于个人意见相当尊重，因为它相信那些经过深思熟虑后做出的判断和主张对于处于混乱中的、只想得到简单的消息或消遣的大众来说，极有引导性的价值。它不仅从不压制讨论和争辩，相反它极力促成有意义的争论。作为编辑，孙伏园不会根据自己的好恶和追求选择稿件，而是"兼收并蓄"，在各种力量中取得协调与平衡，并形成一个宽和、开阔、深邃又富有建设性的话语空间。这成为《晨报副镌》的一种重要精神。其实这种精神由来已久，我们从早在1919年5月《晨报副刊》刊发的一则有关妇女问题的征稿启事就可略见一斑："本报特别启事：妇女问题为今日世界上的一大问题，本报现于第七版特设妇女问题一栏，征求海内学士名媛对于本问题研究的资料，从明日起逐日登载，无论赞否，两方之意见经本报认为有登载价值者，便当发表，原稿登载与否，概不奉还。"及至孙伏园，这种包容并蓄的精神愈益彰显。

　　《晨报副刊》编辑不断有意识地提出问题，组织批评讨论，成为《晨报副刊》的特点，这种批评帮助大众对各种认识和观念进行价值判断和选择，并具有某种引导性。比如"爱情定则的讨论""抵抗日货的讨论""女子参艺的讨论",等等。但不管是对各种学说、思想、观念、见解的包容性,还是对批评中个人意见的极大尊重,都不是完全没有限制的,无限制最终导致导向性的失去。因此,《晨报副刊》记者说:"投稿者不知本刊宗旨,任意撰述本刊不能收受之稿件,更是太不经济。这是学术方面。至于言论方面,有几位先生每誉本刊为公开的言论机关,这实在大谬不然。本刊认为可以代为宣布的稿件,至少也须有一个极简单的条件,就是持之有故言之成理。"这当然只是言说逻辑上的底线,而其思想底线则是必须有利于新文化新思想的建设与发展。王统照在《文学旬刊》创刊时就说:"虽是对于任何作品可以各抒己见,但我们敢自信是严正而光明的,即对于发表创作上,也一视其艺术的如何为准,绝不有所偏重。然对于反文学的作品,盲目的复古派与无聊的而有毒害社会的劣等通俗文学,我们却不能宽容。"[①] 在"爱情定则"的讨论中,各种意见纷纷出场,热闹非常,甚至"大半是代表旧礼教说话",但《晨报副刊》仍大量刊发并使讨论不断升温扩大。如此做法的目的,就是要把这些意见作为认识分析社会、批判旧礼教的材料。

[①] 王统照:《本刊的缘起及主张》,《晨报副镌》1923年6月1日。

第八章

《语丝》与现代散文文体的建构

《语丝》周刊于 1924 年 11 月 17 日创刊于北京，由语丝社编辑、发行。起初由孙伏园主编，后由周作人任主编。1927 年 10 月，《语丝》遭北洋军阀查禁而停刊。同年 12 月，自第 4 卷起迁往上海复刊，由鲁迅接任主编，北新书局发行。1929 年 1 月，从第 5 卷第 1 期交由柔石代编至 26 期。同年 9 月，从第 5 卷 27 期起，由北新书局编辑。至 1930 年 3 月出完第 5 卷第 52 期后，自行停刊。《语丝》每年 1 卷（前 3 年不分卷），每卷 52 期，前后共出 266 期。

在中国新文学史上，《语丝》是首家以发表散文为主的文学杂志。虽然《语丝》兼发小说、诗歌、戏剧等多种文体，但它最重要的贡献当属散文。以《语丝》为平台和媒介，不仅有众多作家走上了散文创作的道路，而且《语丝》以其对散文的推重，带动了诸如《京报副刊》《现代评论》等大批刊物杂志刊发散文的自觉与热情。更重要的是，通过《语丝》的执着努力，现代散文创作实践与理论批评进入了一个自觉的时代，形成了风格独特的"语丝文体"，而现代杂文也在《语丝》得以成熟，并成为现代文学独创的标志性文体之一。

从体式上看，《语丝》散文主要包括杂文和小品文两大类。

第一节 "语丝文体"：知识分子话语与公共空间的建构

现代知识分子之所以能从依附权贵转向依靠思想和知识的力量，由威权政治转向自身，由庙堂转向民间和广场，其中很重要的原因就在于现代中国存在着一个保障知识生产和思想生产的制度形式。因此，现代知识分子阶层的崛起与包括报刊杂志、出版机构等现代传媒制度的形成是密不可分的。从这个意义上看，《语丝》是20世纪20年代由学习西方现代思想文化并从其中汲取思想资源、获得精神支撑的中国现代知识分子们怀着正义感和社会良知，怀着独立意识和自由意志，对中国现实政治、经济、思想、文化的思考，独立进行"文明批评"和"社会批评"的知识分子思想文化杂志，而并非纯粹的文学刊物。《语丝》在思想启蒙意识的传承、发展、张扬，在争夺知识分子"公共性话语空间"等方面付出了极大努力和心血，最大地发挥了现代传媒的传播、组织和动员功能。

《语丝》同人并未形成严密的组织，其思想和艺术主张也不尽一致，这赋予了《语丝》杂志以极大的自由度和个体性。与此同时，《语丝》同人在心灵的健全和坚韧方面，在人格意识的独立性方面，在理性批判精神方面，在针砭时弊方面，体现出作为现代意义上的知识分子身份的集体认同，从而构成了一个相对稳定的知识分子群体。如周作人所说："我们并没有什么主义要宣传，对于政治经济问题也没有什么兴趣，我们所想做的只是想冲破一点中国的生活和思想界的混浊停滞的空气。"[①] 这与林语堂的想法殊为近似，后者认为"胡适之那一派是士大夫派，他们是能写政论文章的人，并且适于做官的"，而"语丝派"则是"各人说自己的话，而不是说别人让你说的话"，所以这"对我很适宜，我们虽然并非必然是自由主义分子，但把《语

[①] 周作人：《〈语丝〉发刊词》，《语丝》第1期，1924年11月17日。

丝》看作我们发表意见的自由园地，周氏兄弟在杂志上往往是打前锋的"。① 这一群体的散文创作充分体现了它的独立意识，决定了他们的知识创造、思想创造和批判言说的力度，形成了排旧促新、纵意而谈，古今并论、庄谐杂出，简洁明快、不拘一格，语言上泼辣幽默、讽刺强烈的共同风格。此即为"语丝文体"的鲜明特色。故而从实质上看，"语丝体"散文是 20 世纪 20 年代现代中国文学知识分子话语的成功实践。在"新文化"运动陷入低潮，知识分子思想阵营走向分化的"五四"落潮期，《语丝》同人显示出对于新文化运动时期文学革命的继续坚持，这一点直接决定了"语丝体"散文主体话语的抵抗色彩。

应该说，《语丝》的创刊源起，似乎并没有明显的严肃色彩，而更具偶然性和游戏性，如鲁迅所说："名目的来源，听说，是有几个人，任意取一本书，将书任意翻开，用指头点下去，那被点到的字，便是名称。那时我不在场，不知道所用的是什么书，是一次便得了《语丝》的名，还是点了好几次，而曾将不像名称的废去。但要之，即此已可知这刊物本无所谓一定的目标，统一的战线；那十六个投稿者，意见态度也各不相同……"② 作为亲历者的周作人，这样讲述《语丝》名目的由来："记得刊物名字的来源，是从一本什么人的诗集中得来，这并不是原就有那一句话，乃随便用手指一个字，分两次指出，恰巧似懂非懂的还可以用。这一个故事，大概那天与会的人都还能记得。"③ 但在随后的《发刊词》中，刊物则突出了自己的严肃品格。关于杂志的创刊宗旨，《发刊词》开宗明义："我们几个人发起这个周刊，并没有什么野心和奢望。我们只觉得现在中国的生活太枯燥，思想界太沉闷，感到一种不愉快，想说几句话，所以创刊这个小

---

① 林语堂：《八十自叙》，《林语堂名著全集》第 10 卷，东北师范大学出版社 1994 年版，第 296 页。

② 鲁迅：《我和〈语丝〉的始终》，《鲁迅全集》第 4 卷，人民文学出版社 1981 年版，第 166 页。

③ 周作人：《〈语丝〉的回忆》，《周作人文选》第 4 卷，广州出版社 1995 年版，第 430 页。

报，作自由发表的地方。我们并不期望这于中国的生活或思想上会有什么影响，不过姑且发表自己所要说的话，聊以消遣罢了。我们并没有什么主义要宣传，对于政治经济问题也没有什么兴趣，我们所想做的只是想冲破一点中国的生活和思想界的昏浊停滞的空气。我们个人的思想尽自不同，但对于一切专断与卑劣之反抗则没有差异。我们这个周刊的主张是提倡自由思想，独立判断，和美的生活。我们的力量弱小，或者不能有什么着实的表现，但我们总是向着这一方面努力。"①"五四"落潮后，"枯燥""沉闷"和使人"不愉快"的文化氛围，是《语丝》创刊的话语情境。冲破"一点中国的生活和思想界的昏浊停滞的空气"构成了《语丝》同人的话语动力，而"对于一切专断与卑劣之反抗"则成为他们共同的努力方向和目标，也是他们共同的精神、价值指向。

《发刊词》所言，可以说是《语丝》同人所持的总的态度和倾向，而且，从实际办刊情况来看，《语丝》是实践了它的宗旨的。正如鲁迅所指出的："……也在不意中显了一种特色，是：任意而谈，无所顾忌，要催促新的产生，对于有害于新的旧物，则竭力加以排击"，又说"不愿意在有权者的刀下，颂扬他的威权，并奚落其敌人来取媚，可以说，也是'语丝派'一种几乎共同的态度"。②《语丝》的内容之丰富在当时并不多见，而在语体上也是个性鲜明。但又有着内在的共性，这就是论战兼或针砭时弊流俗中逐步形成的、属于《语丝》特色的幽默、泼辣的"语丝文体"。

所谓"语丝的文体"，最早由孙伏园提出。在《语丝》发刊一周年之际，语丝同人展开了"语丝文体"的讨论。孙伏园特地撰写《〈语丝〉的文体》，文中说："《语丝》并不是在初出时有若何的规定，非怎样怎样的文体便不登载。不过同人性质相近，四五十期来形成一种语丝的文体。"它"只是一种自然的趋势"。他以编辑的职业敏感首先发现《语丝》杂志"文体"的存在，在《语丝》这里，"我们

---

① 周作人：《语丝·发刊词》，《语丝》第1期，1924年11月17日。
② 鲁迅：《我和〈语丝〉的始终》，《鲁迅全集》第4卷，人民文学出版社1981年版，第167页。

最尊重的是文体的自由,并没有如何规定的"。在孙伏园看来,《语丝》散文,第一,具有文体上的一致性;第二,也是更重要的,自由随意是"语丝文体"的特征。

两周后,周作人从另一角度对"语丝文体"做出了补充和阐释。他在《答伏园论〈语丝〉的文体》一文中表达了对《语丝》文体自由的肯定:"《语丝》还只是《语丝》,是我们这一班不伦不类的人借此发表不伦不类的文章与思想的东西,不伦不类是《语丝》的总评,倘若要给他下一个评语。""除了政党的政论以外,大家要说什么都是随意。唯一的条件是大胆与诚意,或如洋绅士所高唱的所谓'费厄泼赖'(Fair Play),——在这一点上我们可以自信比赛得过任何绅士和学者,这只须看前回的大虫事件便可明了,我们非绅士之手段和态度比绅士们要'正'得多多。……办一个小小周刊,不用别人的钱,不说别人的话,本不是什么为世稀有的事,但在中国恐怕不能不算是一种特色罢?"[①] 周作人所谓的"不伦不类",其内在意蕴即是不受约束,随心而为,"随便说话"。他以"不伦不类"既概括了语丝同人人格的独立,又指出了语丝散文的内在精神品质。在他看来,作家只有在拥有独立人格时,写作才会"大胆与诚意"。

接着,林语堂在《插论〈语丝〉的文体——稳健、骂人及费厄泼赖》中,再次认同了"语丝文体"的内在精神,并提出"语丝文体"形成的两大条件,一是"诚意"和兼容作者种种的"偏见"。所谓"诚意"也即周作人所谓"不说别人的话","诚意"是发自自己内心的,即要关注个体的内在精神世界,获取心灵自由,从而使人活出超出世俗的神圣。没有自己的思想的人,也就没有所谓的"诚意"。所谓"偏见"也即"私论""私见":"所以我主张《语丝》绝对不要来做'主持公论'这种无聊的事体,《语丝》的朋友只好用此做充分表示其'私论''私见'的机关。""惟有偏见乃是我们个人所有的思想,别的都是一些贩卖,借光,挪用的东西。凡人只要能把自己的偏见充分地诚意地表示都是有价值,且其价值必远在以调和折中为能事

---

① 《语丝》第54期,1925年11月23日。

的报纸之上。"作者要在文章里力排所谓"公论",实现自我在现实世界中的个体价值。所谓"语丝文体"以自我个性为根底和依据。第二,"我们绝对要打破'学者尊严'的脸孔,因为我们相信真理是第一,学者尊严不尊严是不相干的事"。① 林语堂突出的是文学个人化的意义,即以独立的人的主体自我去看历史、时代、社会、人生,以"私论""私见",和读者真诚地、平等地、自由地对话。

鲁迅在其后也写了《我和〈语丝〉的始终》,表示《语丝》的文体特征是"任意而谈,无所顾忌"。不限定文体格式,给作家充分、完全的自由,让作家自由地表达自己的思想,将自己独立和自由的思想不为形式与格套所局限地说出来。这是真正的精神自由。

此番关于"语丝文体"的讨论,不仅使作家们对自由思考和创作有了自觉的、深刻的理解,也使其文体意识更为自觉、清晰,引起了作家对散文文体的重视,唤醒了散文家自觉的文体意识和散文的自我承担意识,"自由思想""独立判断"成为了他们从事散文创作的文体精神,建构了现代散文的自由精神向度。作家人格的独立主体性,构成了现代散文本体内容。由此,通过创造一个充满思想力和想象力、具有充分的独立意识和自由意识的散文世界,否定和对抗现实霸权和主流意识形态,通过以独立、自由为思想根基的反抗意识和对抗意识,促成现代散文主体性的建构,这就成为《语丝》散文的标志,这就是"语丝文体"的内在神髓,也是其昭显主体性的根据。而"反抗""对抗"的最基本也是最重要的形式,就是杂文。

现代杂文是在"五四"新文化运动的召唤下,由现代报刊培育出来的一种崭新文体。这两个因素,既是现代杂文产生的条件,又规定了现代杂文的一些基本特征。

《新青年》既是"五四"文化革命和文学革命的重要阵地,也是培育现代杂文的摇篮。在创刊之初,它就十分注重发表议论性散文。虽以严谨正规的政论文居多,但亦有些近乎杂文的篇什,如陈独秀的《袁世凯复活》《偶像破坏论》,李大钊的《青春》《今》,刘半

---

① 《语丝》第 57 期,1925 年 12 月 14 日。

农的《作揖主义》等。从总体上说，在"随感录"之前，《新青年》刊登的议论散文中，尽管已有《作揖主义》那样的杂文产生，并出现了一些具杂文因素的近乎杂文的文章，但它们尚未脱出政论文的樊篱。现代杂文尚处初步酝酿阶段。1918年《新青年》四卷四号辟"随感录"专栏，刊登了陈独秀、刘半农、陶孟和所写的一组十则"随感录"。这是新文化运动的倡导者为适应启蒙宣传而创造的一种文体。与此后成熟的杂文相比，虽不免有些粗疏、稚嫩，只能算是杂文的雏形，但现代杂文初具规模和造成声势，确是从"随感录"开始的。现代杂文的著名作家，也大多从"随感录"走上杂文创作道路。现代杂文亦是由"随感录"走向繁荣和成熟的。所以说《新青年》"随感录"专栏的开辟，是现代杂文诞生的标志。综观1918年间发表的"随感录"，其形式虽丰富多彩，但大体上都还属于一种新闻性、政论性较强的短小的时事评论，一般写得较质直浅露，与后来成熟的杂文相比，既不含蓄蕴藉之旨，亦无曲折委婉之致。

鲁迅此时的"随感录"写得旗帜鲜明、尖锐泼辣，充分体现了"五四"时代精神。其思想性与艺术性，堪称"随感录"之上品，代表了此类作品的最高水平。从严格的文体意义上讲，包括鲁迅所写的"随感录"在内，与其后成熟的杂文相比，都不免粗糙、质直，杂文味不足。

"五四"运动高潮过后，杂文作者对初期杂文创作进行反思，努力探索杂文文学化道路，开始了规范化杂文的创作活动。最早从自觉的文体意识倡导杂文的是周作人。他1921年发表的《美文》，是现代杂文理论史上的开山之作，标志着现代杂文意识的觉醒。本时期鲁迅在现代杂文理论方面也做出了自己的贡献。20年代初，周作人一洗"五四"时的奋笔直书、一泻无余的单调质朴的作风，注重杂文的艺术性，力求以丰富多彩的艺术手段表达自己的思想见解。《卖药》《天足》《先进国之妇女》等显示出其为杂文艺术化、规范化所作的努力，并初步形成其平和冲淡、含蓄深沉的艺术风格。鲁迅在此阶段的杂文初步形成了尖锐沉重、犀利深刻和无情剥脱式的辛辣讽刺风格。但无论周作人还是鲁迅，写于1921年至1923年的散文，能成为现代杂文史上名篇的佳作并不多。他们尤其是其他一些杂文家此时的作品,还存留着"随感录"和时事短论质朴简率的作风。杂文文体的真正独立和初步繁荣,尚待更多优秀杂文家和杂文作品的支撑。

1924年11月,《语丝》创刊。随之,《京报副刊》《现代评论》《莽原》《创造月刊》《北新》等刊物相继问世,使杂文园地大为拓展,为杂文的繁荣创造了良好条件。现代杂文的文体规范也由此得以确立。

考察《语丝》之于现代散文的意义,不能忽略其对域外散文的译介。在此领域,周氏兄弟成就最为显著。1925年,鲁迅在《语丝》第57期发表《〈出了象牙之塔〉译本后记》;1927年,在第142、143期发表了由其翻译的鹤见祐辅的随笔集《思想·山水·人物》之《专门以外的工作》;1928年在第4卷第22期发表《关于〈思想·山水·人物〉》。1925年,周作人在第10期译介了《〈婢仆须知〉抄》,在第22期翻译、发表日本兼好法师的作品《〈徒然草〉抄》。此外,《语丝》还刊发了尼采的《Zarathustra语录》(林语堂译,载1925年第55期、1928年第4卷第11期、第4卷第15期、第4卷第24期、第4卷第33期)、《〈契诃夫随笔〉抄》(章衣萍译,载1927年第138期)等。

《语丝》刊登的散文,以简短的感想和批评为主,其中可以明显感受到以鲁迅、周作人为代表的现代知识分子投身启蒙、忧时伤世、干预社会的强大精神力量。《语丝》中杂文的数量最多,据统计,第一卷有100篇左右,第二卷有130多篇,第三卷有250多篇,第四卷有200多篇,到最后一卷还有近百篇,共计800余篇。就杂文数量而言,其他刊物都无法与之相比。《语丝》第2期设"随感录",第7期设"我们的闲话",第102期设"大家的闲话"专栏。另外尚设有"闲话集成""闲话拾遗"等栏目。还辟有个人杂文专栏,如周作人的"茶话"、川岛的"溪边漫笔"。这正是语丝同人在思想革命和文学启蒙方面努力的成果。

可以说,现代杂文的思想和艺术成熟于《语丝》,由《语丝》开始,杂文成为一种具有充分的文学性依据的独立文体。《语丝》的创刊，是现代杂文的一座里程碑。而《语丝》杂文以其深邃的思想、精辟的见解和高超的艺术成就，奠定了中国现代杂文的精神根基，并使现代杂文获得了文体的自觉和成熟，以至于杂文被视为《语丝》散文中最重要的题材，"语丝文体"亦被看作现代杂文文体的代表。

《语丝》杂文从"提倡自由思想，独立判断，和美的生活"的创刊宗旨出发，注重思想启蒙，注重具有自觉意识的独立人格的建设，传达了作家最真实的想法和最诚挚的情感，体现了作家的社会责任感和良知。

《语丝》继承和发扬了《新青年》的传统。它从《新青年》那里继承了"随感录""杂感""通信"等栏目，并创造了一种新的适用于社会批评和文明批评的文体——被称为"语丝文体"的小品文。更重要的是，《语丝》杂文围绕启蒙主义这一主题，从现实到历史，从国内到国外，从政治、经济到道德、文化，作家们用杂文的形式表达对愚妄陈腐的传统伦理道德和专制主义的鞭挞和嘲讽；对麻木庸众的怜悯和愤怒；对"帮凶、帮闲"文人的批判和痛斥，都充分显示了中国现代知识分子对一切专断卑劣的反抗和对独立品格、自由判断的文人操行的恪守。围绕着溥仪退位一事，钱玄同、周作人、徐炳昶等在同期《语丝》上发表《告遗老》《致溥仪君书》《胡说乱道》等杂文。围绕着女师大事件、"三•一八"惨案，鲁迅发表了《无花的蔷薇之二》《记念刘和珍君》《淡淡的血痕中——〈野草〉之二十二》，周作人写了《关于三月十八日的死者》《新中国的女子》，钱玄同发表了《关于"三•一八"》，林语堂写了《忽然想到（七）》《碰壁之后》《悼刘和珍杨德群女士》，丘玉麟写了《我们的女旗手》，徐祖正写了《哀悼与忆念》，张定璜发表了《檄告国民军》，亦光写了《再生以后——献给"三•一八"的死友范子仁》等，显示了尖锐的批判锋芒，表现了社会的正义和知识分子的良心。和鲁迅一样，《语丝》时期的林语堂除了对现实政治有着强烈的关怀，还有着鲜明的社会批判意识。他在《语丝》发表了众多尖刻而富有哲理的文章，对中国的国民性进行了深刻的批评，萨天师系列文章《论土气与思想界》就是其中的典范之作。《咏名流》《劝文豪歌》《随感录》《论骂人之难》

等系列文章则是他在解剖国民性的过程中,对某些名流、学者及知识分子阶层中的某些劣根性的无情揭露和抨击。

第二节　周氏兄弟:《语丝》杂文的文体创造与发展

早在 1922 年,化鲁就指出:"小品文学往往是报纸文学的重要部分","所谓小品,是指 sketch 一类的轻松而又流动的作品,如杂感,见闻录,旅行记,讽刺文等都是。这一类的文学,往往是普通阅报的所最喜读的,而且也只有在逐日刊行的报纸上,才有刊载的价值,所以这一类的材料,在报纸文艺栏里是最为相宜的。"① 这应是较早将现代散文与报纸副刊联系起来的论述。1930 年,梁遇春编选《小品文选》,他在作序时指出:"小品文同定期出版物几乎可说是相依为命的。……小品文的发达是同定期出版物的盛行做正比例的。这自然是因为定期出版物篇幅有限,最宜于刊登短隽的小品文字,而小品文的冲淡闲逸也最合于定期出版物口味……有了《晨报副刊》,有了《语丝》,才有周作人先生的小品文字,鲁迅先生的杂感。"② 与化鲁相比,梁遇春结合当时散文创作中的主导潮流,更突出了小品文"短隽""冲淡闲逸"的文类特征。

1935 年,梁遇春在编选《小品文续选》时,进一步阐发了对小品文的认识,他在所作序中说:"两年前我所编的那部小品文选多半是偏于情调方面。现在这部续选却是思想成分居多。"关于小品文的"情调"与"思想"之关系,他谈道:"小品文大概可以分做两种:一种是体物浏亮,一种是精微朗畅。前者偏于情调,多半是描写叙事的笔墨;后者偏于思想,多半是高谈阔论的文字。这两种当然不能截然分开,而且小品文之所以成为小品文就靠这二者混在一起。描状情

---

① 化鲁:《中国的报纸文学》,《文学旬刊》第 46 期,1922 年 8 月 11 日。
② 梁遇春:《〈小品文选〉序》,俞元桂主编:《中国现代散文理论》,广西人民出版社 1984 年版,第 27—28 页。

调时必定含有默思的成分,才能蕴藉,才有回甘的好处,否则一览无余,岂不是伤之肤浅吗?刻划冥想时必得拿情绪来渲染,使思想带上作者性格的色彩,不单是普遍的抽象东西,这样子才能沁人心脾,才能有永久存在的理由。不过,因为作者的性格和他所爱写的题材的关系,每个小品文家多半总免不了偏于一方面,我们也就把他们拿来归儒归墨吧。……国人因为厌恶策论文章,做小品文时常是偏于情调,以为谈思想总免不了俨然;其实自 Montaigne 一直到当代思想在小品文里面一向是占很重要的位置,未可忽视的。能够把容易说得枯索的东西讲得津津有味,能够将我们所不可须臾离开的东西——思想——美化,因此使人生也盎然有趣,这岂不是个值得一干的盛举吗?"① 梁氏此观点不仅还原了西方现代小品文重视"思想"内涵的传统,其更重要而现实的意义则是对中国现代散文创作和理论中偏重"情调"的倾向的纠偏与警示。而最能彰显现代散文家的"当代思想"——如民主、科学、人道主义、个性主义、批判意识、变革思想等——的当属杂文。

蔡元培曾言:"《语丝》——为周树人、作人兄弟等所主编,一方面,小品文以清俊胜;一方面,讽刺文以犀利胜。"②《语丝》杂文创作以鲁迅为代表。鲁迅在《语丝》发表过 140 多篇杂文,很多都收入了他的杂文集《坟》《华盖集》《华盖集续编》《三闲集》和《而已集》中。1928 年,鲁迅在与创造社、太阳社有关"革命文学"论争中的一些重要作品,如《"醉眼"中的朦胧》《文艺与革命》《我的态度气量和年纪》等,也都发表于《语丝》。《语丝》时期的鲁迅杂文用极大的勇气与胆识剖析社会,也解剖自己,充分体现了一位启蒙主义作家改造国民性的热切,其中有着炽热的情感和冷峻的理性,有着犀利剖析和惊世骇俗的思想锋芒。鲁迅《语丝》杂文在内涵题旨、篇章结构、形象勾勒、修辞形式等各方面均鲜活灵动、放达自如,"隐

---

① 梁遇春:《〈小品文续选〉序》,吴福辉编选:《梁遇春代表作》,华夏出版社 2011 年版,第 143 页。

② 蔡元培:《二十五年来中国的美育》,《蔡元培美育论集》,湖南教育出版社 1987 年版,第 226 页。

喻"和"取类型"等艺术表现手法的运用，不仅折射出作家深厚的哲理底蕴和开阔的艺术视野，更在盎然的意趣中开掘着严肃而深刻的批判和反抗的主题，显示了鲁迅作为现代杂文经典作家的风范。

鲁迅《语丝》时期的主要贡献，首先是创作了一批规范化的散文。

所谓"规范化的散文"，是指那些单独成篇的具有一定格局和较为完整的结构形态，按照杂文创作的艺术规律（如大中取小、因小见大的选题角度和表现方法；叙议结合，随感漫议式的议论方式；含蓄委婉、隐晦曲折的杂文风格，讽刺、幽默、夸张、比拟等杂文笔法，等等）创作出来的进行文明批评和社会批评的议论性散文。《坟》是现代杂文文体规范确立和现代杂文艺术成熟的标志。鲁迅在这些杂文中对他所批评的中国历史、文化和社会痼弊进行了深入的开掘、剖析和前无古人的概括，使其散文具有了诗史的伟大品格和巨大的艺术魅力。在每篇散文中，他力求将自己对历史和现实的观察、体验、思考所得到的属于自己的独特认识，用生动、形象、巧妙的方式和富有力度的语言给予精当的表达。《坟》中杂文的又一突出特色是从容潇洒、舒卷自如的章法，这也是杂文文体成熟的重要标志。《春末闲谈》等作品，往往于生动形象的叙述描写外，加之以细密的分析和透辟的说理，写得复杂、细密而不板滞、淤塞，灵活自在，舒展大方。《论照相之类》《杂忆》把一些极其散乱琐碎的生活细节以漫谈杂忆的形式出之，看似互不联属，实则匠心独运，能以恰当的方式将其组织串联起来。杂文笔法的趋于完善，也是本时期杂文文体规范确立和艺术成熟的重要标志。鲁迅杂文成功塑造了一系列成功的杂文艺术形象。他把自己对历史和现实的阶级斗争所进行的精警而深刻的概括，都熔铸在生动、传神的漫画式的杂文艺术形象中："落水狗""叭儿狗""苍蝇""蚊子""细腰蜂"等。这些形象取自社会上具典型意义的人和事物，是"泛论"而非"实指"；重片段的局部的勾勒，而不求其完整与全面，以收到由小见大、以小总多的艺术效果。

鲁迅此时期在杂文创作上的第二大贡献是，创作了各种体式的杂文，丰富了现代散文体式。包括论战性杂文，比如《并非闲话》

《"醉眼"中的朦胧》《新月社批评家的任务》等，它们往往抓住与论争有关的一些小问题，从侧面入手，揭露对方，给予重创；哲理性杂文，如《战士与苍蝇》《夏三虫》《导师》等，篇幅更短小，语言更洗练，于简净的叙述描写后，更侧重于从中概括、提炼出诗意和哲理；借谈学术谈历史以影射现实的杂文，如《魏晋风度及文章与药及酒之关系》；系列化杂文，如《咬文嚼字（一至三）》《并非闲话（一至三）》等。在规范化杂文体式以外，还出现了杂文的变体：书信体，如通讯、日记体，如《马上日记》《马上支日记》；序跋体，如《华盖集题记》《三闲集序言》《叶永蓁作〈小小十年〉小引》《柔石作〈二月〉小引》等；语录体或格言体，如《无花的蔷薇》《小杂感》等。

周作人《语丝》时期的杂文，收入《雨天的书》《自己的园地》（修订版）、《谈龙集》《谈虎集》《泽泻集》《永日集》及后来出版的《看云集》。

在"叛徒"或"流氓"精神即反封建的民主精神的支配下，周作人创作了大量直接进行社会批评和文明批评的战斗性杂文，文章呈现出犀利深刻、踔厉风发的风格；在"绅士"或"隐士"的软弱消极态度支配下，他就写一些软性杂文、闲适小品，表现出一种冲淡平和、潇洒雍容的风度。而且往往在一种文章中，呈现出多重面貌：本应剑拔弩张的战斗的杂文，却以平和的语调出之；一些貌似闲适的小品，却透露出斗争的锋芒。这样，周作人不但以其首倡独创的软性杂文、闲适小品别创杂文的一种体式，而且其直面社会人生的硬性杂文，也以其冲淡含蓄、雍容潇洒的笔致，呈现与鲁迅那种犀利深刻、泼辣尖锐的投枪匕首式杂文不同的风格，在现代杂文史上产生巨大影响。周作人杂文具"戚而能谐""婉而多讽"的总体风格。这使其杂文文体的各侧面，表现出如下特点。

首先，平和冲淡的表达方式，无论抒情、议论还是叙述、描写，他总是经过艺术的淡化处理，使蕴蓄胸中的愤激之情，有节制地、从容纡徐、含而不露地表达出来，收到一种淡泊自然、深沉含蓄的艺术效果。

其次，行云流水式的结构和舒徐自在的笔致，是周作人杂文文体的重要特征，也是构成其平和冲淡之风的重要因素。其杂文结构，可以说冲破了一切传统的结构格式，不受任何文章义法的束缚，达到了大解放、大自由的境地。由于在情意表达上追求冲淡含蓄，其文章几乎没有大波大澜的起伏，平静而舒缓。写于1929年的杂文《娼女礼赞》《哑巴礼赞》《麻醉礼赞》，以恬淡闲适的态度，平静和缓的语气，表达心中郁积的愤激之情，体现了周作人成熟期杂文既追求和平冲淡而又不能忘怀了事的本色，别具隽永含蓄的魅力。其结构和笔致都不拘一格，不落俗套，不露人工雕琢的痕迹，行云流水，浑然天成，是其本人也是现代规范化杂文高度成熟的标本。周作人杂文语言也趋向朴实、直白、口语化，笔调也形成了舒徐自如、轻松自然的风致。他欢喜用极其朴直近乎口语的语言，形成一种知识家常的絮语笔调，传达其冲淡闲适的心境。有时为增加一点耐读的青果式的涩味，他又往往在口语中加上一点欧化和古文的成分。

再次，熔幽默、讽刺、婉曲于一炉的反语的运用。周作人不仅以反语为其杂文创作最基本的手法，他还把其他手法如幽默、讽刺、婉曲的方法巧妙融入反语中，"婉而趣"地表达出自己的思想情感。

最后，旁征博引。他将语言文学、哲学、历史、地理、民俗学、生物学、民族学、心理学、文化人类学直至神话传说、野史笔记、歌谣俚语等知识和见解，纳入杂文创作，使杂文具浓厚的文化底蕴，表现出一种大家风度。对其杂文来说，这已非一般手法的运用，而是影响着整个文体的一种带有根本性质的方法。其杂文之上下古今无不贯通的开阔思路，从容舒徐、摇笔即来的潇洒文笔，令人折服的平正通达的说理，无不得力于渊博的知识储备与贴切灵活的征引。

第三节 "独语"与"内省"：《语丝》与散文诗

中国散文诗的发展经历了从翻译到创作的过程。早在"五四"新文学革命之前，《中华小说界》1915 年第 2 卷第 7 期就在"小说"栏刊登了刘半农翻译的屠格涅夫的四章散文诗。1918 年第 4 卷第 5 号《新青年》又发表了其译作《我行雪中》。此外，《小说周报》《晨报副刊》也陆续译载了泰戈尔、波德莱尔等作家的散文诗作品，促进了中国散文诗的发展。从史料记载来看，中国最早的散文诗应为沈尹默发表于《新青年》1918 年 4 卷 1 号上的《月夜》。《新青年》1918 年 5 卷 2 号上又刊登了刘半农的散文诗《晓》。此外，沈尹默的《人力车夫》、刘半农的《相隔一层纸》、周作人的《小河》等都是早期的散文诗作。沈尹默的《人力车夫》《三弦》等散文诗皆用白描手法来表现生活，诗意蕴藉，语言质朴而有韵味，节奏自然却含不尽韵致，显示出初期散文诗作较为成熟。刘半农的《老牛》《晓》都含有言外之意，味外之旨，具有浓厚的象征意味。郭沫若的《路畔的蔷薇》以路旁一束被人遗弃的蔷薇为寄托，表达对被遗弃者的同情，具有一种人情和人性的感召力。朱自清的《春》《匆匆》语言自由舒缓，富有内在的节奏和韵律，包含了更为丰富的人生内容、哲理内容和情感内容。《春》写了春风、细雨、天地、山河、花草、树木、孩子、人家，将万事万物人格化，流露出作者对春天的诗意的感受，文字自然流畅，节奏轻盈欢快。

散文诗文体独立的自觉性，促进了散文诗创作的进一步完善和发展。20 世纪 20 年代中后期，鲁迅、许地山、冰心、朱自清、焦菊隐、高长虹等都创作了大批优秀的散文诗作，并出版了散文诗集。1925 年出版的焦菊隐的《夜哭》是现代文学史上第一部散文诗集。1926 年高长虹出版了散文诗与诗的合集《心的探险》。

鲁迅《野草》中的 23 篇散文诗，于 1924 年 12 月至 1926 年 1 月陆续发表于《语丝》，《题辞》则发表于 1927 年 7 月 2 日出版的《语丝》第 138 期。《野草》诸篇的发表，标志着散文诗的创作进入了其高峰期，更标志着散文诗的成熟。从《野草》开始，散文诗完全从初期的白话诗中独立出来，其思想容量更为宽广恢宏，表现方式更加丰富多姿，文体形态更为鲜明独立，并显示了散文诗体式创造的多种可能性和它所具有的巨大表现力。

第八章 《语丝》与现代散文文体的建构

鲁迅创作《野草》的20世纪20年代中期，正是他在苦闷与孤寂中探索的日子。他对黑暗压迫势力的强烈愤懑，对奴性痼弊的痛切针砭，对未来光明的不懈求索，对"无物之阵"的战斗苦闷，对生的严峻拷问，对死的大彻大悟，都化成了独特的意象，在作品中进行了热烈的表达。《题辞》一开篇便是富有哲理的生命思考和深沉的情感抒发。接着便派生出饱蕴情思的野草意象。它将野草与生命情感交糅抒写，传达出极其热烈的情感。它以抒情为主，辅以哲理性议论，意象作为形象表达的一部分充溢其间。《秋夜》以象征的手法，借景抒情，揭露黑暗与恶，赞颂抗击黑暗、追求光明的战士。它设置了一个独特的意境，冷静而深邃。"奇怪而高"的天空、眨着冷眼的星星，洒在野花草上的繁霜，夜游的恶鸟，猩红的栀子，苍翠而可爱的小青虫……共同构成了一个清冷肃杀而又富含深意的意境。在其中贯穿着作者既孤独又悲壮、既彷徨又执着、既虚幻又清醒的复杂而矛盾的心绪。种种意象，无不浸透着作家的情感，默默传达着作者的心声。这浓烈的感情与心声，和那高远、冷漠、深邃的秋夜糅合、呼应，既相互协调又互为映衬，造成了具有复合之美的丰满、立体的美学效果。《影的告别》以奇特的构思、讲述了一个奇诡的故事，传达出作者内心冲突、身心分裂的种种痛苦。《求乞者》和《立论》描绘了象征性很强的社会现实生活图景。前者传达出鲁迅蔑视与反对生命存在中的奴隶性，反对托尔斯泰式的人道主义的说教的生命哲学。后者用朴素的写实笔法讲述了一个编造的"故事"。这个非常简单的寓言性的故事，包含着鲁迅多年思考并坚决反对的一种中庸处世的人生哲学。《这样的战士》中"这样的战士"把鲁迅心目中无论胜利失败，不管他人议论，执着顽强地与一切腐朽精神文化现象进行战斗的悲剧性战士形象，表现得崇高而强烈。它以作者的"小感触"为发端，通过象征化的手法，将其化为一个个奇诡、绮丽、沉郁的意象，地狱、墓碣，冰结如珊瑚枝的死火，初生时的阿谀，既死后的烦厌，再诗意化、整体性地暗示题旨，鬼斧神工，匪夷所思，却在怪异意象中直通一颗痛苦而坚毅的心灵。作品寓意深幽，隽永味长，构成一个任由评说、却永远不能阐释尽净，可以不断地领悟其哲理意蕴，却历久弥新的奇特的美学世界。

　　研究者将《这样的战士》与《过客》《墓碣文》《聪明人和傻子和奴才》等归为"人物象征"型的散文诗体式形态，并指出"在塑造这种象征性人物形象时，如果以对话表现人物的思想性格，那就成了戏剧对话体，以非诗非剧非诗剧形式表现了鲁迅在文体方面的大胆创新精神"。[①]的确，从散文诗体式上看，《野草》中的各篇，大致可细分为故事体散文诗（《求乞者》《颓败线的颤动》等）、对话体散文诗（《立论》《狗的驳诘》等）、戏剧体散文诗（《过客》）、杂文体散文诗（《希望》《淡淡的血痕中》等）、情境体散文诗（《秋夜》《雪》等）、抒情体散文诗（《题辞》《死火》等）。

　　《野草》在散文诗领域所进行的种种试验，既是借鉴外国诸如波德莱尔、屠格涅夫散文诗的"良规"，采用象征手法结出的艺术硕果，又为散文诗的发展开辟了广阔的道路。鲁迅的《野草》是现代散文诗写作的一个总结，也是散文诗体式独立的一个标志。它在中国现代散文诗的发展史上树立了一个光辉的丰碑，奠定了散文诗在中国文坛上的地位。此间功绩，作为首发刊物的《语丝》自是功不可没。

　　《野草》是鲁迅的心灵的诗，是鲁迅的生命哲学，是哲学的诗，是诗的哲学。《野草》是作者排除了外在他者的参与，而独自面向心灵最深处、灵魂最隐秘处的内心独白。与下面将要谈到的"闲谈式""絮语式"小品不同，它无须广泛的谈资，也没有闲适从容的心境，它重在"独"，重在"内省"。因此，"独语体"散文是一种自我在场而他者缺席的、内敛的、自我指涉的散文书写方式。作为鲁迅生命哲学的极致性体现，《野草》是属于鲁迅个人的、对自我灵魂的逼视和解剖。"独语体"散文在表现内容上，指示个体的内心，通过自白来揭示自我内心的隐秘世界，逼视自我灵魂深处的矛盾与苦闷，黏着浓郁的生命感和浓烈的自我表现色彩。它最擅长表现的是人生的苦闷和精神的彷徨及生命的孤独感、荒凉感甚至绝望感。从语言、形式上

[①] 冯光廉主编：《中国近百年文学体式流变史》（上），人民文学出版社1999年版，第451—452页。

看，"独语体"散文的语言或奇幻精美，或凝练瑰丽，想象奇特、怪异甚至诡谲、荒诞。作为哲学的诗或诗的哲学，《野草》凡23篇，篇篇具有"独语体"散文的种种特征，并在每个层面上都达到了极致。从这个意义上讲，作为"独语体"散文的《野草》，也是其首发刊物《语丝》的不可复制的巅峰。

第四节 "闲谈"与"絮语"：小品散文的文体创构

曹聚仁曾如此谈及《语丝》与小品散文："《语丝》，从新文学运动来说，这又是一块纪念碑。它替小品散文开了大路，也替自由主义者找了一个路向。"① 杂文之外，小品散文是"语丝文体"的另一类代表。作为现代散文的一大品类，"闲谈式""絮语式"小品为"五四"以后的诸多作家所喜爱和提倡，是受西方Essay影响的结果。

鲁迅、朱自清、胡梦华曾谈论过这种闲谈絮语式散文的特点。鲁迅所译厨川白村的《出了象牙之塔》中有专门介绍Essay的章节。厨川白村在《出了象牙之塔》中有如此论述："如果是冬天，便坐在暖炉旁边的安乐椅子上，倘在夏天，则披浴衣，啜苦茗，随随便便，和好友任心闲话，将这些话照样地移在纸上的东西，就是essay。兴之所至，也说些以不至于头痛为度的道理罢，也有冷嘲，也有警句罢。既有humor（滑稽），也有pathos（感愤）。所谈的题目，天下国家的大事不待言，还有市井的琐事，书籍的批评，相识者的消息，以及自己的过去的追怀，想到什么就纵谈什么，而托于即兴之笔者，是这一类的文章。"厨川认为，这是一种"作为自己告白"的文体，它可以充

---

① 曹聚仁：《〈语丝〉与〈现代评论〉》，《文坛五十年》，东方出版中心1997年版，第171页。

分"表现不伪不饰的真的自己"①。其特点和长处在于自然与真实。朱自清在《说话》中阐述"闲谈":"闲谈说不上预备,满足将话搭话,随机应变。"1926年,胡梦华在《絮语散文》中对"絮语散文"的概念、内涵、特征等做了较为系统的阐述。他认为:"这种散文不是长篇阔论的逻辑的或理解的文章,乃如家常絮语,用清逸冷隽的笔法所写出来的零碎感想文章","它乃如家常絮语,和颜悦色的唠唠叨叨说着"。这与鲁迅译介自西方的 Essay 精神旨趣是一致的。胡梦华进一步指出:"我们大概可以相信絮语散文是一种不同凡响的美的文学。它是散文中的散文。"② 很显然,胡梦华更强调审美性,将文学性和艺术性放在一个相当重要的位置。朱自清在《论中国现代的小品散文》中比较抒情散文与诗、小说、戏剧时曾说,散文的"选材与表现,比较可随便些;所谓'闲话',在一种意义里,便是它的很好的诠释"。接着,他又谈了自己的创作体会:"我所写的大抵还是散文多。既不能运用纯文学的那些规律,而又不免有话要说,便只好随便一点说着","我自己是没有什么定见的,只当时觉着要怎样写,便怎样写了。我意在表现自己,尽了自己的力便行;仁智之见,是在读者"。③从中我们可以看出朱自清的散文观的紧要两点:"随便一点说着";"意在表现自己"。这实际上指出了小品散文的两个特点:不经意不规则的结构形式和个体的自我的表现。小品散文的形式灵活自由、无拘无束,它适合于作者抒我之情,言我之志。《文学周报》曾辟"闲谈"专栏,专门发表叙事抒情性的散文小品。这种追求传统文人式的娴静的自在从容的闲话式小品,与"五四"高潮时富有激情的战斗性杂文相比,属于现代散文园地中的另一品类。从文体类型上说,其典范作品主要是融抒情于叙事的"美文"。

---

① [日] 厨川白村:《出了象牙之塔》,鲁迅译,人民文学出版社2007年版,第6—7页。

② 胡梦华:《絮语散文》,《小说月报》第17卷第3号,俞元桂主编:《中国现代散文理论》,广西人民出版社1984年版,第15、16页。

③ 朱自清:《论中国现代的小品散文》,俞元桂主编:《中国现代散文理论》,广西人民出版社1984年版,第408、409页。

第八章 《语丝》与现代散文文体的建构

尤其值得一提的是，梁遇春的《〈小品文选〉序》一文。在这篇简短的文字中，作者开篇就谈了自己对小品文的理解："大概说起来，小品文是用轻松的文笔，随随便便地来谈人生，并没有俨然地排出冠冕堂皇的神气，所以这些漫话絮语很够分明地将作者的性格烘托出来，小品文的妙处也全在于我们能够从一个具有美好的性格的作者的眼睛里去看一看人生。许多批评家拿抒情诗同小品文相比，这的确是一双很可喜的孪生兄弟，不过小品文更是洒脱，更胡闹些罢！小品文象信手拈来，信笔写去，好象是漫不经心的，可是他们自己奇特的性格会把这些零碎的话儿熔成一气，使他们所写的篇篇小品文都仿佛是在那里对着我们拈花微笑。"接下来，梁遇春又特别谈及"小品文同定期出版物几乎可说是相依为命的。……小品文的发达是同定期出版物的盛行做正比例的"，究其原因，"这自然是因为定期出版物篇幅有限，最宜于刊登短隽的小品文字，而小品文的冲淡闲逸也最合于出版物口味，因为他们多半是看倦了长而无味的正经书，才来拿定期出版物松散一下"①。

《语丝》小品散文的代表作家有周作人、江绍原、徐祖正、章衣萍、梁遇春、缪崇群等。江绍原的探求历史幽秘的小品，徐祖正的表现对自然景致的向往，对现实人生尤其是对现代生活的嫌恶的《山中杂记》，都是有影响之作。作为主要的撰稿人，周作人在《语丝》发表的文章最多，共有400多篇，主要发表于"茶话""酒后主语""苦雨斋尺牍""我们的闲话""闲话拾遗""闲话集成"和"随感录"等专栏。自1921年周作人写下《美文》，号召"治新文学的人为什么不去试试呢？……给新文学开辟出一块新的土地来，岂不好么"，到《语丝》时期，他实践了自己的艺术主张，创立出一派散文，成为一代小品文的宗师。

周作人《野草》小品散文融叙事、抒情、议论于一体，叙写人情风物、生活情趣、追怀故人，大多围绕一个中心人物或事物，随意而

---

① 梁遇春：《〈小品文选〉序》，俞元桂主编：《中国现代散文理论》，广西人民出版社1984年版，第27页。

谈，结构散漫不拘，平凡琐细的题材经其笔墨点染，自有某种人生况味和情趣，如《故乡的野菜》《乌篷船》《自己的园地》《喝茶》《谈酒》《鸟声》等都是这种闲谈式的美文。《前门遇马队记》《初恋》《菱角》都是以记叙为主的抒情小品，虽有人物与事件，但并不是为记叙而记叙，人物、事件往往是作者抒发感情的契机，在文字抒写的深层蕴含着深刻的人生哲理，或寄寓着作者某种复杂的感情或情绪。

从文体风格上说，平和恬淡、舒徐自在是闲谈式小品的主要特点。周作人追求一种平和冲淡的人生境界。其散文小品如一博学长者在闲谈漫语，向人们讲述天文地理、文化掌故，这形成了其文章平淡自然的基本风格。《乌篷船》以书信形式介绍故乡的人情风物，作品没有太强的抒情色彩，字里行间透露出平和亲切的韵致。周作人的小品看似平淡，若细品则会感到文章深层蕴蓄着一种无法穷尽的韵味。

其次，融叙事、抒情、议论于一体的闲谈式语言。话怎么说便怎么写的闲谈式语言中，包孕着对人生的琐细的文化关怀。周作人将叙事与抒情融为一体，难分彼此。他往往以文人的耐心和兴趣来抒写各种事、物、人，语言充满生活质感。文字平和冲淡而又清雅高远，朴实琐细而又谐趣横生。《喝茶》，开门见山，点明了题旨："茶道的意思，用平凡的话说，可以称作'忙里偷闲，苦中作乐'，在不完全的现世享乐一点美与和谐，在刹那间体会永久。"接着就谈起自己的"喝茶观"："喝茶以绿茶为正宗"，"当于瓦屋纸窗之下，清泉绿茶，用素雅的陶瓷茶具，同二三人共饮，得半日之闲，可抵十年的尘梦"。中间则大谈中外各国的"茶食"，认为最好的是日本的"羊羹"和江南的"干丝"。从作者对绍兴昌安门外周德和"豆腐干"的追忆中，可以体味到他淡淡的思乡怀故之情。文章谈古说今，平和冲淡，正如"喝清茶"，"赏鉴其色与香与味"，充溢着士大夫文人的闲情逸趣。作品所表现出的情趣，与他的"上至生死兴衰，下至虫鱼神鬼，无不可谈"的散文题材观，与其"必须有涩味与简单味，这才耐读"的散文语言观，与其"以科学常识为本，加上明净的感情与清澈的理智"的人生观，是相吻合一致的。

《语丝》散文小品表现出对"趣味"的赏玩与追求。周作人在

《语丝》第 1 期上发表的《生活之艺术》中说:"生活不是很容易的事。动物那样的,自然地简易地生活,是其一法;把生活当作一种艺术,微妙地美地生活,又是一法:二者之外别无道路,有之则是禽兽之下的乱调的生活了。生活之艺术只在禁欲与纵欲的调和。"① 如何把"生活当作一种艺术",如何"微妙地美地生活",可以在其他文章中找到理解这一问题的钥匙,"我们于日用必须的东西以外,必须还有一点无用的游戏与享乐,生活才觉得有意思。我们看夕阳,看秋河,看花,听雨,闻香,喝不求解渴的酒,吃不求饱的点心,都是生活上必要的。——虽然是无用的装点,而且是愈精炼愈好"②。显然,"生活之艺术""美地生活"包含着对"趣味""闲适"和享乐等讲究。周作人在《语丝》创刊第二年发表的文章中宣称:"我本来不是诗人,亦非文士,文字涂写,全是游戏,——或者更好说是玩耍","我于这玩之外,别无工作,玩就是我的工作"。③ 这种"玩"的趣味,融化到散文中,就是以"趣味"为核心的散文小品观:"小品文,不专说理叙事而以抒情分子为主的,有人称它为'絮语'过的那种散文上,我想必须有涩味与简单味,这才耐读,所以它的文词还得变化一点。以口语为基本,再加上欧化语、古文、方言等分子,杂揉调和,适宜地或吝啬地安排起来,有知识与趣味的两重的统制,才可以造出有雅致的俗语文来。"④

　　平和恬淡、舒徐自在的文体风格,融叙事、抒情、议论于一体的闲谈式语言,以及对"趣味"的赏玩与追求,《语丝》所创构的这种"闲谈式""絮语式"小品文体,在随后的小品文创作尤其是林语堂创办的《论语》《人间世》等刊物中得到了延续和发展。关于这一点,曹聚仁曾说,《论语》的创刊"是《语丝》停刊以后文坛一件大事",并以"言志派的兴起"加以概括。⑤ 苏雪林说得更为具体,她

---

① 周作人:《生活之艺术》,《语丝》第 1 期,1924 年 11 月 17 日。
② 周作人:《北京的茶食》,《雨天的书》,河北教育出版社 2002 年版,第 52 页。
③ 周作人:《〈陀螺〉序》,《语丝》第 32 期,1925 年 6 月 22 日。
④ 周作人:《〈燕知草〉跋》,《永日集》,河北教育出版社 2002 年版,第 79 页。
⑤ 曹聚仁:《言志派的兴起》,《文坛五十年》,东方出版中心 1997 年版,第 267 页。

认为,《语丝》是"在那火辣辣时代里提倡'闲适'和'风趣',以自由思想相标榜的文艺刊物",而《论语》"可说是由《语丝》的'个人主义''情趣主义'一个道统传衍下来的,不过更加一个大题目,便是'幽默'的提倡"。[1]

---

[1] 苏雪林:《〈语丝〉与〈论语〉》,《苏雪林文集》第3卷,安徽文艺出版社1996年版,第381、383页。

第九章

《万象》的散文文体美学

1941年7月，一本综合性文化月刊——《万象》创刊于上海。从上海"孤岛"后期的1941年7月创刊，至1945年6月停刊，《万象》横跨上海作为"孤岛"和"沦陷区"的两个时期，其发行量远远超过当时通常的四千册，达两三万册左右，是最受读者欢迎的刊物之一。杂志的创办历任三位编辑之手——陈蝶衣、平襟亚和柯灵。它的出资人、发行人是20年代以《人海潮》成名的"鸳鸯蝴蝶派"文人平襟亚。在编辑上，《万象》分为前后两个时期。第一任主编陈蝶衣担任了不到两年的编辑工作，1943年因与发行人平襟亚意见不合，自2月起，《万象》就由编辑委员会编辑，陈蝶衣另只在4月号上担任了一期编辑即告辞职。平襟亚因之兼任了《万象》1943年5、6月号的编辑和发行人，直到1943年7月柯灵接手主编一职，至1945年6月《万象》停刊（本年仅出此一期）。历时四年，共出刊物43期，另有号外一期。陈蝶衣编辑的前期4册主要面向市民大众，由柯灵编辑的后期19册读者群扩及知识分子。

应该说，《万象》的编者颇具象征意义，"鸳鸯蝴蝶派"作家陈蝶衣和新文学作家柯灵先后担任主编，"鸳鸯蝴蝶派"作家、通俗文学作家和致力于普及大众、启蒙大众的新文学作家汇聚于杂志周围。使新旧文化趣味互相调和。为前期《万象》执笔的名家中除有魏如晦（阿英）、李健吾、赵景深、周贻白、钱今昔等新文艺作家外，尚有大量与平襟亚、陈蝶衣交好的"鸳蝴派"文人如周瘦鹃、顾明道、包天笑、范烟桥、郑逸梅、张恨水、程小青、徐卓呆等。即使在柯灵接编后，《万象》中仍保留了孙了红、程小青、张恨水的侦探言情小说和郑逸梅笔调高古的小品杂谈补白。其中，《万象》1944 年 9 月号还特设"卅年前上海滩"的专栏，登载范烟桥、包天笑、平襟亚、朱凤蔚等鸳蝴派作家的忆旧文字。这些，都促使《万象》成为了一个有明显商业色彩的、雅俗共赏的综合性的市民文学文化杂志。其商业性，显示了与"沦陷区"环境相疏离，在殖民环境中求生存的办刊策略，是一种不依附于殖民政治的"独立性"的展示，是为了刊物的基本生存之需而并非牟取商业利益。其都市大众性，则体现了刊物力求走出有闲阶级的客厅和知识分子的书斋，在贩夫走卒、青年学生、店员伙计等市民大众阶层中获取更多的读者，是文艺通俗化和大众化的有效实践。

第一节 "言之有物"与"现实性"：《万象》散文文体美学（一）

散文，是《万象》除了小说之外的另一大文体。刊名《万象》即有包罗万象的寓意，诚如杂志创办之初陈蝶衣所拟定的"时事、科学、文艺、小说的综合刊物"的办刊方针，除了随笔小品、杂文，《万象》的散文还包括科普短文、时事要闻等各类文体。

在《万象》创刊号中，陈蝶衣如此阐述刊物的编辑方针："第一，我们要想使读者看到一点言之有物的东西，因此将特别侧重于新科学知识的介绍，以及有时间性的各种记述；第二，我们将竭力使内容趋向广泛化，趣味化，避免单调和沉闷，例如有价值的电影和戏剧，以及家庭间或宴会间的小规模游戏方法……此外，关于学术上的研究（问题讨论之类），与隽永有味的短篇小说，当然也是我们的主要材料之一。"所谓"言之有物"，可以视为对当时文坛在"抗战救亡"主题下所表现出来的公式化、概念化倾向以及作家主体意识弱化的一种矫正。编者对"言之有物"的强调，在前期《万象》的编辑过程中是一以贯之的：《万象》第 4 期的《编辑室》中，陈蝶衣再次强调"我们需要有'现实性'的文字"，并在 1942 年 1 月号《万象》的《编辑室》中对"现实性"做了定义——"在生动的故事中，更应注意下列数点：1. 题材忠于现实，2. 人物个性描写深刻，3. 不背离时代意识。"

从"言之有物"出发，《万象》散文的题材内容充分体现着"现实性"的品格。这在它对科普散文和时事散文的侧重上有集中体现。

引人注目的是，《万象》散文对于科学常识的推广普及。每期刊物都有相当的篇幅刊载科普类文字，其内容丰富多彩，医学、天文、生物、地理、物理，几乎涉及自然科学的各个领域，译、著兼容，图文并茂，着重介绍近现代以来有关科学知识的更新演化和实际应用，引领大众对科学持有信仰。直至柯灵接手，仍然保留了科普文艺的栏目。《万象》对科普文艺的注重，与"五四"精神一脉相承。"五四"新文化运动高高擎起了"德先生"和"赛先生"两面大旗。与新文学作家为张扬"德先生"促进思想启蒙不遗余力相比，"赛先生"在中国接受的待遇则要冷淡寂寞得多。而 20 世纪 40 年代的《万象》却在战火硝烟中默默地做着提高国民素质的基础工作，其中延续的正是"五四"的精神血脉。

《万象》还始终保持着对时事、战争、时局的关注。刊物的前四期上均设有《新闻卡通》栏目，由陈蝶衣辑当月时事要闻逸事。与后期不同，前期《万象》是在一个大的视野背景中关注着战争和时局的，其文如傅松鹤《欧洲沦陷区写真》、白巩《二次世界大战中的空袭和防护》、李百功《第二次世界大战中的海军》等，对裹胁整个世界沉沦的战争有一个大的关注；同时，石油、橡胶等作为战争中重要的军需品，刊物也有文字介绍其历史和用途。

从 1942 年 6 月号起，《万象》连续四期介绍了一些简易小工艺的制造法，包括皮鞋油、补蝇纸、洗涤肥皂和除垢粉等，虽然不久就因刊物的题材内容过于驳杂而取消了这个栏目，但透过编辑对这些与普通民众日常生活休戚相关的小物事的关注，可见出人性的温情和人道情怀，也可看出刊物对战争中人的个体生命生存困境的关注。

在众声萧瑟的40年代上海,《万象》之所以能拥有如此广大的读者群,与其对科普文艺的推重和对时局战事的关注不无关联。

《万象》散文注重现实世相的描摹与现实生存心态的贴切展示,有着较为突出的现实感。正是这种现实感,使它不同于当时诸多刊物如《古今》散文的怀旧与清淡,也不同于《天地》中苏青散文的饮食与男女。《万象》散文从普通市民的角度,切入他们的世俗生活,传达沦陷时期上海都市的日常生活和日常情感,最真实地描摹和体察最为普通的市民阶层在沦陷时期上海的至为深切的生存感受。散文讲述沦陷时期上海的都市日常生活,描述平凡、普通的日常,在普通而平凡的书写中隐含着对沦陷时期上海社会现实的阴暗面和人性的揭示。这使《万象》散文具有了较为突出的鲜活生动的亲历性和纪实性。

作为沦陷区的上海受困于战争和动乱,其底层大众的日常生活可谓极度困乏。交通被阻断,物资被控制,加之投机者的经济操纵,大量囤积米面、大豆、煤球、油等日常生活用品,从而导致大面积地涌现物资极度贫乏、生活难以维系的现象。《万象》散文对"米荒"和"轧米"现象进行了突出的表现。正如佐行在《轧》中写道:"人不能不吃一点油,于是轧油;衣服不能不洗,于是轧肥皂;火种必须常备,于是轧火柴;依例类推。人为了生活,于是不得不忙于挤轧。"陈灵犀的《轧米记》以自己排队轧米的亲历亲为现身说法,饱含着沦陷时期上海市民生活的困窘与辛酸。散文以细腻入微的笔触将轧米过程中作者作为一个读书人与自己面子的斗争、与体力的斗争逐次写来,让读者如同身历,亲切实在,顿生感同身受之慨。周炼霞的《露宿》写女友讲述亲见亲闻的"露宿"事件。文中的露宿之苦,及以"露宿"轧票换取钱财的怪现状,因为口语化的讲述,绘声绘色、活泼流转,原本沦陷生活中的常见琐屑之事落到了生活的坚实地面,在动荡生活之苦的叙述中见出别致的风趣。同样是以纪实手法出之而构思更为巧妙的是平襟亚的《网中杂记》。据散文开篇的交代,这篇杂记是根据一个被困在网中的友人从阳台上扔给他的日记摘录而成。这种手法自然是出于沦陷情境中为避日伪检查和控制之祸而为之,而在同时，这种手法的采用也突出了这篇杂记内容上的真实性、切身性和实录色彩。作品借此手法相当真实地通过春节前夜博取压岁钱、邻家之犬、人兽相食等辛酸乃至惨烈的情景，尖锐地揭示了被殖民民族的苦痛，不仅是心理、精神上的，也是生活、肉体上的，辛辣地讽刺、批判了战争所带来的人类悲剧和人性裂变，展示了战争的非人性、反人性本质和由战争所引发的肉体摧残和心理创伤。

后期《万象》同样以写实性的手法，从底层、民间的立场，摄取民众和知识分子生活的种种，留下了40年代上海的平民生活影像。王仲鄂的《卧病杂记》写自己在简陋、嘈杂的石库门屋中卧病半年的"如囚犯一般寂寞和忧郁的生活"。一种抒情式叙事的文体，具有较强的实录性质，对自我、环境等各方面的病中生活进行了较为细致的描写。而叙事又是在浓郁的抒情氛围中完成的，那些个人化的生活细节，在作者的笔下，充满了烦躁疲惫、愁苦伤心的情感。从徐翎的《生之寂寞》中"负米人""测字者""卖报的"的小标题，就可以看出作者对辗转于城市底层，在生活的边缘处讨生活的小人物的关注与同情。伴雪的《北国杂记》[①]则有着详细的上海市民因肺病死亡的记录。

第二节　纪实性：《万象》散文文体美学（二）

《万象》散文的纪实性美学特征集中体现在通讯、特写、报告和游记等文体中。通讯特写是《万象》抗战文艺的形式之一。陈蝶衣在《万象》第2年第7期的《编辑室》中倡言特别欢迎"大后方的游记"和"侧重于报告文学及研究型的理论文字"[②]。但仅有胡丹流《旅渝杂诗》、低眉人《征途杂记》、吴观蠡《西行心印录》等少量游

[①]　伴雪：《北国杂记》，《万象》第3年第2期，1943年8月1日。
[②]　陈蝶衣：《编辑室》，《万象》第2年第7期，1943年1月1日。

记文字刊载。

直到柯灵接编后开设了"竹报平安""履痕处处"等栏目,大后方和沦陷区的情况才向幽闭的上海沦陷区读者敞开。《万象》通过通讯、游记、短讯等"纪实"报告的形式,一方面,客观地描摹上海以外地区的生活世态,报道各地沦陷的惨状惨情。另一方面,通过建立与大后方和抗日根据地作家、读者之间的联系,把刊物的生存和影响空间,把读者的视野,拓展到沦陷区以外的广阔天地。这种"纪实性"通讯写作,显示了在民族危机中坚守民族立场和文学阵地的新文学阵营的整体性存在。

"履痕处处"是一个散文游记栏目。柯灵说,这"虽只是纸上烟云,但所写的又并非'春景'","我们希望能使读者开拓一点胸襟","也算是春天的点缀"。① 黄裳的游记散文《锦城十日》写1943年10月成都的"隐晦",《白门集》写1943年11月的南京"风沙蔽天",街道凄凉,商业凋零。借助风景的描绘、文化活动的书写,这篇游记散文展示着战争带来的慌乱、凄凉和伤痕。虽曰游记,其实发挥了通讯特写的优长,对战争时期民众的生活给予了忠实的记录。伴雪的《华北通讯》写京津地区贫民的畸形生存。王小竹的《风雨沧桑话平湖》记录战后平湖一带的屋荒现象。徐开磊的《生财有道的单帮商》则对上海沦陷时期产生的穿越封锁线,冒险贩运物资的特殊群体——单帮商做了细致深入的调查,以特写的形式记下来这一庞大群体的贩运网络,写了他们辛苦恣睢而又有着精明手腕的生存状态,留下了沦陷时期由单帮商生产出来的时代氛围和人情世故的影子。

《万象》通过自己在桂林、重庆、汉口、杭州、苏州、北平、天津等地的通讯员,发表了大批反映当地生活的纪实性散文。一些著名作家参与了通讯活动,如芦焚、丁玲、沈从文、李健吾、范泉、郭绍虞、王仲鄂、唐弢、黄裳等都撰写了大量报告当地生活的纪实性文章。

---

① 柯灵:《编辑室》,《万象》第3年第10期,1943年4月1日。

黄裳是《万象》通讯的重要作家。《风沙寄语》《闲话重庆》是其发表于《万象》的最有影响的两篇通讯。前者以从容不迫的文笔写古都北平，着力渲染北平的特殊城市氛围，写风沙扑面的战争环境中北平的生活景观，表现了古都深厚的生命力量和陈旧的历史的重负。后者是《万象》"特约的通信，黄裳先生文字轻灵动人，其蕴有一种极其醇厚的幽默味"，"本文谈成都食道一类琐事，有'信手拈来，都成妙谛'之感"。[①] 黄裳另有《山城掇拾》写山城小镇茶馆风光之可爱与市集之热闹，兼有舒湮《董小宛》上演之艺坛近事之介绍；《巴山寄语》则讲述重庆之种种文化活动。黄裳的北平、重庆通讯之外，尚有沈从文的《自滇池寄》写在边地云南乡下种地的平凡生活，并报告了李广田、李健吾、冯至等作家的状况，又表明他们都担心其他作家的安危。丁玲的《幽居小简》则是"一封历史性的通讯，可以体味出一位被迫'幽居'者的心境"[②]。在散文中，丁玲虽然与世隔绝，但精神"尽向远处飞，尽向高处飞"，并且"我一定赶快写一篇文章给他们"，表示自己仍然健在且与同道进行精神交流。低眉人的《征途杂记》叙写浙东商场遭爆炸及物价飞涨的惨状。高岑的苏州通讯《天堂哀歌》描写日伪统治下的苏州的一位尚未成年的卖花姑娘，为了换取最低的生活费，竟学会了娼妇卖淫般的媚笑。杭州通讯《西湖的风雨》描写了在杭州畸形繁荣的娱乐、电影和三轮车"事业"。

徐开垒的《上海的工厂区》运用特写的手法，对上海工厂区分布的区域性特征和工人的日常生活状况，进行了详尽、客观的描述，尤其是通过调查统计数字着重分析了各工厂工人们的食量及其吃饭费用、工厂区的发病率、疾病的种类等，揭示了作为沦陷区的上海能够依然繁华是建立在对工人的生活和生命的榨取之上的事实，展现了沦陷区底层社会没有基本生活保障、严重营养不良、贫病交加的日常生活状况。

[①] 柯灵：《编辑室》，《万象》第3年第6期，1943年12月1日。

[②] 同上。

第三节　趣味性：《万象》散文文体美学（三）

在沦陷区上海的压抑苦闷中，市民颇需娱乐放松，当时流行的是以市民的日常生活意识消解严肃精英文化中内含的庄严感。在第 1 年第 3 期的《编辑室》中，陈蝶衣说："我们将竭力使内容趋向广泛化、趣味化，避免单调和沉闷。"在分类出售《万象》汇编时，也是以"趣味盎然"相号召。

文学中的"趣味""是教育群众的，提高群众的，为了使人了解或发生趣味，不妨略加一点趣味……不过，决不是止于'趣味'，或更是'不足取的趣味'"①。《万象》的散文既有着引人入胜的风趣笔调，又有着很强的现实感，包含着体察生活的熨帖与亲切。散文的作者与读者之间有着一种市民身份的沟通，前者在以市民的身份与读者感同身受，集体经历着战时岁月和动荡人生。因此，《万象》散文的趣味，基本上都能达到乐而不淫、谑而不虐的境地。有生动活泼之致，无矫揉造作之态，放得开收得拢，妙趣自然天成。这一趣味透着现代市民的精气神，是戏谑性的情绪发泄，也是通俗文人对于以往的通俗趣味在 40 年代的一个提升。在反映现实题材作品中，与新文学的普遍以严肃、激昂、悲愤为基调的倾向不同，《万象》以诙谐、活泼、放恣的趣味而别具一格。

《万象》散文的趣味性，也有不同的风格侧重。

第一，文人雅士趣味。秋翁《秋斋夜读抄（八则）》以八则简短的诗抄兼评连缀成篇，或以简短记叙作者创作背景开篇，或以介绍作者气质性情开篇，或以相关诗作引出话题，灵活自如，夹叙夹议，颇有笔记遗风。赵景深《银联曲叙记》以银联曲社的三次同期为中心事件，记叙昆曲组的种种演出活动及人事，记事、写人为主，辅以简短

---

① 予且：《通俗文学写作》，《万象》第 2 年第 5 期，1942 年 11 月。

的评议，内在地紧扣昆曲艺事，颇具丛谈特色，可作为昆剧史料之一脉，由此亦以窥见现代昆剧之演化灰线。蒋化鲲《作家剪影》是一幅幅简短的作家印象记，作家抓住许钦文、鹿地亘、辛儿、厂民四位中外作家具特征性的印象和细节，简笔传神地勾画出了作家们的穿着打扮、音容笑貌和个性特征。秋翁《岫云和尚》是一篇人物传记散文。以无锡名士廉南湖为传主，随意开笔写去，性情、家庭、家世、交游、书法、藏书藏画，如此等等，各有涉及，尤其突出了传主急公好义、风流洒脱、不拘形迹、侠肠高义等个性、品格特征，借此抒发"帆影依然，园花失色"，"木犹如此，人何以堪"的沧桑喟叹。

此外，《万象》在编辑上还就学人雅士的阅读趣味有所针对。从第1期开始，几乎每期都刊有学术方面的考证文章，如魏如晦《"碧血花"人物补考》《太平天国史料钩沉———校本独秀峰题壁诗》，以及五幕话剧《牛郎织女传》，主要是抗日高潮背景下的历史考证文字以及话剧的兴起。此类文章尚有徐文滢《民国以来的章回小说》《"红楼梦考证"的商榷》，谭正璧《"梅花梦"人物考》《〈醉翁谈录〉所录宋人话本考》《绛云楼韵话》等，周贻白《"鼎峙春秋"与旧有传奇》等。郑逸梅的考证文章更是贯穿《万象》整个创办时期。其他还有以问题讨论形式展开的，如《哪一种戏剧是我们的国剧？》《电影摄制权与著作权》等，征邀专家学者撰文讨论。此类考据、史料钩沉文字既提升了刊物的文化品位，吸引了精英读者群的参与，又在某种程度上促进了学术的普及。

第二，市民趣味。在殖民文化专制空间中，以市民的精神需求为依托，《万象》致力于曾在新文学发展中处于边缘位置的市民话语的建设，"安慰和鼓舞他们被日常忙迫的工作弄成了疲倦而枯燥的生活"[①]，也是明智的选择。

周炼霞以被《万象》编者所称道的"女艺人之笔"成为杂志的一个重要作者。在散文的市民味上，她将自己表现在仕女画风中的柔丽雅致、温婉恬淡一转而为活泼流转，以及女性细针密缕一般的生活

---

① 陈蝶衣：《通俗文学运动》，《万象》1942年10月号。

真实,"将极琐屑的事也写得十分风趣",表达沦陷下的动荡之苦。平襟亚将民间世俗乐趣点化超凡,隐喻抗日的意志。平襟亚以网蛛生化名发表的《自然界的战士——蟋蟀》写蟋蟀相斗,但不是寻常的花鸟鱼虫"趣味",而是在依着生命本能搏杀的虫儿蟋蟀身上,赋予人格化的投射,将蟋蟀赋予"战士"这一人格力量来写,寄托着作者鲜明的救国情怀。

《万象》散文中充满情趣和对现今的感慨。这是在世俗生活的描写中实现的,其看取生活的立场,不是冠冕堂皇的豪言壮语,而是有着市民的清醒的现实主义。

第四节　批判性:《万象》散文文体美学(四)

如前所述,前期《万象》因其执笔者多为旧派文人,长期以来被视为"休闲文学刊物""鸳鸯蝴蝶派刊物"。对此,陈蝶衣是决然否认的:"对于所谓'鸳鸯蝴蝶派',实在是很隔膜的。"他在1942年10月号的《通俗文学运动》中对刊物的编辑取材有一个切实的评价:"我们无时不在力求改进,无时不想向读者提供时代知识和灌输常识,即使因为格于环境,不能正面批判现实,但指摘不合理的社会现象,在所有的作品中也是随在可见,而且成为唯一的主题。总之,我们不希望《万象》成为有闲阶级华丽的客厅中的点缀品,反之,则宁愿它辗转于青年学子和贩夫走卒之手。"

在民族危亡时刻,传统文人的气节,民族意识的萌发,被殖民环境中国人自身的不顾廉耻、囤积居奇、搜刮百姓、大发横财的现实,使《万象》散文作家延续和发展了新文学的现实忧患意识和忧国忧民情怀。这与鲁迅的"一要生存二要温饱"的民生追求,与时刻警醒国人反省自身以达"立人""立国"的民族现代化设想是相通的。因此,《万象》散文不仅是沦陷区上海市民文化文本,也是知识分子文化文本。在《万象》散文中流贯着鲁迅的精神血脉和气息。尤其是

1943年7月柯灵接任主编后，小说的分量有所减轻，而增加了散文和杂文的内容。

在杂文几乎绝迹的上海沦陷区，在柯灵主编《万象》月刊时期开辟了"万象闲话"，提倡作家打破万马齐喑的沉默，重新拿起杂文的战斗武器，发挥杂文的战斗作用。鉴于严密的文网钳制，杂志并未直接名以"杂文"而是以"闲话"相称。而这些杂文风格的"闲话"，在沦陷区的言说情境下迂回作战，不仅表达文人的思想情感，而且也起到了抨击时弊的作用。"闲话"的形式则显示了包括各种类型的灵活性："这一栏，我们想包容各种形式的短文，如杂感、随笔、漫谈，乃至絮语式的散文，兼收并蓄，在内容上希望做到亲切有致，有如'雨窗促膝，谈笑风生'的那种境地，片言只语，零思断想，都不妨写出来，以博一粲。"① 此栏以"不满意的话"为特点的杂文为主要内容，在当时被称为"匕首"和"投枪"②。栏中所刊载的杂文短小、精悍，其语言精练，如"我们日常生活中不大文明的习性，都成了异邦漫画家讽刺的对象"③。又如"在中国，无论什么笑话，一讲到底，总是有泪的悲剧"等尖锐而又精辟的论断，加深了刊物的思想内涵。除了杂文风格的创作外，在该栏中还有和风细雨式的"闲谈"，作者们用轻松幽默的语言，调侃的语调倾诉生活感悟。多种风格的作品集合在一个文学场域中，尽显该刊独特的开放兼容编辑风格。

《万象闲话》开栏于第3年第1期。首篇是方城的《麻将哲学》，从分析上海的"麻将成风"现象出发，由麻将打法的"吃碰和"说起，表面谈的是打麻将的技术，实质上讽刺的却是汉奸鼓吹的"和平主义"，以及市民处心积虑追求名利的做人哲学——"高窜暴发""边爬边跨""严守壁垒"，一旦成功，即怡然陶然，不胜快活。《万象》杂文笔锋所指，或过于实际，自私刻薄；或饱食终日，荒淫无耻。第3年第3期萧玲的《广告索引》，由报纸所登载的广告内容来"索引"

---

① 柯灵：《万象闲话》，《万象》第3年第1期，1943年7月。
② 杨幼生：《侵略者鼻子底下的战斗——回忆柯灵同志编〈万象〉》，《上海师范大学学报》（哲学社会科学版）1981年第1期。
③ 柯灵：《万象闲话》，《万象》第3年第2期，1943年8月。

上海情况，对市民沉浸于吃喝玩乐的现象进行有力讽刺。徐翎《掘井前后》可谓批判国民中为了自己利益钩心斗角的代表作。因为限制用水，在20世纪40年代的上海弄堂凿了许多的井。作者围绕着上海弄堂出现的这一新事物，将由井而产生的新的人事问题，当作一个"小的上海"来写。刘家女人为小事和丈夫闹翻要"跳井"，弄堂里的人和保甲长都出来阻拦，但他们不是从救命出发，而是考虑掘井的"那些钱，刘家小子他赔得出吗"，还"笑着说"，"井是大家的，你不能专用"。这就使跳井行为，成为典型的黑色幽默。从人性的健全出发，作者讽刺了逼迫人难以生存的社会，以及对自我没有丝毫反省、任凭在其中堕落的人。陈钦源的《作文与做人》批判周作人的附逆，因表露较为直露，被审查机关一连打上12个"×"号，作者看到后，表示："我自己也看不懂啦！"严谔声（讷厂）发表了八篇《闲话》借古讽今，旁敲侧击，含未尽之意于言外。匡沙的《仇世杂笔》以感伤的笔触，写了战争中因为族人对故乡老屋的破坏，而造成外姓人更为肆虐的摧毁。当"我"仆仆风尘回到久别多年经历战乱的老屋，于细雨飘洒中所见的只是"满目蓬蒿，已把堆得高高的瓦砾掩盖下去"。而眼前只剩一堆瓦砾的老屋，并非毁于敌人的炮火，却是族中人所引起的，"正因为家人漂流异乡，就有族中的人假冒名义来盗卖"，在这之后，"旁人看了，也就胆大起来，拆砖运瓦，动门窗板壁，至于室中的家具箱柜，自然也就移名换姓。房子剩了空壳，楹柱脚不久也完了，最后连石板都卖光"。文章结尾喟叹："小事如此，大事也如此；家事如此，国事又何尝不如此。"

《万象》第3年第4期的插页是堀尾的《鲁迅写像》。这一幅鲁迅像，在眉毛眼睛鼻子方面都有些滑稽的点墨笔法，但同时又有着线条的力度，下颌宽大，有向下拉动的力度，额头横着几缕皱纹，使面容气度凝重忧患。在鲁迅像的右下方还画着很小的一个形容猥琐的国民像。这显然寓意着鲁迅对国民性的批判与忧思。这一幅鲁迅像正与《万象》批判国民性精神相得益彰。在经历"孤岛"之后的沦陷区上海，柯灵延续、发展了鲁迅"改造国民性"的启蒙传统，使之在前期的社会现象批评基础上，于"国民性"的烛照中更见深度。

值得一提的是平襟亚的杂文。平襟亚不仅为《万象》的发行人，也是刊物最积极踊跃的执笔人，仅在《万象》发行的前两年里，他就以本名和"秋翁""网蛛生"的笔名发文达三十余篇，其中部分是仿鲁迅《故事新编》体例的，共十三篇，其余多为随笔性质的《秋斋笔谈》《秋斋说笑》等，都有着描摹现实针砭时弊的批判精神。

平襟亚的杂文、随笔，笔致灵活，有的是以夸张的故事来讽刺。《自谳》以夸张的笔墨，回顾了他曾以三天之力写出一部十万字《清朝九十六女侠传》的经过。通过这个极度夸张的故事，作者对于当时文坛粗制滥造、骗取读者钱财的市侩行为，给予尖锐的揭露与抨击。有的则是以旁敲侧击的方式抒发愤懑。《答或询》以奇妙的构思，预示了日寇必从"三十三天玉皇大帝上清宫之屋顶"，"踬于十八层黑地狱之井底"的命运，意味颇为隽永。有的以巧妙的暗喻来寄托忧思。写于1943年元旦的《新年的惆怅》，将辛亥以来的"民国"比作成长中的人，对中国的情况作了十分形象的描绘："今天是中华民国三十二岁的诞辰，该替它穿起新衣来，受四万五千万人民的庆祝。可是它三十二岁的身躯，为了先天不足后天失调的缘故，瘦怯得不成人样，穿著新衣，有些弱不禁风飘飘然的神气。"讽喻中国自"民国"以来遭受的内伤和外侮。接着巧妙地以"龙"为线索，写现实的黯淡和对民族前途的担忧。由新年里表示节日气氛的龙灯自然起笔，联想到轧米的"长龙"，继而担忧未来中国"死蛇"的命运，以"龙"为喻，且在同一喻体运用上不断地转换意义，与上海沦陷区的现实联系起来，在意义的表达上由转折到递进，其在隐晦曲折与尖锐讽刺的结合上可谓技巧高超。此文在大的设喻中，又套进小的一层，将民国三十来年的命运与当时被日伪统治的情况，和自己的担忧愤懑之情，隐晦而有力地表达出来。

关于鲁迅杂文议论的风格，姜振昌指出："鲁迅杂文的议论虽然也直接阐发某种深刻的道理，却不推理，不是揭示主题思想的结论性文字，而是帮助人们从局部理解通向主题把握的艺术成分，它靠着委婉曲折、微妙精巧的笔致，所给予读者的大都是暗示性的启发或影响。"① 平襟亚的杂文，在以"曲张力"艺术讽刺现实的精神上，是与鲁迅开辟的杂文传统相通的。

曹聚仁曾说："战争期中国文艺的衰落是必然的，但到那时或者会有一种新的东西——'新的文艺之花'代之而起，这'新的文艺之花'将和过去的纯文艺或带政治宣传作用的文艺不同，它是综合新旧文艺，兼采新旧文艺之长，而为一般大众所喜爱的。"②《万象》散文正是这样一朵"新的文艺之花"，它艰难而执着地在战火和硝烟中传递着精神的火炬。

---

① 姜振昌：《议论的"曲张力"与鲁迅杂感文体的艺术特征》，《文学评论》2004年第5期。

② 陈蝶衣：《通俗文学运动》，《万象》第2年第4期，1942年10月。

第十章

《论语》等与小品文

20世纪30年代是中国散文的繁荣和丰收期，而其中最引人注目的是小品文创作，故有人将1934年称为"小品文年"。20世纪30年代初，周作人创办《骆驼草》，提出"文学无用"论，坚持"言志"的文学主张。林语堂则先后创办《论语》《人间世》《宇宙风》，开辟"论语""我的话""幽默文选""西洋幽默""雨花""古香斋""群言堂""月旦精华""半月大事记"（《论语》）、"小品文选""今人志""山水""读书随笔"（《人间世》）、"姑妄言之"（《宇宙风》）等专栏，极力提倡闲适、幽默的小品文。以此为契机，小品文成为风靡一时的散文文体样式。

第一节 《论语》与幽默小品

《论语》于1932年9月16日创刊于上海，半月刊，16开本，每月1日、16日发行，由上海时代书店出版，林语堂主编。第27期起改由陶亢德主编。第85期起改为郁达夫、邵洵美二人共同主编。邵洵美实际负责。第106期起署"文字编读邵洵美"。第110期起，"文字编读"又增林达祖一人。1937年8月1日出至第117期，因抗日战争爆发停刊。1946年12月1日复刊为第118期，仍由邵洵美主编，至1949年5月16日停刊，前后共出版177期。

《论语》杂志是以都市知识群体为潜在读者群来定位的，内容涉及时事评论、社会新闻、文化动态，也有文学创作和译作。它沿用的是综合性杂志的路数，但办刊宗旨却十分明确，即倡导批评文化和自由思想，《论语社同人戒条》中有"不评论我们看不起的人，但我们所爱护的，要尽量批评（如我们的祖国，现代武人，有希望的作家，及非绝对无望的革命家）"，"不拿别人的钱，不说他人的话（不为任何方作有津贴的宣传，但可作义务的宣传，甚至反宣传）"，"不附庸风雅，更不附庸权贵（决不捧旧剧明星，电影明星，交际明星，文艺明星，政治明星及其他任何明星）"等语。这份声明，连同杂志刊载的文章，表明《论语》寻求的是一种与革命文学保持距离，而又绝不做权势者附庸的自由主义立场。而其中内含的批评意识和对自由思想的倡导，以及对文学庸俗化、商业化的拒绝，也隐含着论语社同人的社会启蒙理想。只不过，林语堂和论语社同人们所期望的启蒙方式已经不再是"五四"时代的那种知识分子精英的宏大语话方式，而是面对复杂的政治文化、商业文化，在二者共同构成的文学场上，重新调整自身话语策略的结果。这种结果就是以旁敲侧击的方式进行社会时政批评，以拉拉杂杂的方式传播新思想的个人话语。

　　曹聚仁认为，《论语》创刊"是《语丝》停刊以后的文坛一件大事"，标志着"言志派的兴起"。[①] 在苏雪林看来，《语丝》是"在那火辣辣时代里提倡'闲适'和'风趣'，以自由思想标榜的文艺刊物"，而《论语》"可说是由《语丝》的'个人主义''情趣主义'一个道统传衍下来的，不过更加一个大题目，便是'幽默'的提倡"。[②]《论语》也确以"提倡幽默文字为主要目标"[③]，那么，它的"幽默"是什么呢？

　　首先，幽默是同情的、温厚的、冲淡的、谑而不虐。陈叔华认

[①] 曹聚仁：《言志派的兴起》，《文坛五十年》，东方出版中心1997年版，第267页。
[②] 苏雪林：《〈语丝〉与〈论语〉》，《苏雪林文集》第3卷，安徽文艺出版社1996年版，第381、383页。
[③] 本社同人：《我们的态度》，《论语》第3期，1932年10月16日。

为："幽默是基于同情的，哪怕外表是憎，但内骨子还是爱。"① 王鹏皋认为："幽默不但是使人能生一种悠然肃然之感，有时竟能使人在'会心的微笑'中不知不觉的掉下辛酸的泪来。"② 相比之下，林语堂对幽默内质的理解更加精细，也更富有层次感。他首先区别幽默与谩骂及讽刺的关系："讪笑嘲谑，是自私，而幽默却是同情的"；"其实幽默与讽刺极近，却不定以讽刺为目的。讽刺每趋于酸腐，去其酸辣而达到冲淡心境，便成幽默。欲求幽默必先有深远之心境，而带一点我佛慈悲之念头，然后文章火气不太盛，读者得淡然之味。幽默只是一位冷静超远的旁观者，常于笑中带泪，泪中带笑。其文清淡自然，不似滑稽之炫奇斗胜，亦不似郁剔之出于机警巧辨。""幽默是冲淡的，郁剔讽刺是尖利的"③。幽默也不同于俏皮："俏皮到了冲澹含蓄而同情境地，便成幽默"④。而"最上乘的幽默，自然是表示'心灵的光辉与智能的丰富'，如麦烈蒂斯氏所说，是属于'会心的微笑'一类的各种风调之中"⑤。幽默包含着同情、睿智与冷静的超脱，它"和缓恰当"，又不失却"忠厚之本意"⑥。

接下来的问题是：如何在"同情"与"超脱"间把握好尺度，也即如何把握幽默的分寸。林语堂认为："我们读老庄之文，想见其为人，总感其酸辣有余，湿润不足。论其远大遥深，睥睨一世，确乎是真正 comic spirit 的表现。然而老子多苦笑，庄生多狂笑，老子的笑声是尖锐的，庄生的笑声是豪放的。大概超脱派容易流于愤世嫉俗的厌世主义，到了愤与嫉，就失了幽默温厚之旨。屈原、贾谊，很少幽默，就是此理。因谓幽默是温厚的，超脱而同时加入悲天悯人之念，就是西洋之所谓幽默，机警犀利之讽刺，西文谓之'郁剔'（Wit）。反是孔子个人温而厉，恭而安，无适，无必，无可无不可，近于真正

---

① 陈叔华：《幽默辩》，《论语》第 79 期，1936 年 1 月 1 日。
② 王鹏皋：《论幽默》，《论语》第 77 期，1935 年 12 月 1 日。
③ 林语堂：《论幽默》（上），《论语》第 33 期，1934 年 1 月 16 日。
④ 林语堂：《编辑后记》，《论语》第 3 期，1932 年 10 月 16 日。
⑤ 林语堂：《论幽默》（下），《论语》第 35 期，1934 年 2 月 16 日。
⑥ 林语堂：《编辑后记——论语的格调》，《论语》第 6 期，1932 年 12 月 1 日。

幽默态度。"① "超脱而同时加入悲天悯人之念",林语堂所谓"西洋之所谓幽默"也即他对"幽默"的本体性把握。因此,他提出:"幽默只是一位冷静超远的旁观者,常于笑中带泪,泪中带笑。"②

幽默的前提是"性灵之解脱"③和"智慧"④,幽默来自自由的心灵,从这个意义上,林语堂崇尚道家的自然与无为。他激烈抨击中国传统经世致用的文学,认为这些"廊庙文学""算不得文学",崇尚自然的道家,认为道家才产生出文学:"具有性灵的文学,入人最深之吟咏诗文都是归返自然,属于幽默派,超脱派,道家派的。中国若没有道家文学,中国若果真只有不幽默的儒家道统,中国诗文不知要枯燥到如何,中国人之心灵,不知要苦闷到如何。"他讽刺"朝士大夫","开口仁义,闭口忠孝,自欺欺人,相率为伪,不许人揭穿"。甚至"直至今日之武人通电,政客宣言,犹是一般道学面孔。祸国军阀,误国大夫,读其宣言,几乎人人要驾汤武而媲尧舜。暴敛官僚,贩毒武夫,闻其演讲,亦几乎欲愧周孔而羞荀孟"。他认为,作文的态度应该是"不作烂调,不忸怩作道学丑态,不求士大夫之喜誉,不博庸人之欢心,自然幽默。"⑤

这种幽默观体现于文章,便是庄谐杂出,散淡风趣。林语堂认为,好的文章贵在"清淡自然","在婉约豪放之间得其自然,不加矫饰"⑥,而此"清淡文字,其味隽永,读者只觉甘美","此小品文佳作之所以为贵"⑦。也就是说,林语堂的幽默并不是只讲不正经话的油腔滑调,而是不讲酸腐话罢了,因此,他提出:"所最贵在幽默风格,于正经中杂以诙谐,闲散自然,涉笔成趣。"⑧钱仁康也认为,幽默是

---

① 林语堂:《论幽默》(上),《论语》第33期,1934年1月16日。
② 同上。
③ 林语堂:《论文》(下),《论语》第28期,1933年11月1日。
④ 林语堂:《论幽默》(上),《论语》第33期,1934年1月16日。
⑤ 同上。
⑥ 同上。
⑦ 林语堂:《文章五味》,《论语》第35期,1934年2月16日。
⑧ 林语堂:《答平凡书》,《论语》第47期,1934年8月16日。

产生"趣味的源泉",能给人带来"隽永而有深致的风味"。①

由是观之,林语堂所言"幽默",实质上是倡导一种顺其自然、与现实保持超越的人生态度,是"一种人生观","一种对人生的批评"。他认为:"幽默本是人生之一部分,所以一国的文化,到了相当程度,必有幽默的文学出现。人之智慧已启,对付各种问题之外,尚有余力,从容出之,遂有幽默——或者一旦聪明起来,对人之智慧本身发生疑惑,处处发见人类的愚笨,矛盾,偏执,自大,幽默也跟着出现。"② 按照林语堂的说法:"盖幽默之为物,在实质不在皮毛,在见解不在文字,必先对社会人生有相当见解,见解而达于'看穿'时,幽默便自然而来。"③ 在这里,能否"看穿"不好做穿凿的理解,但"对社会人生有相当见解"中显然包含着对思想之深刻性的重视。这点在钱仁康那里,就体现为对专制制度和权威的颠覆与解构:"在专制时代,臣子谏君王都用幽默法;盖适当的幽默手段,可以攻破帝王的威严,使胁迫的空气化为乌有,而帝王自身也遂感染得幽默的同情的态度。"④

既然"幽默"是一种人生态度、人生境界,林语堂遂将"幽默"看作民族素养的标志:"没有幽默滋润的国民,其文化必日趋虚伪,生活必日趋欺诈,思想必日趋迂腐,文学必日趋干枯,而人的心灵必日趋顽固。其结果必有天下相率而为伪的生活与文章,也必多表面上激昂慷慨,内心上老朽霉腐,五分热诚,半世麻木,喜怒无常,多愁善病,神经过敏,歇斯的里,夸大狂,忧郁狂等心理变态。"⑤ 也因此,林语堂的"幽默"具有反传统的道学和礼教的"解构"意义:"幽默看见人家假冒就笑。所以不管你三千条的曲礼,十三部的经书,及全营的板面孔皇帝忠臣,板面孔严父孝子,板面孔贤师弟子一大堆人的袒护,推护,掩护,维护礼教,也抵不过幽默之哈哈一笑。只要

---

① 钱仁康:《论幽默的效果》(上),《论语》第45期,1934年7月16日。
② 林语堂:《论幽默》(上),《论语》第33期,1934年1月16日。
③ 林语堂:《又与陶亢德书》,《论语》第48期,1934年4月1日。
④ 钱仁康:《论幽默的效果》(上),《论语》第45期,1934年7月16日。
⑤ 林语堂:《论幽默》(下),《论语》第35期,1934年2月16日。

他看穿了你的人生观是假冒的,哈哈一笑,你便无法可想。"① 徐訏也认为:"如果是社会上用种种传统的习惯不让人民有幽默,这个社会上的人就会变成懒惰,苟且,麻木的。中国的幽默被礼教与皇道所伤害,所以思想界只有一个'真命天子'了。""现在,中国的一切实在太照旧了,看这幽默的空气,是否能把这假正经所掩埋的聪慧触动?"② 由此也可以看出,《论语》所提倡的"幽默",不仅是一种文章风格,也是一种批判社会弊病和痼疾的智慧的言说方式。

正是由于对幽默的极力倡导,林语堂编辑的《论语》收到了很多关于幽默和所谓幽默的稿子,但他也承认,其中质量高的稿件并不多:"收到及发表稿件,酸辣多而清甜少,亦可见幽默之不易。然五味之用,贵在调和,最佳文章,亦应庄谐并出。一味幽默者,其文反觉无味。"③

林语堂在《我们的态度》中写道:"《论语》半月刊以提倡幽默文字为主要目标,很引起外间的误会,犹如幽默自身就常引起国人的误解……有人认为这是专载游戏文字,启青年轻浮叫嚣之风,专作挖苦冷笑损人不利己的文字。有人认为,这是预备出新《笑林广记》供人家茶余酒后谈笑的资料。有人认为幽默即是滑稽,没有思想主张的寄托,无关弘旨,难登大雅之堂。"④ 林语堂以为这些都是"误会"。"误会"的成分肯定是有的,但"误会"的造成,部分地导源于《论语》的倾向也是无疑的。

林语堂及《论语》所提倡的"幽默"理论,其创作的小品文,并非油滑诙谐的游戏文章。它既非匕首投枪、横眉立目的左翼文字,也非高雅严肃的纯文学,而是在言论自由严重匮乏的情境中,借助现代传媒的社会文化功能,以合法的方式进行反讽性/反抗性言说,以独特的话语方式和写作策略,拓展有限话语空间的一种不无意识形态色彩的美学实践。《论语》的幽默小品充分体现着市民文化的实用理

---

① 林语堂:《幽默杂话》,《晨报副刊》1924年6月9日。
② 徐訏:《幽默论》,《论语》第44期,1934年7月1日。
③ 林语堂:《文章五味》,《论语》第35期,1934年2月16日。
④ 本社同人:《我们的态度》,《论语》第3期,1932年10月16日。

性和市民知识分子的生存智慧与写作智慧。林氏幽默，是对严肃与崇高的充满不信任感的谐谑、嘲弄，其中包蕴着浓厚的讽刺、批评意味。如此来看，曹聚仁的评价不无道理："林语堂提倡幽默，《论语》中文字，还是讽刺性质为多。即林氏的半月《论语》，也是批评时事，词句非常尖刻，大不为官僚绅士所容，因此，各地禁止《论语》销售，也和禁售《语丝》相同。"①

在理论上，林语堂认为，讽刺"去其酸辣，而达到冲淡心境，便成幽默"，认为幽默"其文清淡自然，不似滑稽之炫奇斗胜，亦不似郁剔之出于机警巧辩"。②邵洵美也认为，幽默不同于讽刺和诙谐，因幽默不带野心而"藏着体贴与温存"，"每想达到知足常乐的境界"③。也即《论语》散文家强调幽默之从容达观、冲淡自然、温润平和的一面。但《论语》所刊小品文，也并非尽皆如此。有些能借助幽默的笔法，来含蓄地表达对现实政治的辛辣讽刺。如林语堂的《论政治病》嘲讽政客的"政治病"："……我已说过，政治病虽不可常有，亦不可全无。各人支配一二种，时到自有用处。凡上台的人，都得先自打算一下：我是要选哪一种呢？病有了，上台后，就有恃无恐，说话声音可以放响亮些。……凡要人都应该有相当的病菌蕴伏着，可为不时之需，下野时才有货真价实的病症及医生的证书可以昭示记者。"《得体文章》评国民党三中全会闭会宣言的"八股"，"文章做得太好，也就是太不好"，"说他好，是说他拟得很得体，面面周到，应该说的都说了。然而不好，就在此地，因为应该说的都说了，所以读者读了犹如未读"，"此篇所引几行，用之于三中全会固可，用之于四中全会，五中全会亦无不可"。行文看似随意，文字看似平淡，但直指问题要害。此外还有，批判封建文化和封建教育制度的，如《谈涵养》《半部韩非治天下》；把讽刺的锋芒指向共产党和左翼文坛的，如《四谈螺丝钉》《今文八弊》《临别赠言》；讽刺官僚的，如《悼张宗昌》；

---

① 曹聚仁：《〈人间世〉与〈太白〉、〈芒种〉》，《文坛五十年》，东方出版中心1997年版，第271页。
② 林语堂：《论幽默》（上），《论语》第33期，1934年1月16日。
③ 邵洵美：《一个真正的幽默作家》，《论语》第84期，1936年3月16日。

谴责横征暴敛、民不聊生的社会现实的，如《梳、篦、剃、剥及其他》等。这点正如金克木的看法："林语堂先生的文章，说也奇怪，似乎总不曾达到他自己提倡尊崇的那种'幽默'的程度（非一般所谓幽默），总嫌剑拔弩张，火气太盛，为 Satire 则有余，为 Humor 则不足。"① 其他作家，邵洵美《旧剧革命》讽刺国民政府徒具形式的虚假政改；李青崖《孔子绝根以后》讽刺党国新贵的空谈之风；章克标《退一步哲学》借国民政府在东北、华北的军事溃败，讽刺其不抵抗主义。陶亢德的"哑巴的话"专栏、《论语》的"半月大事记"专栏中的散文，也多有少闲适而多讽刺的文字与笔调。

当政治气候严峻，编者感到刊物的生存受到威胁时，也会提出"应该减少讽刺，增加无所为的幽默小品文"的要求，"不必刻意求奇不必刻意寻奇，平凡的事，只消用幽默轻快的笔调叙述得来，水到渠成，自然成趣"，体式则以"以书信式攀谈式写来，上自政治，中至社会，旁及教育交际民风民谣"，带着个人的观感和议论。林氏本人"极想用幽默笔调，做半月大事记，凡事叙述的原原本本，又能详其底蕴，真切而有意味"。② 发表于《论语》的散文很多属于"无所为"，充满闲适气味和世俗化追求的幽默小品。这类文章，题材涉猎广泛，有记游，有人物素描，也有家常闲话等平淡的话题，均突出陶情冶性的趣味。《论语》小品文更多地指向平庸凡俗的日常琐事，或从中享受日常世俗生活的乐趣，或感受生活之美且妙，体味人情物理。如，当时颇有影响的作家姚颖对其写作原则的自述："写时虽未经再三考虑，但大体有个范围，即是以政治社会为背景，以幽默语气为笔调，以'皆大欢喜'为原则，即不得已而讽刺，亦以'伤皮不伤肉'为最大限度，虽有若干绝妙材料，以环境及种种关系，不得已而至割爱，但投稿两三年，除数次厄于检查先生外，尚觉功德圆满！"③《论语》辟有"睡的专号"，其中有邵洵美的《谈睡眠》、施蛰存的《赋得睡》、俞平伯的《无眠夏夜》、味橄的《睡》等，都属于表现世

---

① 金克木：《为载道辩》，《蜗角古今谈》，辽宁教育出版社1995年版，第156页。
② 林语堂：《编辑后记——论语的格调》，《论语》第6期，1932年12月1日。
③ 姚颖：《京话序》，《宇宙风》第22期，1936年8月1日。

俗生活乐趣的小品文，均化俗为雅，传达日常生活的真实感受和意趣。《论语》尚辟有"癖好专号"，发表了赵景深的《我的癖好》、汪然的《嗜糖之乐》、靖华的《种花》等小品，说的也是吃喝穿衣、生活娱乐等生活习性，表现一种审美化的大众生活趣味。另外，金克木的《知识》专写有关"烟"的知识，鸦片、旱烟、水烟、绅士的烟斗，如此等等，不涉深刻的思想，不加价值的褒贬，但求有趣。全增嘏的《小顺子·珠儿·玛莉》写一位官商刘先生的女儿"玛莉"，从改名、考学校、跳舞到个人婚约等方方面面的生活，表现其爱慕虚荣和崇洋心理。老三的《论乡下人的三宝》，由俗谚"乡下人有三件宝：丑妻、薄地、破棉袄"入手，大发议论，贴近日常生活感受，带有浓厚的市井文化色彩。《论语》幽默小品立足都市市民文化价值观和审美趣味，重在对琐细的日常生活本相的展示，流溢着世俗乐趣和滑稽笔调，表达的既是作者一己之私见，也是作者个人性情的自然流露，其中也不乏对精英意识的消解。但《论语》小品中也有不少作品题材过于单调、单薄和琐屑，且作者缺少那种化俗为雅的从容心态和精致高雅的艺术诉求，其作品格调难免流于低俗和油滑。关于这一点，鲁迅的看法最切中要害，也最具代表性。他在致《论语》编者陶亢德的信中，尖锐地指出："《论语》顷收到一本，是三十八期，即读一过。倘蒙谅其直言，则我以为内容实非幽默，文多平平，甚者堕入油滑。"[①] 在给郑振铎的信中，再次谈道："此地之小品文风潮，也真真可厌，一切期刊，都小品化，既小品矣，而又唠叨，又无思想，乏味之至。语堂学金圣叹一流之文，似日见陷没，然颇沾沾自喜，病亦难治也。"[②]

[①] 鲁迅致陶亢德信，1934年4月1日，《鲁迅全集》第12卷，人民文学出版社1981年版，第369页。

[②] 鲁迅致郑振铎信，1934年6月21日，《鲁迅全集》第12卷，人民文学出版社1981年版，第466页。

第二节 《人间世》《宇宙风》与性灵散文

《论语》侧重于"幽默"的提倡,《人间世》《宇宙风》则侧重于性灵文学的提倡。而在人生态度和文学理想上,三者又具有一致性。

《人间世》是林语堂继《论语》之后创办的第二份杂志。1934年4月5日创刊于上海,每月5日、20日出版,由上海良友图书印刷有限公司发行。编辑为徐訏、陶亢德,主编为林语堂。停刊于1935年12月20日,前后共发行42期。这是一份纯粹的小品文半月刊,林语堂在这里倡导"闲适""性灵"的小品文。

《宇宙风》1935年9月16日在上海创刊。林语堂等主编。初为半月刊,后自51期至66期改为旬刊,自67期起复改为半月刊。每月1日、16日出版,由宇宙风社发行,编辑为林语堂。1947年8月停刊,共出152期。

林语堂等人反对文学载道,尤其反对文学附庸于政治。"程朱载道,子瞻言志。小品文所以言志,与载道派异趣,故吾辈一闻文章'正宗'二字,则避之如牛鬼蛇神。"[①] 他在《宇宙风》发刊词《且说本刊》中明确声明文学"不必革命","不必做政治的丫环","吾人不幸,一承理学道统之遗毒,再中文学即宣传之遗毒,说者必欲剥夺文学之闲情逸致,使文学成为政治之附庸而后称快,凡有写作,猪肉熏人,方巾作祟,开口主义,闭口立场,令人坐卧不安,举指皆非,右袂不敢谈,寝衣亦不敢谈,姜酱更不敢谈,若有谈食精脍细者,必指为小市民意里奥罗基(bourgeois ideology)而怒骂之。做人如此,只好退入蜗牛壳。这只是思想未成熟青年一斑之见,欲以一主义独霸天下,以一名词解决人生一切问题。殊不知人生不如此简单,可尽落你

---

① 林语堂:《谈小品文半月刊》,《人间世》第4期,1934年5月20日。

名词壳中。文学亦有不必做政治的丫环之时。故此文学观吾无以名之，名之曰'不近人情的文学观'。其文不近情，其人亦近情。人已不近人情，何以救国？""今人抒论立言文章报国者滔滔皆是，独于眼前人生做鞋养猪诸事皆不敢谈，或不屑谈，或有谈之者，必詈之者为不革命，为避开现实，结果文调越高，而文学离人生愈远，理论愈阔，眼前做人道理愈不懂。这是今日不新不旧不东不西不近人情的虚伪社会所发生的虚伪文学现象，而《宇宙风》之所以刊于世。"①《人间世投稿规约》则规定稿件"涉及党派政治者不登"②。他们对在文学里空谈"救国"之策尤其不满，讽刺文人对国事"关心愈切而疮痍愈深，文调愈高而国愈不可救"③，认为"中国将来要进步是要这样进步的——不在政治上，而在普遍社会上努力"，"我们不希望大家高谈阔论，只希望大家将手头的事做好，社会上各种事业有改进的现象"④。

　　《人间世》提倡"以自我为中心，以闲适为格调"⑤的性灵文学。《宇宙风》则"以畅谈人生为主旨，以言必近情为戒约；幽默也好，小品也好，不拘定裁；议论则主通俗清新，记叙则取夹叙夹议，希望办成一合于现代文化贴近人生的刊物"⑥，因为，"原来文学之使命无他，直叫人真切的认识人生而已"⑦。

　　林语堂创办《人间世》时，在《发刊〈人间世〉意见书》中集中地直接地宣告了他的主张。他认为："十四年来中国现代文学唯一之成功，小品文之成功也。创作小说，即有佳作，亦由小品散文训练而来。"对于小品文，林语堂有着自己的解释："盖小品文，可以发挥议论，可以畅泄衷情，可以摹绘人情，可以形容世故，可以札记琐

---

① 林语堂：《且说本刊》，《宇宙风》第 1 期，1935 年 9 月 16 日。
② 《人间世投稿规约》，《人间世》第 1 期封底，1934 年 4 月 5 日。
③ 林语堂：《今文八弊》（下），《人间世》第 29 期，1935 年 6 月 5 日。
④ 林语堂：《所望于申报》，《宇宙风》第 3 期，1935 年 10 月 16 日。
⑤ 《发刊词》，《人间世》第 1 期，1934 年 4 月 5 日。
⑥ 林语堂：《且说本刊》，《宇宙风》第 1 期，1935 年 9 月 16 日。
⑦ 林语堂：《今文八弊》（中），《人间世》第 28 期，1935 年 5 月 20 日。

屑，可以谈天说地，本无范围，特以自我为中心，以闲适为格调，与各体别，西方文学所谓个人笔调是也。故善冶情感与议论于一炉，而成现代散文之技巧。"而"《人间世》之创刊，专为登载小品文而设，盖欲就其已有之成功，推波助澜，使其愈臻畅盛"。《人间世》所刊小品文的内容可以"宇宙之大，苍蝇之微，皆可取材。故名之为《人间世》"。作品的样式"除游记、诗歌、题跋、赠序、尺牍、日记之外，尤注重清俊议论文及读书随笔，以期开卷有益，掩卷有味，不仅吟风弄月，而流为玩物丧志之文学已也"。① 林语堂这里所标示的"以自我为中心，以闲适为格调"，张起的正是他小品文理论的旗帜。可见，以自我为中心，以闲适为格调，以幽默为本体，构成了林语堂小品文理论的三要素。

在林语堂看来，所谓文学，就是"自己见到之景，自己心头之情，自己领会之事，信笔直书，便是文学，舍此皆非文学"②。"以自我为中心"，"乃个人笔调及性灵文学之命脉，亦整个现代文学与狭义的古典文学之大区别"③。

在《论小品文的笔调》中，他强调小品文的笔调，就是"闲适笔调"或"个人笔调"，这种笔调"略如高朋话旧，私房娓语"，"笔墨上极轻松，真情易于流露"④。在《论文》中他又张扬散文的"性灵说"，以为"文章者，个人之性灵之表现"，"性灵就是自我"⑤，"学文必先自解脱性灵参悟道理始"。"知心灵无涯，则知文学创作亦无涯。""文章至此，乃一以性灵本主，不为格套所拘，不为章法所役。……是为天地间之至文。"⑥

关于性灵，林语堂有时指："一人有一人之个性，以此个性Personality无拘无碍自由自在表之文学，便叫性灵。"这种个性，"包括

---

① 林语堂：《发刊〈人间世〉意见书》，《论语》第38期，1934年4月1日。
② 林语堂：《记性灵》，《宇宙风》第11期，1936年2月16日。
③ 林语堂：《说自我》，《人间世》第7期，1934年7月5日。
④ 林语堂：《论小品文的笔调》，《人间世》第6期，1934年6月20日。
⑤ 林语堂：《论文》（上），《论语》第15期，1933年4月16日。
⑥ 林语堂：《论文》（下），《论语》第28期，1933年11月1日。

一人之体格,神经,理智,情感,学问,见解,经验,阅历,好恶,癖嗜"①;也有时指"个人的性情"和"心灵"(《生活的艺术》),有时指"笔调",有时指"风格"(《论文德》),等等。

关于"性灵"与"幽默"的关系,林语堂认为:"在性灵派文人的著作中,不时可发现很幽默的论文。"② "故提倡幽默,必先提倡解脱性灵,盖欲由性灵之解脱,由道理之参透,而求得幽默也。"③

以"自我为中心"的性灵文学主"真",强调文体与思想的解放。林语堂说:"性灵派文学,主'真'字。……国事之大,喜怒之微,皆可著之纸墨,句句真切,句句可诵。"④ 主"真",便要"打倒格套":"言性灵必要打倒格套"⑤,"言性灵之文人必排古,……亦必排斥格套,因已寻到文学之命脉,意之所之,自成佳境,决不会为格套定律所拘束"⑥,"思想之进步终赖性灵文人有此气魄,抒发胸襟,为之别开生面也,否则陈陈相因,千篇一律,而一国之思想陷于抄袭模仿停滞,而终至于死亡"⑦。

第三节 "幽默"·"性灵"·"闲适":闲话体小品

林语堂把"幽默""性灵"与"闲适"糅合起来,形成了其"以自我为中心,以闲适为格调"的散文理论,在创作实践中便是"闲话体""谈话风"散文。

性灵小品追求"闲适笔调",即一种"谈话风"的叙述。关于这

---

① 林语堂:《记性灵》,《宇宙风》第 11 期,1936 年 2 月 16 日。
② 林语堂:《小品文之遗绪》,《人间世》第 22 期,1935 年 2 月 20 日。
③ 林语堂:《论文》(下),《论语》第 28 期,1933 年 11 月 1 日。
④ 同上。
⑤ 林语堂:《记性灵》,《宇宙风》第 11 期,1936 年 2 月 16 日。
⑥ 林语堂:《论文》(上),《论语》第 15 期,1933 年 4 月 16 日。
⑦ 林语堂:《记性灵》,《宇宙风》第 11 期,1936 年 2 月 16 日。

一点,林语堂曾经做过解释:"言志文系主观的,个人的,所言系个人思感;载道文系客观的,非个人的,所述系'天经地义'。故西人称小品笔调为'个人笔调'(personal style),又称之为 familiar style。后者颇不易译,余前译为'闲适笔调',约略得之,亦可译为'闲谈体'、'娓语体'。盖此种文字,认读者为'亲热的'(familiar)故交,作文时略如良朋话旧,私房娓语。此种笔调,笔墨上极轻松,真情易于吐露,或者谈得畅快忘形,出辞乖戾,达到如西文所谓'衣不钮扣之心境'(unbuttoned moods),略乖新生活条件,然瑕疵俱存,好恶皆见,而作者与读者之间,却易融洽,冷冷清清,宽适许多,不似太守冠帽膜拜恭读上谕一般样式。"①

陈炼青将"我国小品文之不发达,佳者几寥寥无几"②的原因归结为中国人没有娓娓清谈的环境与机会。时代大潮惊涛拍岸,现代中国思想文化充满着焦虑、急躁的氛围,尤其是30年代民族危机的加深,国民党文化专制政治的加强,使现实氛围更为酷烈、峻急,正如林语堂指出的:"我生不逢辰,处此扰攘之秋,目所睹是狼藉之象,耳所闻是噪嚣之音,想国事至于此极,我同胞的心灵已经混乱了,柔肠已经粉碎了,神志已失其平衡,遂时时有颠倒梦呓之言,躁暴狂悖之行……因此国中的思想忽而复古,忽而维新;所复的是最迂腐的古,所维的也是最皮毛的新。……我国人的神志既然这样纷乱,自然早已失了中国文化所重'事理通达,心地和平'的精神。"置身此时此境,林氏所憧憬的"使人生达到水连天碧一切调和境地"的"文化之极峰",如何可能?③ 如何在这样一个时代确认自己的意义归属和艺术选择,如何救治这个"失魂落魄"的时代,"作为自由主义知识分子的林语堂们选择的是一种重构国人审美情感的平和方式,回到生命本身,倡导宽容、同情、静观、温和、闲适的人生态度和美学境界。

---

① 林语堂:《论小品文笔调》,《人间世》第6期,1934年6月20日。
② 陈炼青:《论个人笔调的小品文》,《人间世》第20期,1935年1月20日。
③ 林语堂:《今文八弊》,《人间世》第27期,1935年5月5日。

表征于散文,便是认为:"理想的文学,应该是一种纸上谈话。"[①]

在《论谈话》中,林语堂对"谈话"和"小品"的关系进行了深入细致的探讨。首先,他指出了"谈话"的闲逸性和琐碎性特征:"在中国语言中,说话和谈话是不同的,谈话指一种较多言,较闲逸的会谈,同时所说的题目也比较琐碎,比较和生意经无关。"其次,他又详尽描述了理想的"谈话"情境:"谈话当然以夜间为最好,白天总觉得乏味。说话的地方在我看来是毫不重要的。我们无论是在一间十八世纪法国女士的沙龙中,或于午后坐在田园中的木桶上,都可以畅谈文学和哲学,或是在风雨之夕,我们在江舟上旅行,对岸船上的灯光反射于水上,舟子对我们叙述慈禧幼时的轶事。老实说,谈话的妙处乃是在环境次次不同,时地人物次次不同。关于这种谈话,我们有时记得是在月明风清,庭桂芬馥的夜间,有时记得是在风雨晦冥,炉火融融的时候,有时记得是坐在亭上,眺望江舟顺流下驶,也许看见一舟在急流之中倾覆了,有时又记得是午夜以后坐在车站的候车室里。这些景象和那几次的谈话联系起来,在我们的记忆中永不磨灭。房中也许有二三人,或五六人;或那夜老陈有点醉意,或那次老金有点伤风,鼻音特重,这使那晚的谈话更有风趣。人生'月不常圆,花不常好,好友不常逢',我们享享这种清福,我想必非神明所忌。"进而,林语堂又分析了"谈话"和"小品"的共同特征,"大概谈话佳者都和美妙的小品一样;无论在格调方面或内容方面,谈话都和小品文一样"。尤其指出了:"谈话和小品文最雷同之点是在其格调之闲适。无论题目是多么严重,多么重要,牵涉到祖国的惨变和动乱,或文明在疯狂政治思想的洪流中的毁灭,使人类失掉了自由,尊严,和甚至于幸福的目标,或甚至于牵涉到真理和正义的重要问题,这种观念依然是可以用一种不经意的,悠闲的,亲切的态度表示出来。""因此,真正谈话的必要条件是:我们能够在一个房间里悠闲而亲切的空气中表示我们的意见,身边只有几个好友,没有碍目之人。"

[①] 陈叔华:《娓语体小品文释例——小大辨》,《人间世》第 28 期,1935 年 5 月 20 日。

有了这种"谈话的艺术",才会有好的小品文①。可以看出,林语堂心中的好的小品文应该包括闲适、悠闲、亲切、琐细等基本要素。在他处,林语堂又进一步分析了"小品文笔调"与"谈话"之关系:"小品文笔调,言情笔调,言志笔调,闲适笔调,闲谈笔调,娓语笔调,名词上都不必争执,但确有此种笔调……吾最喜此种笔调,因读来如至友对谈,推诚相与,易见衷曲;当其坐谈,亦无过瞎扯而已,及至谈得精彩,锋芒焕发,亦多入神入意之作。或剖析至理,参透妙谛,或评论人世,谈言微中,三句半话,把一人个性形容得惟妙惟肖,或把一时政局形容得恰到好处,大家相视莫逆,意会神游,此种境界,又非说理文所能达到。谈话中常有此种境地,不然古人何以有'与君一夕话,胜读十年书'一句话呢?晋人清谈,宋人语录,常有此番光景,启人智慧,发人深思,一句道破,登时妙悟,以此行文,何文不妙,以此攻道,何道不通?且其来得轻松自然,发自天籁,宛如天地间本有此一句话,只是被你说出而已。"②"谈话风"浸入小品,则可造成一种理想的散文:"我所要搜集的理想散文,乃得语言自然节奏之散文,如在风雨之夕围炉谈天,善拉扯,带情感,亦庄亦谐,深入浅出,如与高僧谈禅,如与名士谈心,似连贯而未尝有痕迹,似散漫而未尝无伏线,欲罢不能,欲删不得,读其文如闻其声,听其语如见其人,此是吾所谓理想散文。"③在林语堂看来,性灵文学,即"取较闲适之笔调语出性灵,无拘无碍而已"。④

概言之,以《论语》《人间世》《宇宙风》等为中心的"闲话体"散文有着突出的文体特征。

首先,散文内容上的"闲适","小品文即在人生途上小憩谈天,意本闲适,故亦容易谈出人生味道来,小品文盛行,则幽默家便自然出现。故弟尝谓'提倡幽默,必先提倡解脱性灵,盖欲由性灵之解脱,由道理之参透,而求得幽默也。今人言思想自由,儒道释传统皆

---

① 林语堂:《论谈话》,《人间世》第2期,1934年4月20日。
② 林语堂:《小品文之遗绪》,《人间世》第22期,1935年2月20日。
③ 同上。
④ 林语堂:《论小品文笔调》,《人间世》第6期,1934年6月20日。

已打倒，而思想之不自由如故也；思想真自由，则不苟同，不苟同，国中岂能无幽默乎？思想真自由，则文章必放异彩，放异彩，又岂能无幽默乎？'"① 是故，"闲话体"散文取材范围至为广泛、纷杂，横亘中外，纵贯古今，包容大千世界，穿透社会人生，涵纳人生百态。用林语堂的话说，就是："余意此地所谓小品，仅系一种笔调而已。理想中之《人间世》，似乎是一种刊物，专提倡此种娓语笔调，听人使用此种笔调，去谈论人间世之一切，或抒发见解，切磋学问，或记述思感，描绘人情，无所不可，且必能解放小品笔调之范围，使谈情说理，皆足当之，方有意义，本刊之意义，只此而已。"②

谈资广泛，写法散漫无羁，可以视为闲话体散文的最基本特征。此类散文大多从小处着手，细处入笔，以敏锐的观察，洞悉宇宙万物和世间百态，行文看似散漫无际，实则内含丰富的闲情逸致。"此种小品文，可以说理，可以抒情，可以描绘人物，可以评论时事，凡方寸中一种心境，一点佳意，一股牢骚，一把幽情，皆可听其由笔端流露出来，是之谓现代散文之技巧。"③

其次，表达方式的"闲适"，有着一种谈话式的散漫与随意，闲适本心，语出性灵，无挂无碍，往往用一种娓娓道来的形式，传达作者的闲适与随意。或论道，或言志，或论辩，随心所欲。

这与晚明小品有相似之处。后者摒弃了古典主义美学趣味和古典文学正统规范，行文风格轻松随意、放达真率，不再刻板拘泥于起承转合的篇章结构，不再对修辞技巧、文脉结构孜孜以求，自由地选取随笔、笑话、尺牍、序跋、游记等形式，自铸嬉笑怒骂、无所住心的小品体制。而前者借助西方的思想文化和文艺形式，试图将晚明美学传统与异域影响结合起来，扩大现代散文疆域，拓展现代散文观念。林语堂本人对此有着明确的认识："现代小品文，与古人小摆设式之茶经酒谱之所谓'小品'，自复不同……且现代小品文亦与古时笔记小说不同。古人或有嫉廊庙文学而退居以'小'自居者，所记类皆笔

---

① 林语堂：《又与陶亢德书》，《论语》第38期，1934年4月1日。
② 林语堂：《论小品文笔调》，《人间世》第6期，1934年6月20日。
③ 同上。

谈漫录野老谈天之属，避经世文章而言也。……今之所谓小品文者，恶朝贵气与古人笔记相同，而小品文之范围，却已放大许多，用途体裁，亦已随之而变，非复拾前人笔记形式，便可自足。"①

构成林氏散文资源的不只是晚明小品，还有西方的随笔、杂志文、日本写生文等等，证之于林氏散文，除了在放达率真及某些文体和文白夹杂的语言上与晚明小品有相似之处外，尚有英国随笔的雍容、婉曲、细密等气息，体现着现代感知方式和审美趣味，而无晚明小品之精致高雅的文人化审美气质。这也可与徐訏对《人间世》办刊初衷与实际走势相印证："记得当时所谈的是西洋杂志文的格调，以征求特写的来稿为主；实在说来，当时的动机不但不是晚明的小品，而且也不是文艺的小品，而是仅想以小品文的笔调作各种杂货的买卖而已。后来大概因为一二个作家写一二篇晚明小品之类的介绍提倡，于是来稿也多偏向起来……于是弄得很多人都以为人间世是笔记小品之类的刊物。"②

事实上，晚明小品与英国随笔颇有相通之处，按照郁达夫的观点，至少有如下几个方面。

首先，不拘形式的谈话体，"至于个人文体的另一面的说法，就是英国各散文大家所惯用的那一种不拘形式家常闲话似的体裁'Informalor Familiar essay'的话，看来却似很容易，像是一种不正经的偷懒的写法，其实在这容易的表面下的作者的努力与苦心，批评家又那里能够理会？"③ 明末公安派、竟陵派、李笠翁等的小品文字，与英国随笔都有着打破桎梏、自由不拘、散逸自然、信笔直写的个人闲谈文风。

其次，性质与趣味，"中国所最发达也最有成绩的笔记之类，在性质和趣味上，与英国的 Essay 很有气脉相通的地方……故而英国散文的影响，在我们的智识阶级中间，是再过十年二十年也决不会消灭

---

① 林语堂：《论小品文笔调》，《人间世》第 6 期，1934 年 6 月 20 日。
② 徐訏：《公开信的复信》，《天地人》第 1 期，1936 年 3 月 1 日。
③ 郁达夫：《〈中国新文学大系·散文二集〉导言》，郁达夫编选：《中国新文学大系·散文二集》，上海良友图书印刷公司 1935 年版，第 7 页。

的一种根深底固的潜势力"①。二者都有着关注个人价值、自我表现、独抒性灵的个人笔调。

再次，幽默。关于这一点郁达夫谈得极富现实启示意义。他首先对现代散文中的"幽默味"给予了很高的评价："最后要说到近来才浓厚起来的那种散文上的幽默味了，这当然也是现代散文的特征之一，而且又是极重要的一点。"继而对英国及其他国家文学中的不同的幽默风格进行了细致到位的分析："幽默似乎是根于天性的一种趣味，大英帝国的国民，在政治上商业上倒也并不幽默，而在文学上却个个作家，多少总含有些幽默的味儿；上自乔叟，莎士比亚起，下迄现代的 Robert Lynd, Bernard Shaw, 以及 A. A. Milne, Aldons Huxley 等辈，不管是在严重的长篇大著之中，或轻松的另章断句之内，正到逸兴遄飞的时候，总板着面孔忽而来它一下幽默，会使论敌也可以倒在地下而破颜，愁人也得停着眼泪而发一笑；北国的幽默，像契诃夫的作品之类，是幽郁的，南国的幽默，像西班牙的塞范底斯之类，是光明的；这与其说是地理风土的关系，还不如说因人种（民族）时代的互异而使然"；在此基础上高度评价林氏"幽默"的意义："我们的中华民族，一向就是不懂幽默的民族，但近来经林语堂先生等一提倡，在一般人的脑里，也懂得点什么是幽默的概念来了，这当然不得不说是一大进步。……至于远因，恐怕还在历来中国国民生活的枯燥，与夫中国散文的受了英国 Essay 的影响。"② 性灵解脱，心性释放，方有幽默，在林语堂看来，中国文学中"真正的幽默，学士大夫，已经是写不来了。只有性灵派文人的著作中，不时可发见很幽默的议论文，如定庵之论私，中郎之论痴，子才之论色等"③。不过，林语堂既非"学士大夫"，也非"性灵派文人"，也如郁达夫所指出的："他的幽默，是有牛油气的，并不是中国向来所固有的《笑林广记》。他的文章，虽说是模仿语录的体裁，但奔放处，也赶得上那位疯狂致

---

① 郁达夫：《〈中国新文学大系·散文二集〉导言》，郁达夫编选：《中国新文学大系·散文二集》，上海良友图书印刷公司1935年版，第11页。

② 同上书，第10—11页。

③ 林语堂：《论幽默》（上），《论语》第33期，1934年1月16日。

死的超人尼采。"① 诚哉斯言。

  值得一提的是，行文中对"闲笔"的注重，使"闲笔"成为"闲适"心态和"性灵"的载体，甚或"闲话体"散文的重要抒写策略。林语堂以"笔调"为主要标准，对小品文（familiar essay）与学理文（treatise）进行了区分："大体上，小品文闲适，学理文庄严；小品文下笔随意，学理文起伏分明；小品文不妨夹入遐想及常谈琐碎，学理文则为题材所限，不敢越雷池一步。"② 这里所说的"不妨夹入遐想及常谈琐碎"即为"闲笔"的典型运用。也如其谈论"尺牍"随笔："尺牍之妙者，皆全篇不要紧话，无事而写尺牍，方得尺牍妙旨。尺牍之可爱者，莫若瞎扯瞎谈。"③ "全篇不要紧话""瞎扯瞎谈"皆为"闲笔"之法。鲁迅也谈到"闲笔"的问题："外国的平易地讲述学术文艺的书，往往夹杂些闲话或笑谈，使文章增添活气，读者感到格外的兴趣，不易于疲倦。但中国的有些译本，却将这些删去，单留下艰难的讲学语，使他复近于教科书。这正如折花者；除尽枝叶，单留花朵，折花固然是折花，然而花枝的活气却灭尽了。"所谓"闲话""笑谈"，对于文章，是"活气"的证明，对于读者，也构成一种阅读的快乐和兴趣，虽是"枝叶"，却也是"花枝的活气"来源与构成。延伸开去，也是作者"余裕心"的表现，是一个"时代精神表现之一端"④。是故，"闲笔"是"familiar style"，即林语堂所译"闲适笔调"的一种具体的艺术手法或修辞，更是现代散文作家对"余裕心"的崇尚与追求，体现着现代作家化俗为雅、化整为零的从容心态和从琐细平凡中追求高雅精致的艺术追求。

  在谈到搜集中国古文中的好散文时，林语堂也强调用"另眼""寻出中国祖宗来"，而"其搜集标准，亦不尽以古时所谓小品为标准（如柳宗元之讽谕小品"三戒"等），而当纯以文笔之闲散自在，有

---

  ① 郁达夫：《〈中国新文学大系·散文二集〉导言》，郁达夫编选：《中国新文学大系·散文二集》，上海良友图书印刷公司1935年版，第17页。
  ② 林语堂：《论小品文笔调》，《人间世》第6期，1934年6月20日。
  ③ 林语堂：《烟屑（二）》，《宇宙风》第2期，1935年10月1日。
  ④ 鲁迅：《忽然想到》，《鲁迅全集》第3卷，人民文学出版社1981年版，第16页。

闲谈意味为准。最好如屠隆《冥寥子游》一类，与十八世纪之 Sterne 相同，叙事夹入闲情，说理不妨抒怀，使悲涕与笑声齐作，忧愤共幽逸和鸣"。① 所谓"文笔之闲散自在""叙事夹入闲情，说理不妨抒怀"当然也是包含"闲笔"运用在内的。

最后，"闲话"中内蕴的智性。"闲话体"散文虽则看似杂乱琐屑、随意散漫，但在"闲谈"的缝隙中，能透射出情感或智慧的力量，包含着作者对自我、人生、历史、文化、宇宙的思考与洞察。如林语堂所说："凡写此种幽默小品的人，于清淡之笔调之外，必先有独特之见解及人生之观察。"② 唯此方能达到使人"开卷有益，掩卷有味"③ 的阅读效果。

---

① 林语堂：《小品文之遗绪》，《人间世》第 22 期，1935 年 2 月 20 日。
② 林语堂：《论幽默》（下），《论语》第 35 期，1934 年 2 月 16 日。
③ 林语堂：《关于本刊》，《人间世》第 14 期，1934 年 10 月 20 日。

第十一章

《现代》与中国现代散文生态的变革

《现代》是中国现代文学史上著名刊物，1932年创刊于沪，终刊于1935年，共出版34期。第1、2卷施蛰存独立主编。第3卷第1期到第6卷第1期，与杜衡（苏汶）联名主编。1935年，施蛰存脱离现代书局，第6卷第2期主编改为汪馥泉，《现代》由文学杂志改为政治、经济、文化及艺术的综合性杂志，只出三期即因现代书局关闭而停刊。

《现代》对现代散文生态的变革和散文文体流变有着重要影响，这主要体现在散文作者生态的建构、现代散文文体特质及功能论争、各种体式散文的创作等方面。通过《现代》这一窗口，可以窥见散文现代性转化的过程中的各种现象与问题。

第一节 现代散文作者生态的构建

现代传播语境使编辑的功能发生了根本性的变化。现代传媒是一种社会组织，具有自己的组织目标和组织结构，其物化形态是纯粹的个人作品而变成了组织的产品。作为"守门人"的编辑在其中发挥了重要职能，麦克内利认为新闻从有价值的新闻事件到达受众的过程，要经过记者、编辑的反复选择、拒绝和改变。在文学作品的发表、出版过程中，编辑同样扮演"守门人"（gatekeeper）的角色，他有权选择某些作者作为报刊主要投稿人,一个栏目也可以选择特定的读者群;而他们通过对文学生产和消费过程的介入,在文学价值评判和价值导向上起着举足轻重的作用。

研究《现代》,首先不可忽视的是其对现代散文创作和生态的影响。本雅明曾如此论述传媒、作家和文体的关系:"在一个半世纪中,日常的文学生活是以期刊为中心开展的,本世纪三十年代末这种情况有了改变。Feuilleton(专栏)在每天出版的报纸上为 belles – letters(美文)提供了一个市场。这一文化分支的导言为七月革命带给出版业的变化作了总结。"① 中国情况有所不同,现代传媒(尤其是报纸)副刊开辟以后,以其形式和内容上的自成一格,以小说、散文、诗歌的"独立王国"与其他栏目相互辉映、自成趣味。"专栏"成为作家介入现实的一种方式和工具,副刊作为文学传播的重要力量,也通过所登载的作品来张扬某种文化价值,建构起特定作家群的特定文化认同。

《现代》对散文创作者进行了身份选择与建构。从创刊之日起,《现代》就表明了自己的态度。主编施蛰存在《现代》杂志的《创刊宣言》中说道:"本志是文学杂志,凡文学的领域,即本志的领域。本志是普通的文学杂志,由上海现代书局请人负责编辑,故不是狭义的同人杂志。因为不是同人杂志,故本志并不预备造成任何一种文学上的思潮,主义,或流派。……故本杂志希望能得到中国全体作家的协助,给全体的文学嗜好者一个适合的贡献",刊物刊载文章"只依照着编者个人的主观为标准",而此标准是"属于文学作品的本身价值方面的"。② 这个宣言实际上是对《现代》做出了自由、独立的非同人杂志的定位,用施蛰存自己后来的话说,就是"采取中间路线的文艺刊物"③。由此,《现代》有意识地采取兼容并包的编辑思想,打破门派偏见或不介入新旧纷争,招引各方文人,对各种文学的介绍和

---

① [德]本雅明:《发达资本主义时代的抒情诗人》,张旭东、魏文生译,三联书店1989年版,第44页。

② 施蛰存:《〈现代〉创刊宣言》,《现代》第1卷第1期,1932年5月1日。

③ 施蛰存:《〈现代〉杂忆》,《沙上的脚迹》,辽宁教育出版社1995年版,第27页。

引入不遗余力。如左翼作家与"第三种人"展开论战，施蛰存在校样时感到"到后来双方都有点离开了原始概念，差之毫厘，失之千里了"，但为了保持中立以团结作者，就"始终缄默无言"，没有介入论辩①。

施蛰存认为，这个宣言明确有力，体现了自己对文学刊物的思考，表明了自己的编辑方针以及文学刊物观②。它传达出施蛰存对文学和刊物的评论性信息——强调文学本身标准，而忽略其他附加因素，这在当时文学无法摆脱政治影响的环境下，确属标新立异。他说："我们标举的是，政治上左翼，文艺上自由主义。《现代》杂志的立场，就是文艺上自由主义，但不拒绝左翼作家和作品。当然，我们不接受国民党作家。"③ 在第 1 卷第 6 期的编辑座谈中，施蛰存说："在纷纷不绝的来稿中，我近来读到许多——真是惊人的多——应用古事题材的小说，意象派似的诗。" 对此他表示，"不愿意《现代》的撰稿者尽是这一方面的作者"，并再次声明，"我编《现代》，从头就声明过，决不想以《现代》变成我底作品型式的杂志。我要《现代》成为中国现代作家的大集合，这是我的私愿"。因此，《现代》追求的是中国全体作家的会合。由这种追求带来的就是"开放性"。

20 世纪 30 年代上海政治氛围相对宽松，言论出版相对自由，拥有全国最发达的新闻出版产业，《现代》秉承自由主义理念，采取中间路线，不冒政治风险，不以派别意识、阶级意识为衡量作家作品的标准，而是以"文学作品的本身价值"为刊载标准，以海纳百川的姿态吸纳、凝聚各路作家撰稿，鲁迅、郭沫若、茅盾、阿英、冯雪峰、

---

① 施蛰存说："当年这些论辩文章，都经过我的手，由我逐篇三校付印。我在校样的时候，就发觉有此现象，但我决不介入这场论辩，故始终缄默无言"；"对于'第三种人'问题的论辩，我一开头就决心不介入。一则是由于我不懂文艺理论，从来没写理论文章。二则是由于我如果一介入，《现代》就成为'第三种人'的同人杂志。在整个论辩过程中，我始终保持编者的立场，并不自己认为也属于'第三种人'——作家之群。"参见施蛰存《〈现代〉杂忆》，《沙上的脚迹》，辽宁教育出版社 1995 年版，第 32、33 页。

② 林祥主编：《世纪老人的话·施蛰存卷》，辽宁教育出版社 2003 年版，第 54 页。

③ 施蛰存：《为中国文坛擦亮"现代"的火花》，《沙上的脚迹》，辽宁教育出版社 1995 年版，第 181 页。

周扬、丘东平、刘白羽、巴金、郁达夫、戴望舒、李健吾、周作人、俞平伯、林语堂、韩侍桁、沈从文、废名、胡秋原、张资平、叶灵凤、章克标等,均在该刊发表过各体散文文字,成为现代散文史上的一道独特风景。

第二节 公共文化场域与现代散文文体特质及功能论争

哈贝马斯认为,公共领域是伴随着市场经济形成的。它是介于国家和社会之间的一个领域,是独立于政治权威之外的公共交往和公众舆论空间,是由进行社会评论活动的市民通过自由、平等、公开的讨论,形成公众舆论,聚集而成。就其性质来说,公共领域是独立于权力系统之外,而且是公共的、批判的。按哈贝马斯的分析,欧洲资产阶级公共领域的前身是文学公共领域,通过文学艺术的讨论而聚集起来,随后从文学问题转向政治问题,形成政治的公共领域①。

"民国以后在公共领域继续扮演公共角色的,主要是报纸和杂志。"② 20世纪30年代处于资本主义自由市场的上海,除了高度发达的消费性物质空间之外,报刊杂志也是最主要的公共领域之一,是市民文化的载体和营造社会舆论的公共空间,包蕴着民主、自由、平等和竞争等现代市民社会的价值观念。作为《现代》的编辑,施蛰存具有鲜明的现代编辑理念,在创刊伊始,他就明确指出:"不预备造成任何一种文学上的思潮、主义或党派"③,倡导"儒墨何妨共一堂,殊途未必不同行"④ 的编辑主张,要把《现代》办成个"中国现代作

---

① [德]哈贝马斯:《公共领域的结构转型》,曹卫东等译,学林出版社1999年版,第55—60页。

② 许纪霖:《近代中国的公共领域:形态、功能与自我理解——以上海为例》,《史林》2003年第2期。

③ 施蛰存:《〈现代〉创刊宣言》,《现代》第1卷第1期,1932年5月1日。

④ 施蛰存:《浮生杂咏》,《沙上的脚迹》,辽宁教育出版社1995年版,第213页。

家的大集合"和"综合性的、百家争鸣的万华镜"①式的自由、独立、平等、开放的言论空间。通过报刊这一空间结构,使现代中国的作家和知识分子聚集起来,摆脱传统的等级性关系,形成以自由、平等、理性为基础的开放的社会交往关系,并形成批判性的公众舆论。

《现代》为现代散文作家提供一个自由发表言论的场所,体现出强烈的"自由"精神和开放姿态。在第3卷第1期的《社中座谈》中,施蛰存提出,增加"随笔·感想·漫谈"栏目的目的,是"要使这纯文艺的杂志的作者与读者能够有机会自由地——那即是说,不为体例所限地,有一个发表一点对于文艺与生活各方面的杂感的场合"②。正因为如此,杂志只是作为各种文艺观点论争的平台本身而作是非判断。自第3卷起,杜衡参与主编,仍然按《创刊宣言》的原则进行编辑。

关于"第三种人"的论争。由苏汶(杜衡)的《关于"文新"与胡秋原的文艺论辩》(第1卷第3期)发起,瞿秋白、周扬、胡秋原、冯雪峰、鲁迅等人都参与了论争。易嘉(瞿秋白)的《文艺的自由和文学家的不自由》(第1卷第6期)、周起应(周扬)的《到底是谁不要真理,不要文艺?》(第1卷第6期)、舒月的《从第三种人说到左联》(第1卷第6期)、鲁迅的《论"第三种人"》(第2卷第1期)、胡秋原的《浪费的论争》(第2卷第2期)、洛扬(瞿秋白)的《并非浪费的论争》(第2卷第3期)和丹仁(冯雪峰)的《关于"第三种文学"的倾向与理论》(第2卷第3期),而苏汶又在《"第三种人"的出路——论作家的不自由,并答复易嘉先生》(第1卷第6期)、《答舒月先生》(第1卷第6期)、《论文学上的干涉主义》(第2卷第1期)、《一九三二年的文艺论辩之清算》(第2卷第3期)等文章中进一步展开了辩驳。在论辩过程中,施蛰存让"许多重要文章,都先经对方看过",然后送到他这里来。而且,"几乎每篇文章"在印出以前,他都送给鲁迅审阅,还请鲁迅写了总结性的文章《论

---

① 施蛰存:《〈现代〉杂忆》,《沙上的脚迹》,辽宁教育出版社1995年版,第29页。
② 施蛰存:《社中座谈》,《现代》第3卷第1期,1933年5月1日。

"第三种人"》，且鲁迅的《论"第三种人"》是苏汶看过后并由苏汶转交给施蛰存的①。对这些论辩文章，施蛰存都要"逐篇三校付印"，并把辩论双方的文章尽可能地刊载在同一期杂志上，让读者更好地了解论辩双方的观点，竭力避免使《现代》成为"第三种人"的同人杂志②。利用《现代》这一有着特殊内涵的文化场域，施蛰存设计了一种开放的文学论争模式，透明、公开并且严守中立，并不因为自己与杜衡的私谊而有所偏袒。同时，也因为这种"中间"立场，使《现代》成为了一个多向度的对话场所，决定了其对事实的独立于当局主流政治话语之外的客观公正的呈现。而这种情形的出现，既是其"文艺上自由主义"的体现，也践行了他在《创刊宣言》中提出的"凡文学的领域，即本志的领域"的办刊宗旨。

关于杂文的论争。其他与鲁迅等针锋相对的文章，还有林希隽在《现代》第5卷第5期上发表的《杂文与杂文家》。在这篇反对杂文的文章中，林希隽对"有些杂志报章副刊上很时行的争相刊载着一种散文非散文，小品非小品的随感式的短文"，即"杂文"，表示不满。认为这种文体，"不受任何文学制作之体裁的束缚，内容则无所不谈，范围更少有限制"，因而是"作家毁掉了自己，以投机取巧的手腕来替代一个文艺工作者的严肃的工作"，并最终影响了伟大作品的产生，并认为写杂文的人是"以投机取巧的手腕来代替一个文艺工作者的严肃的工作"。鲁迅当即写了《做'杂文'也不易》予以回应："形式要有'定型'，要受'文学制作之体裁的束缚'；内容要有所不谈；范围要有限制。这'严肃的工作'是什么呢？就是'制艺'，普通叫'八股'。"③并在《〈且介亭杂文〉序言》中对杂文作者的任务和性质进行了清晰的界说："作者的任务，是在对于有害的事物，立刻给以反响或抗争，是感应的神经，是攻守的手足。"鲁迅的认知，显然建基于对杂文问题的类型特征、功能与现代报刊传媒之间的深刻理

---

① 施蛰存：《〈现代〉杂忆》，《沙上的脚迹》，辽宁教育出版社1995年版，第33页。
② 详见施蛰存：《〈现代〉杂忆》，《沙上的脚迹》，辽宁教育出版社1995年版。
③ 鲁迅：《做"杂文"也不易》，《集外集拾遗补编》，人民文学出版社2006年12月第2版，第416页。

解，也就是说，在鲁迅看来，杂文文体是一种知识分子建构公共言论空间的典型的报刊文体，正是以报刊这一现代传播媒介为言说平台，知识分子得以与读者、现实进行对话、沟通和交锋。而林希隽显然忽视了作为现代报刊文体的杂文文体的文类意义。

关于幽默小品文的论争。针对风行海上的幽默小品，鲁迅发表《小品文的危机》（第3卷第6期）。这是继《"论语一年"》之后对林语堂、周作人等人提倡"幽默"小品文的又一次批判。基于所负的社会批评、文化批评使命，鲁迅从文学与社会的关系入手，以确定小品文的价值功能，特别强调小品文的战斗功能，在他看来小品文的审美因素（给人"愉快和休息"）也都是关联战斗的。文章从旧时士大夫玩赏的"小摆设"谈起，提出林语堂等人提倡的小品文，正是文学上的小摆设，指出："生存的小品文，必须是匕首，是投枪，能和读者一同杀出一条生存的血路的东西；但自然，它也能给人愉快和休息，然而这并不是'小摆设'，更不是抚慰和麻痹，它给人的愉快和休息是休养，是劳作和战斗之前的准备。"此文延续了他"呐喊"与抗争的精神。但需要注意的是，此时鲁迅已表明了对左翼文学的支持，因此这里的抗争增加了"新"的内容，也即对文学要离开象牙之塔、直面时代现实的呼吁，也包含着应和革命文学运动的激情宣告，正是在这个意义上，阿英高度评价《小品文的危机》"不仅是十数年来关于小品文论文的最发展的一篇，也是在小品文运动上最重要，最有价值，最有意义的一篇；因为在一九二三年后半，小品文确实是走向一个危机，这论文的发表，给予了很大的挽救"。[1]

接着，郑伯奇在《现代》第4卷第1期发表《幽默小论》，指出"东也是幽默，西也是幽默，大有风行之概"的奇景之后，他认为《论语》的"幽默"不幽默，"近来流行的所谓幽默云云，也许并不就是当初所提倡的那样东西"，"事实上，现在许多所谓幽默文字，都是挂幽默的新招牌，而卖着讽刺、反语、滑稽乃至恶戏的老货"。不

---

[1] 阿英：《鲁迅小品文序》，《阿英文集》，生活·读书·新知三联书店1981年版，第147页。

仅如此，《现代》在"杂志年"对一般刊物进行"检讨"时也认为：《论语》"只能供给一般不满意于现社会的文人学士，发表一些牢骚而悲愤的言辞显显调弄笔墨的能手，对社会说来，他是没有多少进步的意义的。"① 持类似观点的文章，还有韩侍桁《大小文章》（第 3 卷第 3 期）、徐荫祥《"幽默"的危险》（第 4 卷第 3 期）、杨邨人《小品文和大品文》（第 5 卷第 1 期）、赵心止《隐逸文学》（第 5 卷第 4 期）、少问《走入"牛角尖"的"幽默"》（第 6 卷第 2 期）等。

《现代》杂志的"开放"与"自由"给它带来了民主的色彩。施蛰存在编辑过程中密切关注读者市场，及时调整刊物的内容、规模和容量。这既体现了一种现代编辑出版观念，也彰显出《现代》在 20 世纪 30 年代上海商业文化环境中经营方式上所具备的商业性特征。也即，以市民阶层为主的读者群体既对作者产生潜在的影响，也会对杂志的编辑方针形成种种制约。为了将尽可能多的市民纳入读者范畴，报刊必然会应读者需求而在栏目的设置、文体、风格、美学趣味等方面做出选择。《现代》也自认其作为"综合性、商业性刊物"②的性质，刊物资方"办文学刊物，动机完全是起于商业观点。但望有一个能持久的刊物，每月出版，使门市维持热闹，连带地可以多销些其他出版物"。③

作为新文学刊物，《现代》以独特的办刊方式赢得了比较固定的读者群。《现代》第 5 卷第 5 期曾举行过一次题为《文艺作品对于我的生活的影响》的征文活动，别出心裁地进行读者成分的调查。杂志第 6 卷第 1 期刊出了征文结果以及应征人籍贯、性别、年龄、职业等情况。根据数据分析，杂志认为：总体来说，应征者中中学生较大学生为多，并认为新文学的根基在年青人身上。④ 由此，杂志将其读者群基本确定为有一定教育背景的年轻人。施蛰存在 1937 年曾撰文说：

---

① 雷鸣蜇、李正鸣：《一般性质的杂志之检讨》，《现代》第 6 卷第 4 期，1935 年 5 月 1 日。

② 施蛰存：《浮生杂咏》，《沙上的脚迹》，辽宁教育出版社 1995 年版，第 213 页。

③ 施蛰存：《〈现代〉杂忆》，《沙上的脚迹》，辽宁教育出版社 1995 年版，第 28 页。

④ 参见《现代》第 6 卷第 1 期，1934 年 11 月 1 日。

"一般新文学书的读者可以说十之五六是学生,十之一二是由学生出身的职业者,其余十之一二才是刻苦用功的小市民。"① 可以说,通过征文活动,促进了读者参与的热情和兴趣,了解了杂志的受众,基本确定了《现代》基本的读者群,同时也体现出刊物在市场利润追求下的人文关怀。

为了构建作者、读者、编者交流和互动的平台,施蛰存先后在《现代》上开辟了"编者座谈""社中日记""社中座谈""文艺独白"等栏目,向作者、读者介绍自己的办刊理念、组稿情况、编辑过程和心理感受。在《现代》创刊号上的"编辑座谈"中,施蛰存说:"对于以前的我国的文学杂志,我常有一点不满意。我觉得他们不是态度太趋于极端,便是趣味太低级。前者的弊病是容易把杂志的对于读者的地位,从伴侣升到师傅。杂志的编者往往容易拘于自己的一种狭隘的文艺观,而无意之间把杂志的气氛表现得很庄严,于是他们的读者便只是他们的学生了;后者的弊端,足以使新文学本身日趋于崩溃的命运……我将依照了我曾在创刊宣言中所说的态度,把本志编成一切文艺嗜好者所共有的伴侣。"② 《现代》申明要创办文艺嗜好者的伴侣式杂志,其实就是将自身传媒形象定位为读者的理想伴侣,其中包含杂志对文学找到合适位置和对读者理性的期待。

根据读者的要求,施蛰存对栏目的名称和内容予以适当的改变。比如,有读者反映"社中日记"多为编者与作者活动的简单汇报,过于琐屑,施蛰存就从第 3 卷起在每期卷首加"随笔·感想·漫谈"栏,使作者与读者有一个发表"对于文艺与生活各方面的杂感的场合",而且"这里的文章,对象是没有限制的,无论是对于国家大事、社会琐闻、私人生活或文艺思想各方面的片段的意见,用简短的篇幅写下来,就得了。而且,这一栏是完全公开的……"③ 同时将原来的"社中日记"改为"社中座谈",并加上了"作者·读者·编者"的

---

① 施蛰存:《施蛰存文集·文学创作编·北山散文集》,华东师范大学出版社 2001 年版,第 507 页。
② 施蛰存:《浮生杂咏》,《沙上的脚迹》,辽宁教育出版社 1995 年版,第 212 页。
③ 施蛰存:《社中座谈》,《现代》第 3 卷第 1 期,1933 年 5 月 1 日。

小标题，供三者交流之用。正如施蛰存后来所回忆的："这其实是我在编辑上的个人理想，因此在编《现代》杂志时就试图想实行，将为社会、为读者提供一个广泛的阅读空间。所以每期编讫后，我都很用心地写一篇编辑的后记，以此交流互通编者、作者、读者之间的信息情况。"① 编者、作者、读者的自由交流互动，使得《现代》赢得了他们的更好支持。

与一些杂志"降格"以取悦大众不同的是，《现代》强调该刊的编辑态度是反对在"商业竞卖"中迎合读者的趣味而使刊物形成"一种日趋轻易的倾向"，反对"已经不再制造着宝贵的精神的粮食，而是在供给一些酒后茶余的消遣品了"的状态，提出："今而后，除了创作（小说，诗，散文，剧本）还是依了意义的正当与艺术的精到这两个标准继续进展外，其他的门类都打算把水平提高，尽量登载一些说不定有一部分读者看来要叫'头痛'的文字。我们要使杂志更深刻化，更专门化；我们是准备着在趣味上，在编制的活泼上蒙到相当的损失。"②《现代》以"意义的正当与艺术的精到"作为刊物的编辑标准，不有意迎合读者趣味，而是努力去提高人们的阅读品位，这就构成了该刊独特的艺术品位。在《现代》第 1 卷第 5 期，施蛰存精心策划了一个"夏之一周间"的特辑，约请文坛名家以此为题"或记生活，或抒近感"。诸作家应邀命笔，周作人作《苦雨斋之一周》、老舍作《夏之一周间》、巴金作《我的夏天》、圣陶（叶圣陶）作《夏》、沈从文作《一周间给五个人的信摘抄》、郁达夫作《在热波里喘息》、废名作《今年的暑假》、茅盾作《热与冷》、赵景深作《书生的一周间》。这种"名人效应"，扩大了《现代》杂志的影响，带来了很好的经济效益。由此，也可以看出《现代》杂志的商业性动机和运作方式，品牌意识突出，注重名人效应，利用人们对名人的爱慕、崇敬之心来增加杂志的魅力，提高知名度，保证杂志的活力，从而促进杂志的销售。

---

① 林祥主编：《世纪老人的话·施蛰存卷》，辽宁教育出版社 2003 年版，第 63 页。
② 施蛰存：《社中座谈》，《现代》第 3 卷第 6 期，1934 年 10 月 1 日。

第三节　兼容的文化理念与多样的散文文体

在现代性历史语境中，散文改变了最初的散见于报刊各版的居无定所状态，进而成为一种独立的文学门类和文体。同时，现代传媒也通过对散文创作主体的选择和建构，直接影响散文作品的生产方式、言说方式和美学特质，从而与古典散文区分开来。如研究者所指出的："从散文的文类来看，现代报刊对现代散文的分类产生了明显影响。古代文章的分类在现代媒体的各类问题分类中失去了'辨体'的意义，新的文体类型与现代报刊的体制所发生的同构关系，使散文成为报刊意义上的文体。与此同时，现代传播媒体在其发展过程中，对西方文体的译介，不仅扩大了知识分子的视野，而且为现代散文文类的形成与发展提供了新的借鉴。"①

现代传媒为了尽可能地吸引最大数量的受众，必须要采用契合人们的知识水平、生活体验、审美趣味的书写与表达方式，如散文随笔、札记、日记、印象记、游记、书评、书话、访谈录等，从而呈现出一种活泼灵动、尖锐泼辣的文体风格。施蛰存曾说："杂志的内容，除了好之外，还得以活泼，新鲜，为标准。我编《现代》，就颇有这样的希望。我想在本志中，慢慢地在可能的范围内，增加许多门类。使它成为一个活泼的文学杂志。"② 从中可以看到，第一，《现代》的成功就在于它在不断创新中形成其新鲜活泼的文体风格，这更多是出于赢取市场和读者考虑。第二，由此亦可窥见报刊编辑以选择和组构对文学进行了再度创造，也融入了作家精神生产的过程；传媒的诸多因素一直在各个层面上影响着文学创作实践。

茅盾在《所谓杂志年》中指出："杂志的'发展'恐怕要一年胜

---

① 周海波：《现代传媒视野中的中国现代文学》，中华书局2008年版，第356页。
② 施蛰存：《编辑丛谈》，《现代》第1卷第4期，1932年8月1日。

似一年。不过有一点也可以预言：即此所谓'发展'决不是读者人数的增加，而是杂志种数的增加。"① 在这种出版氛围下，纯文学刊物生存下去已颇为不易。但《现代》非同人期刊性质的确立，中立态度和自由主义立场的坚持，兼容并包编辑方针的践行，以及将从文学自身的建设和发展作为立刊之本的方针，加上淞沪战事之后上海文艺期刊处于真空期②，这些均为不同姿态、风格、趣味的散文创造和文学论争提供了平等的发表言论的空间和机会。可以说，《现代》追求文学的自身价值与现代性，在当时特定的历史条件下，显示出极大的魄力和突出的超前意识。也正因此，《现代》的存在，才向后人昭示了20世纪30年代海上文坛的多彩与繁华，也为现代散文各种样式的发展提供了一个介入现实的公共空间和推进散文文体探索的多维艺术空间。

作为一个大型综合性文艺期刊，《现代》刊发散文随笔类作品的主要栏目有《文》《杂碎》《随笔·感想·漫谈》《散文》《史料·逸话》《文艺独白》《文艺杂录》《随笔》《书评》等，为现代散文文体的繁荣发展提供了广阔的园地，为丰富中国现代散文生态、构建现代散文艺术空间，做出了不可忽视的独特贡献。第2卷第3期将"文"中的散文与论文分开。把散文与诗合为一栏，论文独立出来。第3卷第1期设置"随笔·感想·漫谈"使作者与读者有一个发表生活杂感的论坛，新开设"文艺史料·逸话"栏目，等等。

从文体、风格上讲，刊发于《现代》的散文作品主要可以分为以下几个大类。

首先是杂感类散文。这可以说是《现代》所刊发的散文随笔中成

---

① 兰（茅盾）：《所谓杂志年》，《文学》第3卷第2期，1934年8月1日。
② 在《现代》诞生之前，现代书局老板张静庐关于对即将出版的刊物如此定位："从《拓荒者》到《前锋月刊》，两个刊物的兴衰，使现代书局在名誉上和经济上都受到损害。淞沪战争结束以后，张静庐急于要办一个文艺刊物，借以复兴书局的地位和营业。他理想中有三个原则（一）不再出左翼刊物，（二）不再出国民党御用刊物，（三）争取时间，在上海一切文艺刊物都因战事而停刊的真空期间，出版一个刊物。"参见施蛰存《我和现代书局》，《北山散文集（一）》，华东师范大学出版社2001年版，第324页。

就最高的一类。较有代表性的有沈从文《一周间给五个人的信摘抄》（第 1 卷第 5 期）、茅盾《热与冷》（第 1 卷第 5 期）、傅东华《关于……一切》（第 2 卷第 5 期）、丰子恺《玻璃建筑》（第 2 卷第 5 期）、郁达夫《为小林的被害檄日本警视厅》（第 3 卷第 1 期）、《无事忙闲谈》（第 3 卷第 2 期）、杜衡《文人在上海》（第 4 卷第 2 期）、陈伯吹《马路英雄》（第 3 卷第 1 期）、郑伯奇《黄金潮》（第 3 卷第 2 期）、胡秋原《中日亲善颂》（第 3 卷第 2 期）、适夷《悲怆的矜夸》（第 3 卷第 2 期）、杨邨人《由租房子说起》（第 3 卷第 5 期）、巴金《墨索里尼这个人》（第 3 卷第 6 期）、森堡《文人的生活苦》（第 4 卷第 4 期）、章克标《求水的心》（第 4 卷第 4 期）、丘东平《申诉》（第 5 卷第 5 期）、孔另境《说命》（第 6 卷第 1 期）、陈望道《说到测字摊》（第 6 卷第 3 期），等等。此类杂文或批判时弊，或直指当局，或关注国际时事问题，或感慨世态炎凉，皆掷地有声、振聋发聩。如郁达夫《为小林的被害檄日本警视厅》即为激昂声讨日本法西斯野蛮暴行的檄文。

鲁迅也曾先后在《现代》上发表杂文数篇，主要有《论"第三种人"》（第 2 卷第 1 期）、《为了忘却的纪念》（第 2 卷第 6 期）、《看萧和看萧的人们记》（第 3 卷第 1 期）、《关于翻译》（第 3 卷第 5 期）、《小品文的危机》（第 3 卷第 6 期）等。他通过这些文章表达着自己对文艺、翻译的观点和对社会的看法以及对内心情感的追溯。《看萧和看萧的人们记》借英国作家萧伯纳访华，针对中外记者对萧的不同反应，揭露绅士们的假面目，批判上海文化界的现实。《关于翻译》批评那种攻击翻译为"硬译""乱译"而提倡散漫翻译的错误倾向。

知识分子以杂感的形式表达对时事、社会、文化、思想的意见。而 20 世纪 30 年代上海的报刊，集中反映了各种政治、思想和文化力量的对话和交锋。一方面，《现代》等报刊为鲁迅提供了进行社会批判和文化批判的阵地；另一方面，鲁迅也以现代报刊为阵地进行杂文创作。正是借助《现代》这样的现代传媒，鲁迅杂文才成为一种与中国现实同步行进的写作实践，与现实的中国形成一种即时的、有效的互动，而通过以传媒为平台和媒介的论争，使现代书写、现代"公共空间"与被排斥的沉默的大多数之间产生了联系，也使得鲁迅杂文的多数篇幅成为一种鲜活、尖锐、泼辣的论战性文体。

其次，是关注现实人生的叙事性散文。《现代》关注读者大众所关心的社会现实和文化问题，表现市民的日常生活。同时，又在精神上和趣味上继承了精英文化的传统，追求散文创作的严肃性和个性化风格，将民族意识和历史意识，将自己的思想感悟、精神内涵、价值取向、生活趣味化为文字传达给读者。以《现代》为散文发表平台，散文家零散、灵活地记录生活片段和感想，将人物、事件、场景与内心思绪、情感、体验交织在一起，呈现出叙事类散记文体特征。"一·二八"爆发后，楼适夷《战地的一日》记录作者在淞沪抗战前线采访时的见闻，反映作家对战争的观察、体验和深切的感受，人物言行的勾画与作者炽热的爱国情感融合在一起，具有现代报告文学的体制特征。《挚爱》（第1卷第1期）在战争的背景上，有朴素简洁的场景素描和人物对话，《火线上》则把简单的故事、简洁的场景、简短的对话融合在一起。蹇先艾《城下——纪念一九三三年的五月》（第5卷第1期）、茅盾《半个月的印象》（第1卷第4期）则近乎速写。老舍《夏之一周间》（第1卷第5期）以朴实、风趣、幽默的语言流水账般记录平凡、拮据而很有规律和情趣的小院生活。巴金《我底夏天》（第1卷第5期）叙述在"坟墓"和"蒸笼"一般的房间里，"忘了动，忘了吃"，重写被日军"一·二八"炮火焚毁了的《新生》时的艰苦情景，为日本帝国主义"不能毁灭我创作的冲动，更不能毁灭我的精力"而自豪。废名在《今年的暑假》（第1卷第5期）描写卜居西山亲身经历，一波三折，跌宕生姿，玄思充溢。曦晨（李广田）《悲哀的玩具》（第1卷第5期）平凡朴实地把一位老祖母煞费苦心为孙儿营造快乐所做的努力描写得淋漓尽致，充满了浓郁的诗情和深厚的亲情。

最后，是写景抒情性散文。李一冰《十月之晨》（第1卷第1期）、盛明若《春雪》（第1卷第2期）、曦晨（李广田）、《雉》（第1卷第5期）、王莹《春雨》（第3卷第1期）、芦焚《陀螺的梦》

（第 3 卷第 3 期）、《风铃》（第 4 卷第 2 期）、王克洵《剪秋萝》（第 3 卷第 4 期）、靳以《我底屋子》（第 4 卷第 2 期）、许幸之《渔村》（第 4 卷第 5 期）、林庚《灯》（第 5 卷第 1 期）、唐锡如《南国的五月》（第 5 卷第 1 期）、朱管《春雷》（第 5 卷第 2 期）、苏菲《夜》（第 5 卷第 2 期）等都是颇优美的写景抒情文字。这些散文或细描自然景物，或尽展自然景观，或细腻柔美、缠绵婉转，或借景抒怀，直抒胸臆，作家内心的感情世界借助景物、景观的描写更鲜明、形象地展现出来。

  《现代》的游记体散文在刻画山水、描绘自然上，表现出细致的技巧，是写景的佳构。倪贻德《虞山秋旅记》（第 6 卷第 1 期）是记叙山水的美文，文字幽丽华美，描写深细，山水面貌，历历在目。同时，也因所处时代的原因，作家传达了强烈的民族自尊自强意识。这就不止表现了自然，生发出作家的审美感，又洋溢着作家深沉的民族情感，浮现着苦难社会的影子。刊载于《现代》上的旅行记、漂泊流亡记和还乡记，反映了现代散文由主观抒情向客观写实转移的趋势，也带来了游记散文题材和文体的变化。巴金游记《平津道上——旅途随笔之一》（第 4 卷第 1 期）记载自天津抵北平途中见闻以及读德文版斯托姆的诗集《迟开的蔷薇》引起的联想：仿佛"唤醒了另一个世界"，在"茂盛的草原"，"一对青年爱人唱着爱之高歌骑着两匹白马向远方去了"。然而，火车中嘈杂的人声，打断了"梦幻"，发现四处"都是些受苦的黄脸"。李健吾《拿波里漫游短札》（第 5 卷第 5 期）记叙他被"彭贝"古城旅游看守当作日本人，被问及一些叫中国人难堪的问题，他感到非常不快。茅盾《故乡杂记》以长篇通讯形式记述作者在 1932 年回乡旅途中以及回乡后的见闻感想，对战争在乡镇各阶层人民中所引起的不同反应，农村经济破产对市镇的影响，都有清晰的反映。作品以速写与随感的结合，"大题小做"，写人写物，神态逼肖，具有很强的形象性，切实记载、着力描绘以故乡为缩影的中国城乡动荡不安的面影。

  另外，书话书评类随笔。从第 1 卷第 4 期开始，《现代》开设了"书评"等栏目，施蛰存不仅自己亲自着笔，而且还约请了几位朋友

"对于新出的文学书,给以批评,为读者之参考或指南"①,这些理论批评性文字同样参与了《现代》的杂志散文文体的建构,并形成了独具特色的"现代"批评家群体。1932年1月,施蛰存的中篇小说集《将军底头》出版。郁达夫便在同年9月的《现代》上发表《在热波里喘息》一文,极力称赞这些历史小说巧妙地把"自己的思想,移植到古代人的脑里去",是他"在十几年前就想做而未成的工作",使他"感到了意外的喜悦"。②这样不仅体现了刊物栏目的新颖性,而且对读者也起到了一定的指导和参考作用。

从体式上看,此类随笔,有理论,如李长之《论目前中国批评界之浅妄——我们果真不需要批评么》、戴望舒《望舒诗论》;有评论,如韩侍桁《文坛上的新人》、穆木天《王独清及其诗歌》、苏雪林《论闻一多的诗》;有序跋体,如杜衡《望舒草序》、废名《秋心遗著序》、李长之《〈杨柳风〉序》;有日记体,如赵景深《书生的一周间》等。此外,还有极富韵味的书话体散文,行文中将史实、掌故、知识与评论、抒情贯通融合,如叶灵凤《藏书票之话》从何谓藏书票、藏书票小史、藏书票的制作等方面落笔,既介绍有关知识,又夹叙相关典故,既有文字绍介,又有图片辅助,既给人以趣味、智慧、知识,又给人以文化滋养和艺术享受。

为了扩大对世界文学和文化信息的介绍,《现代》还广泛介绍世界各国文化艺术界各方面的活动信息。第1卷第1期至第6期,都设有"杂碎"和"艺文情报"两个栏目,专登国外一些作家的创作及其他各方面的情况。《现代》第3卷第1期起就发表了朱云影的日本通信和费薇的英国通信,第2期发表有戴望舒的法国通信。《现代》还发表了戴望舒的《法国通信》。

与对现代主义小说和诗歌创作及译文的推重相比,《现代》给予散文的空间并不算特出,而《现代》也并未以散文闻名,但亦有颇值得关注的域外散文译介。在创刊号和第1卷第2期上,连载了戴望舒

---

① 施蛰存:《编辑座谈》,《现代》第1卷第4期,1932年8月1日。
② 郁达夫:《在热波里喘息》,《现代》第1卷第5期,1932年9月1日。

翻译的阿索林散文集《西班牙的一小时》的部分译文。施蛰存在《编辑座谈》中对戴望舒及阿索林散文集有如下评介："戴望舒先生对于阿索林的散文，有特殊的嗜好与研究，以前他曾与徐霞村先生译了一本《西万提斯的未婚妻》，现在又把作者的一部散文名著《西班牙的一小时》译过来了。"对于该散文集，他又说道："此书原是作者在西班牙皇家学院会员而宣读的。共 40 篇，抒写 1560 年至 1590 年间西班牙种种的社会情形，实是一部历史与诗的和谐的混合品，如果读者喜欢，我想在第 1 卷的本志上把这部译稿连载了。"①

1934 年，《现代》第 5 卷第 6 期推出"现代美国文学专号"。在此期专号上，兼霞发表《现代美国散文》。这篇书评短文评介了卡耳·凡·多伦（Carl Van Doren）编选的《现代美国散文选》。兼霞如此评介多伦：这部散文选从"斯坦因女士以至幽默家拉德勒（Ring Lardner）都包括在内，传记批评和小说都有。有许多是整篇，有一些确实长篇的选摘。批评家之中选了威尔逊、门肯、奈丹几人的文字。长篇小说中，维拉·凯漱是从《百灵之歌》中选了一段，德来赛却选了一篇传记《我的兄弟保罗》，海敏威的短篇小说照例是选了那篇《杀人者》。时髦作家菲吉内特（Scott Fitagerald）的短篇是选了《大得像戏院一样的金刚钻》。此外，约翰·里特，帕索斯，和老作家安得生、维尔特等也都有着他们代表作的收入"。② 另外，在本期专号上，还以一定篇幅刊发了一组"现代美国散文抄"译文，有 G. Ade 的《伦敦的圣诞节》，唐锡如译；G. Santayana 的《战争》，陈云鹏译；David Grayson 的《说乡村生活》，陈云鹏译；C. Merley 的《门》，朱雯译；J. Iofel 的《散文三章》，叶灵凤译。在《编后记》中，编辑对美国散文现状作了简要说明："现代美国的散文，与英国的不同。她几乎没有一个卓绝的絮语散文家，如 George Gissing, E. V. Lucas, A. A. Milne 这些人。美国的散文是很杂的，一方面有斯坦因·肯敏思，威廉·卡洛思，威廉谟思这些实验主义文章家的不可卒读的乔也

---

① 施蛰存：《编辑座谈》，《现代》第 1 卷第 1 期，1932 年 5 月 1 日。
② 兼霞：《现代美国散文》，《现代》第 5 卷第 6 期，1934 年 10 月 1 日。

斯（James Joyce）式的散文，一方面则是一般杂志报章上的新闻体散文家，所谓 Columnist 者，不是不能译，就是不值得译，所以本期中关于美国现代散文作品的介绍，不免贫弱一点。这是由于材料选择上的困难，希望读者们原谅。"①

此外，《现代》也刊发了其他一些优秀散文译作，如詹洛梦的《穷困》（钱歌川译，第 3 卷第 4 期）、乔治·吉辛的《我底旧笔杆》（唐旭之译，第 4 卷第 6 期）、刘卞司的《达美莱镇》（唐旭之译，第 4 卷第 6 期）、莫亨的《负重的畜牲》（唐旭之译，第 4 卷第 6 期）、伊英与皮特洛夫合著的《治病》（张露薇译，第 5 卷第 2 期）、左琴科的《庙》（张露薇译，第 5 卷第 2 期）等。

这些译介、译作，连同刊载于《现代》杂志上的散文不仅展现了20 世纪 30 年代中前期散文的绚烂多姿，而且也以其浓郁的文学色彩和纯正的艺术品质赢得了读者的称许。

对文学自身价值与现代性的追求，促使《现代》为各体式散文提供了一个介入现实的公共空间和推进散文文体探索的艺术空间，现代散文在《现代》的积极倡导和配合下，完成着自身的艺术运作，促进着自身体式的变革。同时，散文作为杂志文体样式之一，也是《现代》现代性构想的重要构成，这使为考量《现代》杂志和现代散文的现代性变得更加复杂多义。

---

① 编者：《编后记》，《现代》第 5 卷第 6 期，1934 年 10 月 1 日。

参考文献

1. 《晨报副刊》，人民出版社1981年影印本。
2. 《语丝》，上海文艺出版社1982年影印本。
3. 《人间世》，上海良友图书印刷公司，1934—1935年。
4. 《现代》，上海书店1984年影印本。
5. 《万象》，广陵书社2008年影印本。
6. 周作人编选：《中国新文学大系·散文一集》，上海良友图书印刷公司1935年版。
7. 郁达夫编选：《中国新文学大系·散文二集》，上海良友图书印刷公司1935年版。
8. 胡适编选：《中国新文学大系·建设理论集》，上海良友图书印刷公司1935年版。
9. 郑振铎编选：《中国新文学大系·文学论争集》，上海良友图书印刷公司1935年版。
10. 鲁迅：《鲁迅全集》，人民文学出版社1981年版。
11. 鲁迅：《鲁迅著译编年全集》，止庵、王世家编，人民出版社2009年版。
12. 周作人：《周作人自编文集》，止庵校，河北教育出版社2002年版。
13. 周作人：《周作人批评文集》，杨扬编，珠海出版社1998年版。
14. 周作人：《中国新文学的源流》，华东师范大学出版社1995年版。

15. 林语堂：《林语堂文集》第9、10卷，作家出版社1998年版。
16. 林语堂：《林语堂批评文集》，沈永宝编，珠海出版社1998年版。
17. 梁实秋：《浪漫的与古典的·文学的纪律》，人民文学出版社1988年版。
18. 梁实秋：《梁实秋批评文集》，徐静波编，珠海出版社1998年版。
19. 朱自清：《朱自清序跋书评集》，三联书店1983年版。
20. ［日］厨川白村：《出了象牙之塔》，鲁迅译，人民文学出版社2007年版。
21. 梁遇春：《梁遇春代表作》，吴福辉编，华夏出版社2011年版。
22. 李长之：《李长之批评文集》，郜元宝、李书编，珠海出版社1998年版。
23. 施蛰存：《沙上的脚迹》，辽宁教育出版社1995年版。
24. 曹聚仁：《文坛五十年》，东方出版中心1997年版。
25. ［德］哈贝马斯：《公共领域的结构转型》，曹卫东等译，学林出版社1999年版。
26. 冯光廉主编：《中国近百年文学体式流变史》，人民文学出版社1999年版。
27. 王佐良：《英国散文的流变》，商务印书馆2011年版。
28. 周海波：《传媒时代的文学》，人民文学出版社2007年版。
29. 林非：《中国现代散文史稿》，中国社会科学出版社1981年版。
30. 林非：《现代六十家散文札记》，百花文艺出版社1980年版。
31. 俞元桂主编：《中国现代散文史》，山东文艺出版社1988年版。
32. 俞元桂主编：《中国现代散文理论》，广西人民出版社1984年版。
33. 佘树森：《中国现当代散文研究》，北京大学出版社1993年版。
34. 姚春树、袁勇麟：《20世纪中国杂文史》，福建教育出版社1997年版。
35. 张华主编：《中国现代杂文史》，西北大学出版社1987年版。
36. 赵遐秋：《中国现代报告文学史》，中国人民大学出版社1987年版。
37. 徐迺翔主编：《中国现代文学词典·散文卷》，广西人民出版社

1989年版。

38. 陈剑晖：《诗性散文》，广东教育出版社2009年版。
39. 范培松：《中国散文史》，凤凰出版传媒集团、江苏教育出版社2008年版。
40. 喻大翔：《用生命拥抱文化：中华20世纪学者散文的文化精神》，人民文学出版社2002年版。
41. 黄科安：《知识者的探求与言说：中国现代随笔研究》，中国社会科学出版社2004年版。
42. 蔡江珍：《中国散文理论的现代性想象》，中国社会科学出版社2006年版。
43. 李宁编：《小品文艺术谈》，中国广播电视出版社1990年版。
44. 傅德岷编：《外国作家论散文》，新疆大学出版社1994年版。
45. 张俊才等选编：《二十世纪中国文学史文论精华·散文卷》，河北教育出版社2000年版。
46. 周红莉编：《中国现代散文理论经典》，苏州大学出版社2008年版。
47. 朱世英等：《中国散文学通论》，安徽教育出版社1995年版。
48. 郭预衡：《中国散文史》，上海古籍出版社2000年版。
49. ［德］顾彬、梅绮雯等：《中国古典散文——从中世纪到近代的散文、游记、笔记和书信》，周克骏等译，华东师范大学出版社2008年版。